인공지능 시대
대학생을 위한
말하기와 **글쓰기**

인공지능 시대
대학생을 위한 말하기와 글쓰기

초판 1쇄 발행 2024년 2월 29일

지은이 | 전지니, 강수진, 권혜린, 김민지, 박종우, 엄태경, 이은선, 임준서
펴낸곳 | (주)태학사
등록 | 제406-2020-000008호
주소 | 경기도 파주시 광인사길 217
전화 | 031-955-7580
전송 | 031-955-0910
전자우편 | thspub@daum.net
홈페이지 | www.thaehaksa.com

이 책에 직간접적으로 게재를 허락해 주신 모든 분께 감사드립니다.
저작권자와 연락이 닿지 않아 부득이 허가를 구하지 못한 일부 자료에 대해서는
연락 주시는 대로 적법한 절차를 따르겠습니다.

값 15,000원

ISBN 979-11-6810-245-3 93810

인공지능 시대 대학생을 위한 말하기와 글쓰기

전지니, 강수진, 권혜린, 김민지, 박종우, 엄태경, 이은선, 임준서

태학사

『인공지능 시대 대학생을 위한 말하기와 글쓰기』는 대학생의 의사소통 능력 강화를 위해 집필한 수업용 교재다. 구체적으로 의사소통 역량과 관련된 5대 영역 (말하기, 듣기, 읽기, 쓰기, 토론과 조정)의 신장을 도모하기 위해 지문을 분석하고 정리하여 쓰는 것 외에, 문제에 대한 생각을 말하고 타인의 의견을 경청하며 상호 간의 의견을 조율하는 과정을 거치도록 구성하였다.

2021년 출판한 기존 교재가 글쓰기 이론과 실습으로 구분되어 있었다면, 〈말하기와 글쓰기〉 교강사로 구성된 현 집필진이 새로 쓰고 정리한 교재는 크게 의사소통을 위한 준비 작업과 PBL을 활용한 말하기와 글쓰기로 구성하였다. 이를 통해 학습자가 개인 차원의 의사소통 기반을 확실히 터득한 후 타인과 협력하는 프로젝트 작업 및 심화된 글쓰기 작업을 진행할 수 있도록 했다. 특히 ChatGPT의 도입 및 상용화 이후 의사소통 교육의 방향성을 다시금 모색하려는 움직임이 이어지는 가운데, 인공지능 검색 서비스의 문제점을 인지하면서도 의사소통 과정에서 이를 활용하는 방안을 서술했다. 1부의 '1장 자아와 세계의 탐색'과 '3장 말과 글의 윤리' 사이에 '2장 인공지능 시대의 글쓰기'를 배치한 것은 급변하는 기술과 기존의 의사소통 교육의 접목을 모색하려는 취지와 맞닿아 있다. 이어 바른 언어 습관을 토대로 체계적인 사고와 효과적인 전달 방식을 터득하도록 하였다. 또한 2부에서는 '문제 해결 능력' 증진을 위해 문제의 발견부터 팀 프로젝트 준비를 위한 협력 작업과 심화된 기획안, 비평문, 보고서 작성 등이 어떻게 이어질 수 있는지 강조하고자 했다.

종종 글을 잘 쓰기 위해서는 어떻게 해야 하느냐고 묻는 학생들이 있다. 좋은 글에 대한 생각이 개인마다 다른 만큼, 글을 잘 쓰는 방법에 대한 생각 역시 하나로 모아질 수는 없을 것이다. 글을 쓰기 전의 절차를 중시하면서 가제목, 주제문, 흐름 등을 미리 정리하고 집필을 시작할 것을 권장하는 필자가 있는 반면, 다작으로 유명한 한 필자는 일단 써야 무엇을 알게 되어 글을 고쳐 나갈 토대도 마련된다고 설명한다. 두 가지 의견 모두 설득력이 있는 만큼, 사실 정해진 답은 없다.

다만 대학 신입생에게 두 가지 권장하고 싶은 것이 있다. 첫 번째는 넘쳐나는 정보 속에서 자신의 입장을 분명히 정리하라는 것이다. 학생들이 쓴 글에서 가장 빈번하게 드러나는 문제는 온라인상에서 통용되는 정보와 의견을 출처를 밝히지 않고 본인의 생각과 구분 없이 쓰고 있는 점이다. 이 같은 문제를 반복하지 않기 위해서는 자신이 참고한 글의 출처를 명확히 제시하고, 관점이 다른 정보와 의견을 수합한 후 본인의 확고한 입장을 세워 드러내야 한다. 특히 ChatGPT 같은 인공지능 챗봇은 빠르게 질문에 대한 답변을 요약해서 제시한다는 강점이 있지만, 틀린 정보가 자주 발견되며 틀린 답에 대해 책임지지 않는다. 때문에 정확한 근거 제시를 통해 본인의 말과 글에 책임을 질 필요가 있다. 두 번째는 주변의 피드백을 받으라는 것이다. 의외로 많은 학생들이 자신의 생각을 말과 글로 타인 앞에 드러내는 것을 어색해한다. 하지만 글을 잘 쓰기 위해서는 꼭 전문가가 아니더라도 객관적으로 피드백을 제시할 수 있는 누군가에게 글을 보여 주고, 그 의견을 적절히 참고하여 수정해 나갈 필요가 있다. 퇴고 과정이 구체적이고 길수록 글의 완성도 또한 높아질 수 있다.

『인공지능 시대 대학생을 위한 말하기와 글쓰기』는 강수진, 권혜린, 김민지, 박종우, 엄태경, 이은선, 임준서 선생님과 함께 집필하였다. 선생님들의 다양한 아이디어와 경험을 토대로 이 책이 발간될 수 있었다. 또한 이 책에 좋은 글을 실을 수 있도록 허락해 주신 여러 필자 선생님들께 감사드린다. 마지막으로 책을 발간하는 과정에서 큰 도움을 주신 한경국립대학교 브라이트칼리지 소속 교수님들과 글쓰기클리닉을 담당하는 이해원 선생님을 비롯한 교양교육지원센터 연구원 선생님들, 그리고 책이 나오는 과정에서 애써 주신 태학사 식구들께 감사의 말씀을 전한다.

2024년 1월
저자를 대표하여 전지니 씀

2부

||||||||||

PBL을
활용한
말하기와
글쓰기

1부

의사소통의
첫걸음

1장

자아와 세계의 탐색

이 장에서는 자아와 세계의 탐색이 글쓰기와 어떻게 연결되는지 살펴본다. 자신을 표현하는 것이 자유로워진 뉴미디어 시대에 우리는 자연스럽게 자신을 드러내며 살아가고 있다. 이와 같은 사회일수록 사태를 종합하고 판단하는 능력을 바탕으로 한 성찰적 글쓰기의 중요성이 커진다. 이에 따라 나를 이해하는 것에서 출발하여 주변의 관계를 탐색하며 성찰의 범위를 확장해 본다. 이는 의사소통의 첫걸음으로서 타인에게 공감하고 공동체와 소통하며 세계를 탐색하는 것으로 이어질 수 있다. 1절에서는 나의 감정과 가치관, 관계를 탐색하면서 나를 성찰해 본다. 나의 감정과 연관된 사건과 더불어 깨닫게 된 점이나 변화한 점을 적어 본다. 또한 가족에서부터 친구, 선후배와의 관계를 돌아보거나 좋아하는 텍스트의 특징을 찾아보는 과정에서 자기 서사를 구성하고 나만의 자서전을 만들어 나갈 수 있다. 다음으로 2절에서는 타인의 입장을 상상해 보고, 내 글을 공유하면서 공동 글쓰기를 실천해 본다. 공감은 감정과 인지의 측면을 동시에 지니는 균형 잡힌 시각이며, 이를 통해 우리는 타인과 소통할 수 있다.

나를 성찰하는 글쓰기

　최근 뉴미디어가 발달하면서 많은 이들이 활자로 된 텍스트뿐만 아니라 영상을 적극적으로 향유하게 되었다. SNS 글쓰기 등 디지털 글쓰기가 활발해진 것도 주요한 시대적 변화이다. ChatGPT의 등장은 말을 하고 글을 쓰는 주체가 인간만이 아니라는 것을 보여 준다. 아울러 미디어와 소통 수단의 양적 증가로, 말과 글은 더 이상 전문가의 전유물이 아니게 되었다. 누구나 SNS에서 자유롭게 글을 쓰고, 콘텐츠를 감상한 뒤 실시간으로 댓글을 달며, ChatGPT에 질문할 수 있다. 이처럼 자신을 표현하는 것이 자유로워진 뉴미디어 시대에 우리는 일상에서 자신을 드러내며 살아가고 있다. 다양한 미디어 환경 속에서 작가인 동시에 독자인 작독자(作讀者)가 된 것이다.

　이렇게 표현 수단이 증가하는 개방적인 환경이 되어 갈수록 더욱 중요해지는 것이 성찰적인 글쓰기이다. 아는 지식을 단순히 나열하는 것보다는 자기만의 관점에서 정보를 종합하고 판단하는 능력이 중요하기 때문이다. 그렇다면 어떻게 나를 성찰하는 글쓰기를 할 수 있을까? 자기의 목소리가 분명하게 드러나는 글을 쓰기 위해서는 자아를 탐색하는 과정이 있어야 한다. 나에게서 시작한 탐색은 내 주변의 관계로 이어지고, 세계로까지 대상을 확장할 수 있다. 이를 위해서는 내가 느끼고 있는 감정과 중요하게 생각하는 가치관을 살펴봐야 한다. 나아가 자신에게 영향을 준 관계를 생각할 때 스스로에 대한 이해가 더 깊어질 수 있다. 이와 같은 과정을 통해 구성된 자기 서사는 '나를 찾는 글쓰기'를 가능하게 한다. 나의 정체성에 대한 고민을 통해 새로운 자신을 깨닫게 해 준다는 점에서 자기만족과 자신감을 갖게 한다. 자신과의 소통에서 출발하면 글을 끝까지 완성할 가능성이 높고, 글쓰기에 대한 두려움을 완화한다는 점에서 이는 글쓰기의 성공적인 시작이 될 수 있다.

1) 나의 감정과 가치관을 탐색하기

어렸을 때 누구나 한 번쯤 일기를 쓰는 숙제를 해 보았을 것이다. 대부분은 오늘 어떤 일을 했는지 나열하고, 그 뒤에 어떤 감정을 느꼈는지 적는다. 내가 겪은 사건을 통해 '재미있었다.', '슬펐다.' 등으로 요약되는 감정이 비로소 포착된다. 이와 같은 순서를 바꾸어 최근에 주로 느낀 감정을 먼저 생각하고, 그와 연관된 사건을 찾아내어 그로 인해 깨달은 점이나 변화한 점을 적어 본다면 이는 자연스럽게 성찰하는 글쓰기가 된다.

글쓰기가 어렵다는 부담감은 누구나 지니고 있다. 따라서 글쓰기를 거창하게 생각할 것이 아니라 내가 무엇을 느끼고, 어떤 일을 겪고 있으며, 무엇을 깨달았는지부터 정리해 보는 것이 좋다.

감정과 사건을 연결하여 아래와 같이 과거, 현재, 미래와 관련된 질문을 할 수 있다.

- 지금까지 겪은 일 중에 다시 겪고 싶은 일은 무엇인가?
- 지금까지 겪은 일 중에 가장 기뻤던 일은 무엇인가?
- 지금까지 겪은 일 중에 가장 지루했던 일은 무엇인가?
- 지금까지 겪은 일 중에 가장 부끄러웠던 일은 무엇인가?
- 최근에 겪은 일 중에 가장 즐거웠던 일은 무엇인가?
- 최근에 겪은 일 중에 가장 감동적인 일은 무엇인가?
- 최근에 겪은 일 중에 해결하기 어려운 일은 무엇인가?
- 앞으로 어떤 일을 하면 행복할 수 있을까?
- 앞으로 어떤 일을 하고 싶은가?
- 앞으로 어떤 일이 기대되는가?

위의 질문에 대해 오래 생각하거나 깊이 생각하지 않고 생각나는 것을 바로 써 보자. 그 뒤에 그 감정과 사건을 살펴보며 깨닫게 된 점을 정리한다. 깨닫게 된 점을 적는 것은 내가 중요하게 생각하는 가치관을 탐색하는 것으로 연결된다.

경험을 이야기하는 것이 익숙하지 않아 감정과 사건을 바로 떠올리기 어렵다면, 내 이름이나 별명에서 출발하는 것도 한 방법이다. 이름이나 별명은 내 정체성을 잘 보여 주기 때문이다. 좌우명이나 습관을 생각할 수도 있다. 또는 나의 일상을 탐색하는 것으로 시작할 수도 있다. 내가 소중하게 여기는 사물이나 장소를 생각해 보거나, SNS 등에 올린 글이나 사진에 어떤 사물이나 풍경이 많이 등장하는지도 살펴보자. 내가 관심을 두고 있는 것이 곧 나의 가치관을 드러낼 수도 있기 때문이다. 자기가 좋아하는 단어들을 찾아보는 것도 좋은 방법이다. 평소에 자주 사용하거나 생각했던 단어들은 나의 가치관을 보여 주는 척도가 된다.

나아가 디지털 글쓰기를 응용하여, SNS에서처럼 나만의 키워드를 해시태그(#)로 나열해 보는 것도 나에 대해 깨닫는 방법이다. SNS나 웹사이트, 유튜브 등에서 최근에 내가 어떤 단어나 내용을 검색했는지 살펴보면 내 관심사는 무엇이며, 내가 중요하게 생각하는 것은 무엇인지 새삼 알 수 있게 된다. 그런 단어들을 바탕으로 미래의 나에게 메일이나 편지를 쓸 수도 있다. 이렇게 다양한 방법을 통해 알게 된 자신의 모습은 과거를 돌아보게 하고, 현재의 상태를 진단하게 하며, 미래의 모습을 예측하는 데에도 도움이 될 것이다.

2) 나에게 영향을 준 관계를 탐색하기

나에게 영향을 준 사물이나 동물, 사람, 환경 등을 생각하면서 나를 더 깊이 있게 알아 갈 수 있다. 관계를 탐색하는 과정을 통해 생각의 폭을 넓히는 것이다. 한 나라를 탐구할 때 그 나라의 지도만 보는 것보다는 세계 지도 속에서 다른 나라와 비교해 볼 때 시야가 넓어지듯이, 자신에 대한 시야 역시 자신과 관련된 지도인 관계들 속에서 넓어질 수 있다. 나와 가장 가까운 가족 관계를 탐색하며 성장 과정에서의 특이점을 찾을 수 있고, 학교생활이나 외부 활동에서 만난 친구나 선후배와의 관계에서는 인간관계의 다양성을 찾을 수 있다. 나아가 가장 존경하는 인물이나 닮고 싶은 인물을 찾으면서 내가 추구하는 미래상을 그릴 수 있다.

책 역시 나에게 많은 영향을 준다. '나에게 영향을 준 책 한 권'을 찾아 독서 경험을 되돌아보면 직접 경험뿐만 아니라 간접 경험의 중요성을 알게 된다. 가장 처음으로 읽었던 책이나 마지막으로 읽었던 책이 내게 준 영향도 있을 것이다. 특히 기억에 남기고 싶은 문구를 필사하거나 낭독한 적이 있다면 왜 그 부분을 필사하거나 낭독했는지 문구와 더불어 이유도 생각해 보자. 독서를 통해 책 속의 등장인물이나 사건에 나의 경험을 대입하면서 나를 돌아볼 수 있다. 당장 생각나는 책이 없다면 서점이나 도서관에 가서 우연히 책을 찾는 경험을 할 수도 있다. 나만의 책을 만나는 것도 새로운 경험이자 관계 맺기의 일종이다.

또한 다른 사람이 보내 준 메시지나 편지 중에서 기억나는 글을 떠올리면, 그 사람이 나에게 끼친 영향을 생각하게 된다. 더 능동적인 활동으로는 가까운 지인들에게 나의 첫인상, 장단점, 성격 등을 설문 조사하여 나에 대한 생각을 알아보는 것을 들 수 있다. 우리는 SNS 등을 통해 특정 지인이 아니라 불특정 다수에게서도 영향을 받는다. 가령 내가 글을 올렸을 때 타인이 반응한 댓글이나 답신 등을 살펴보며 나에 대한 생각들을 다양하게 알아볼 수 있다.

나에 관한 글쓰기를 한다는 것은 '나'라는 한 권의 책을 만들어 나가는 과정과도 같다. 나는 '나'라는 책의 저자이자 주인공이다. 책을 단번에 써내는 것이 불가능하듯이, 나를 성찰하고 이해하는 과정도 단기간에 이루어질 수 없으므로 꾸준히 이어져야 한다. 무엇보다 중요한 것은 자신의 감정과 생각을 되돌아보는 경험 그 자체이다. 그러니 한 단어, 한 문장이라도 일단 쓰는 것이 중요하다. '나'라는 재료를 마음껏 활용하여 무작정 시작해 보는 것이다.

> 우리 인간은 슬프기 때문에 울고, 무섭기 때문에 떤다. 당연하게 여겨지는 이 상식에 대해 심리학자 윌리엄 제임스(William James, 1842-1910)는 이의를 제기하고 나섰다. "울기 때문에 슬프고, 떨기 때문에 무섭다"고 하는 것이 합리적인 설명이라는 것이다. 달리 말하자면, 감정은 순전히 몸에서 기원하는 본능적인 것이지 정신에서 기원하는 인지적인 것이 아니라는 이야기다. 이게 바로 제임스가 1884년에 발표한 '감정 이론(theory of emotion)'의 핵심 내용이다.
>
> 제임스는 이 이론의 연장선상에서 '그런 척하기 원칙(As If Principle)'이라는 걸 제시했다. "어떤 성격을 원한다면 이미 그런 성격을 가지고 있는 사람처럼 행동하라"는 것이다. 이는 달리 말해 감정이 행동을 만들기보다는 오히려 행동이 감정을 만든다는 점을 강조하기 위한 것으로 볼 수 있다.
>
> 이 이론을 글쓰기에 곧장 적용할 수는 없지만, "울기 때문에 슬프고, 떨기 때문에 무섭다"는 말의 취지만 활용하자면 이런 결론이 가능해진다. "생각이 있어 쓰는 게 아니라 써야 생각한다." (…) 경험은 살아 있는 책이기 때문에 책을 많이 읽지 않은 사람이라도 경험이 풍부하다면 얼마든지 좋은 글을 쓸 수 있다. 글을 쓰는 사람이라면 누구든 경험했겠지만, 어떤 생각을 갖고 글을 쓰더라도 글을 쓰면서 생각이

달라지는 경우가 있다. 이는 글쓰기를 함으로써 깊이 있는 생각을 하게 되었다는 걸 의미한다.

뭘 알아서 쓰는 게 아니라 쓰면서 뭘 알게 된다. 이건 내가 매일 겪는 경험이라 자신 있게 말할 수 있다. 글을 쓰기 전 이미 어떤 구상을 해놓고 써 내려간다. 머릿속에선 전혀 문제가 없는 멋진 아이디어였다. 그런데 글을 쓰다 보면 중간에 막힌다. 내 주장의 근거가 부실하다는 걸 깨닫기도 하고, 더 중요한 건 이게 아니라 저게 아닌가 하는 생각을 할 때도 있다. 그러면서 다시 고쳐 써야 한다. 나는 뭘 알아서 쓴다고 생각했지만, 정반대로 쓰면서 알던 것과는 다른 걸 알게 된 셈이다. (…)

'글쓰기의 고통'은 사실 '생각하기의 고통'이다. 하지만 그 고통은 아무런 보상이 없는 고통은 아니다. 때로 생각하기는 고통스러울망정 그 고통은 쾌락의 근원이 되기도 한다. 생각하는 게 오직 고통스럽기만 하다면 교육은 지속될 수 없었을 것이다. 공부하는 게 고통스러우면서도 고통을 통해 모르던 걸 알게 되고, 생각을 통해 배운 지식을 확장시키는 기쁨이 있다는 이야기다. (…) 공부가 습관이듯이, 생각도 습관이다. 당신이 공부하는 습관을 가져본 적이 없다고 해서 생각하는 습관도 갖기 어려울 거라고 속단하지 마라. 당신은 이미 당신이 좋아하는 일에서 지나칠 정도로 많은 생각을 하고 있지 않은가. 글쓰기는 공부가 아니다. 어떤 삶이건 당신의 삶에서 당신이 주도권을 갖겠다는 의지의 표현이다. 고로, 글쓰기는 자기 사랑이다. (…) 자신의 삶에 대해 말할 수 있는 '자기표현의 권리'다.

— 강준만, 「생각이 있어 쓰는 게 아니라 써야 생각한다」,
『글쓰기가 뭐라고 - 강준만의 글쓰기 특강』, 인물과사상사, 2018, 35~40쪽.

위의 글에서 필자는 감정이 행동을 만드는 것이 아니라 거꾸로 행동이 감정을 만든다는 이론을 인용하면서, 이를 글쓰기에 적용하여 생각이 있어 쓰는 게 아니라 써야 생각한다고 이야기한다. 처음부터 완벽한 글은 없으므로 글을 써 나가는 과정에서 생각이 변화하고 깊이가 생기는 것이다. 또한 필자는 글쓰기와 생각하기가 어렵다고 하지만 누구나 자신만의 경험이 있으며, 좋아하는 일에는 그 누구보다도 많은 생각을 하기에 자신감을 가져야 한다고 주장한다. 생각하는 것은 고통을 주는 동시에 만족감도 가져오기 때문이다. 따라서 자신의 삶에 주도권을 갖는 의지의 표현으로서 '자기 사랑'이자 '자기표현의 권리'와 관련된 글쓰기가 중요하다고 강조한다.

이제 나만의 자서전을 차근차근 써 보자. 자서전이라고 해서 사회적으로 인지도가 있거나 성공한 사람만 써야 한다는 편견과 고정관념에서 벗어나야 한다. 누구에게나 자신만의 이야기와 서사가 있고, 그것을 발견하는 과정이 삶을 다채롭게 만들기 때문이다. 또한 자서전이라고 해서 처음부터 완벽한 내용을 담거나 많은 내용을 담으려고 부담을 가질 필요는 없다. 자기 성찰을 끝낸 뒤에 글을 쓰는 것이 아니라, 글을 써 가는 과정에서 자신의 새로운 모습을 발견하는 것 자체가 자기 성찰이다.

1. 다음 글을 읽고 아래의 물음에 답해 보자.

지난 2월, 복학 신청과 기숙사 신청 모두 지나쳐 버린 나는 개강하기까지 마음이 굉장히 불안했다. 복학 신청은 학교에 방문하여 개강 전까지 하면 될 일이었으나, 집에서 학교까지 편도로 장장 5시간가량 걸리는데, 개강 이후 당장 안성에 머무를 곳이 없었다.

처음에는 부끄러움과 동시에 피어오른 죄책감에 그 어디에도 이 상황을 사실대로 토로하지 못했다. '해결할 수 있다'라는 자기최면을 걸며, 여러 사이트를 전전했다. 단기 임대, 숙소 제공 아르바이트, 장기 투숙, 에어비앤비 등을 거쳐 룸메이트를 구하는 글부터 고시원까지, 몸만 붙일 수 있다면 그 어디라도 좋았다. 본가에서의 통학은 거의 불가능에 가까웠기 때문에, 그때는 정말 간절했었다.

높은 불안감에 '차라리 한 학기 더 휴학해버릴까'라는 충동이 일었었다. '내가 그래도 되는 것일까?' 죄의식에 몇 번 주저했지만, 그런데도 머릿속에 든 유일한 해결책은 눈 딱 감고 휴학해버리는 것이라고 느껴졌다. 지금 와서 보면, 이것은 불안감이 만들어낸 잘못된 허상에 불과했다는 것을 알 수 있다.

부모님께 고한 늦은 고백 끝에, 결국 고시원을 최종 목적지로 정하고 엄마와 안성에 올라왔다. 엄마의 근심 어린 도움들에 자꾸만 '혼자였다면?'이라는 생각이 들었다. 평소 선택의 기로 앞에 갈팡질팡 망설이며 기회를 놓치곤 했던 나는, 혼자였다면 무엇 하나 제대로 할 수 없었을 것 같았다. 무력감이 피어올랐으나, 큰 걱정은 들지 않았다. 엄마와 함께했기 때문이다.

옆에서 나란히 걷고 있는 엄마의 존재는 불안하게 들뜬 마음속에서 안도감을 찾을 수 있게 해주었다. '내가 잘못했으니, 이 정도는 참아야 한다'라고 합의를 마친 고시원을 마주했으나, 생각한 것보다 더 좋지 않아 마음이 심란해졌다. 남녀 공용 층에, 남녀 공용 화장실, 심지어 샤워실마저도 남녀 구분이 없었다. 예약한 호실에 들어갈 때까지 마주친 사람들을 본 결과 실상은 거의 남성 전용 고시원에 가까웠다.

이후 중개인분에게서 연락이 왔고, 중개인분과 엄마 사이에서 오고 가는 대화에서 많은 것을 느낄 수 있었다. 오고 가는 대화 속에서 엄마의 고군분투는 낯설기도 한 동시에 미안함, 고마움, 깨달음 등의 복합적인 감정을 상기시켰다. 결국 '마침 원룸 하나가 비었으니, 그쪽으로 가면 어떻겠냐?'라는 말을 들을 수 있었고, 중개인분과 엄마의 도움으로 기숙사에 들어오기 전까지 원룸에서 안정적으로 살 수 있었다. 이날, 나를 위해 평소에 비해 월등히 높은 에너지를 쏟는 엄마를 보며, 당연시 여겨지기에 크게 체감되지 않던 가족의 사랑을 너무도 진하게 느낄 수 있었다.

　　이날을 계기로, 가족의 존재에 관한 생각을 많이 하게 된다. 예전부터 지금까지 여전히 나를 지켜주고 있는 가족의 울타리는 정말 크다. 밖에 나와서야 비로소 이를 깨달을 수 있었다. 무수한 이해관계들이 얽힌 사회에서 가족이란 존재는 경이롭기까지 하다고 생각된다. 당연시 느껴지던 것들이 소중한 하루였다.

— 학생의 글

『'나를 찾는 글쓰기' 수상 작품집』(한경국립대학교 첫 번째 글쓰기 공모전 수상작품집), 2023.

1) 위의 글에서 느껴지는 감정을 찾아서 써 보자.

2) 나는 최근에 어떤 감정을 주로 느꼈으며, 그 감정이 어떤 사건과 연결되고, 그 일로 무엇을 깨달았는지 써 보자.

감정	사건	깨달은 점

2. 다음 글을 읽고 아래의 물음에 답해 보자.

평소 자서전 쓰는 문화가 널리 퍼졌으면 했다. 일반인은 글쓰기를 두려워한다. 쓰는 게 아니라 지어야 한다(작문)는 강박증이 있어서다. 하지만 내가 살아오면서 겪은 일과 깨달은 바를 주제로 삼으면 글 쓰는 게 어렵지 않다. 다른 이유로는 자서전을 쓰면서 위안과 격려를 받았으면 해서다. 삶의 이랑과 고랑을 다 거쳐 지금의 내가 있는 게 아닌가. 후회하고 반성하고 고백하다 보면 저절로 상처를 치유하게 마련이다. 글쓰기는 우리의 영혼을 단단하게 해 준다.

자서전은 단 한 권이면 된다는 편견이 있었다. 정신의 위대한 스승이 삶의 마지막 대목을 앞두고 온 힘을 다해 써낸 자서전이 호사가의 주목을 받잖는가. 그러다 이 편견이 깨진 적이 있다. 진회숙의 〈우리 기쁜 젊은 날〉이나 제이디(J. D.) 밴스의 〈힐빌리의 노래〉를 보면서 '중간 자서전'이라는 개념을 떠올려 보았다. 막바지에 쓴 단 한 권의 자서전이 아니라, 삶의 매듭을 지을 적마다 자서전을 써 보자는 거다. 확정된 자서전은 아니니 중간이라는 말을 붙이고, 맨 마지막에 이것들을 묶어 덧붙이거나 덜어내어 최종판 자서전을 내보자는 거다. 이런 식이라면 우리는 늘 자서전을 쓰면서 살게 될 터다.

이소호의 〈시키는 대로 제멋대로〉는 30대 초반의 시인이 쓴 자서전이다. 읽다 보면 그 솔직함에 혀를 내두르게 된다. 한 살 터울인 동생한테 "넌 너무 입이 싸"라는 말을 들을 정도로 자신의 삶을 다 까발린다. 아버지의 선택은 무당이나 점쟁이들이 금세 눈치챌 정도로 삶을 박복하게 만들었다. 어머니의 삶은 고단하기 그지없어 안타깝다. 동생과는 늘 죽고 살기로 싸운다. 우울증을 극심하게 겪었다는 얘기도 서슴없이 한다.

10대 시절의 고립감이 글을 쓰게 했다. 일기를 쓰다가 시를 쓰게 되었고, 아이돌 팬클럽이나 라디오 방송에 글을 보내면서 문명을 날렸다. 시인이 되고 싶다는 열망을 품었다. 그 과정이 녹록지 않았다. 등단은 했으나 청탁이 없었고 시집을 낼 수 있을지 알 수 없었다. 마침내 '김수영 문학상'을 받았다. "정말 좋은 시를 쓰고 싶"은, 그리하여 "나는, 이제야 내가 시인이라고 생각한다"고 선언한다. 공자가 말한 불혹의 경지에 앞당겨 이르렀다.

자서전의 형식이 특이하다는 점도 흥미롭다. 스스로 '라스트 아날로거'라 말하나, 디지털 환경에 익숙한 세대답게 비선형적으로 구성했다. 형식적 완성미를 지나치게 따질 필요 없이 자유롭게 쓰면 된다는 점에서 모범이 될 법하다는 말이다. 성적표나 가정통신문을 가려 뽑아 모아놓은 것이나, 성경의 어투에 빗대어 아버지 삶을 정리한 대목이나, 백과사전 항목 설명 방식으로 요약한 어머니의 인생, 그리고 자신의 이름을 나열하고 각주 형식으로 말하고자 하는 내용을 적은 대목은 기발하기까지 했다. 그래, 자서전을 꼭 시간순으로 쓸 필요는 없지, 중요한 것은 내 삶을 마음껏 드러내면 되는 거야, 라는 자신감을 준다.

왜 젊은 시인은 이런 유의 글을 썼을까? 감추고 덮어두고 싶은 나이이지 않은가. "내가 문학하는 방법은 내가 나를 고갈시키면서 쓰는 것"이고, "저도 쓰면서 아파요. 그런데 쓰지 않으면 더 아파서 자꾸 써요"라고 말했다. 나는 이 구절을, 모든 글은 삶의 고백이며 자기 치유를 위해 글을 쓰는 셈이라고 '번안'해 이해했다. 그러니, 이제 "자서전들 쓰십시다." 두려움을 이겨내고 첫 구절을 쓰면, 내 삶이 그 대미를 장식하게 해 줄 테다.

— 이권우, 「자서전들 쓰십시다」, 『한겨레』, 2022.01.14., https://www.hani.co.kr/arti/culture/book/1027289.html, 접속일: 2023.10.20.

1) 아래 예시는 위의 글에서 거론된 이소호 시인의 '중간 자서전'의 일부로 자신의 이름을 여러 번 나열하며 직업, 취향, 성격 등을 다양하게 소개하고 있다. 이를 참고하여 자신의 이름이나 별명과 관련된 글을 써 보자.

소호의 각주 1 : '소호'라는 이름을 걸고 할 수 있는 선언서를 여기 적는다. 이 글은 점점 늘어나거나 줄어들 수 있다. 무한 개방 무한 확장 세계관을 가진, 유닛, 로테이션 산문이다. (…)

소호 6 : 평생 끈질기게 한 일이 '시' 쓰는 일뿐인 사람. (…)

소호 13 : 법적인 이름을 싫어하지만 누군가에게는 경진이로 불리는 사람. (…)

소호 14 : 호불호가 확실하여, 겨울과 여름, 짜장면과 짬뽕, 부먹 찍먹과 같은 난제에 고민해 본 적 없는 사람. (…)

소호 16 : 일 년에 한 달은 텍스트 디톡스를 핑계로 꼭 외국에 있는 사람. (…)

소호 17 : 혼자 있어도 전혀 지루하지 않은 도시를 좋아하는 사람. (…)

소호 20 : 언어를 다루나 언어가 통하지 않는 곳에 가서 사는 것이 꿈인 사람. (…)

소호 26 : 영화 〈포레스트 검프〉에서 인생은 초콜릿 상자 같은 거라고, 어떤 초콜릿이 들어 있을지 모르기에 가끔 쓴맛을 보는 거라고 그러던데, 어처구니없게도 내 십 대는 꽝이었다. 꽝 손으로 온통 쓴 초콜릿만을 골라서 까먹었다.

― 이소호, 『시키는 대로 제멋대로』, 창비, 2021, 158~160쪽.

2) ‘나의 자서전’에 들어갈 내용을 자유롭게 적어 보자.

상상과 소통의 글쓰기

현대 사회에서는 인간과 인간의 연결뿐만 아니라 인간과 사물, 인간과 기계, 인간과 자연의 연결이 다양하게 나타나고 있다. 기후 위기가 심각해진 상황에서는 전 지구적인 자연환경을 생각하는 생태학적인 사고가 중요해졌다. 특히 ChatGPT가 도래한 사회에서는 인공지능처럼 사물이나 기계와의 관계도 새롭게 모색해야 한다. ChatGPT에 내 고민을 담은 질문을 잘 던지기만 하면, 원하는 답변을 얼마든지 받을 수 있다.

이와 같이 정보가 양적으로 증가한 사회에서 특정한 지식이 부족하여 글을 쓰지 못하는 상황은 거의 없게 되었다. 따라서 중요한 것은 자신만의 생각과 통찰력을 드러내 소통할 수 있는 글쓰기를 하는 것이다. 이때 나의 생각을 펼치는 과정에서는 내가 속한 사회와 환경, 세계를 자연스럽게 고민하게 된다. 따라서 연결성이 강화되고 상호 작용이 활발해진 시대의 특성을 반영하여 상상과 소통의 의미를 생각해야 한다. 상대방의 입장을 상상하고 공동체 안에서 소통하려는 열린 시각과 태도가 필요하다.

공동체와 소통하는 글쓰기는 나의 글을 객관화할 수 있게 해 준다. 내 글의 첫 번째 독자는 나지만, 그 글을 혼자만 간직하는 것이 아니라 다른 사람들에게 보이고자 한다면 반드시 소통을 고려해야 한다. 여러 사람의 다양한 의견을 들으면 혼자 퇴고했을 때 발견하지 못했던, 수정할 만한 부분이나 보완할 점을 알 수 있다. 이는 글쓰기가 개인의 영역에만 한정되는 것이 아니라 타인과의 의사소통이기도 하다는 것을 잘 말해 준다. 글쓰기는 기본적으로 혼자 하는 것이지만 궁극적으로 혼자만 하는 활동은 아니다. 독자와 소통하면서 글의 의미는 더욱 풍부해진다. 따라서 원활한 의사소통을 위해서는 좋은 독자가 되기 위한 훈련도 해야 한다. 타인의 글을 정성스럽게 읽고, 상호 존중하는 분위기 속에서 활발하게 의견을 교류할 때 경쟁이 아니라 나눔과 협력의 글쓰기로 공동의 경험을 할 수 있다.

1) 타인의 입장을 상상하기

상상은 일반적으로 개인의 영역에서는 창의성, 독창성과 연결된다. '상상'의 사전적 정의는 '실제로 경험하지 않은 현상이나 사물에 대하여 마음속으로 그려 봄'이라는 뜻이다. 그러므로 상상의 조건은 새롭게 생각하고 다르게 생각하는 것이라고 할 수 있다. 이때 실제로 경험하지 않은 것을 새롭게 생각한다는 것이 중요하다. 내가 직접 경험하지 않은 타인의 입장을 상상하는 것은 나에게 영향을 준 관계를 성찰하는 것으로부터 더 나아가 사유의 영역을 확장한다.

타인과 소통하려면 정서적인 유대도 필요하다. 이는 상대방의 입장을 상상하는 공감과 연결된다. 애덤 스미스(Adam Smith)에 따르면 상상은 타인의 고통에 공감하는 것이다. 이때의 공감은 자신을 상대방의 입장에 놓아야 비로소 가능하며, 이 과정에서 '분별 있는 관찰자'로서 상황을 객관적으로 인식할 수 있게 된다. 이는 처지를 바꾸어 생각한다는 '역지사지(易地思之)'의 태도와도 통하지만, 감정과 이성을 동시에 고려한다는 점이 중요하다. 즉, 공감을 감정의 측면뿐 아니라 인지적인 측면과도 연결하는 것이다. 이는 타인을 생각하면서 자기 자신을 반성하는 넓은 의미의 성찰로 이어진다.

마사 누스바움(Martha C. Nussbaum)은 이와 같이 감정과 인지의 측면을 동시에 지니는 공감을 균형 잡힌 시각으로 보고, 좋은 시민의 태도와 연결했다. 도덕적인 상호 작용을 위해서는 상상력이 필수적이라고 보면서 "감정이입과 추측하는 습관은 특정한 유형의 시민성과 공동체를 낳는다. 그것은 다른 사람의 요구에 대한 공감 어린 감응을 개발하고, 환경이 그러한 요구를 형성하는 방식을 이해하는 동시에 개별성과 프라이버시를 존중하는 공동체"(『인간성 수업』, 144쪽)라고 일컬은 것이다. 따라서 상상이 공적인 삶과 연결되었을 때 민주사회의 시민으로서 책임 있는 글쓰기를 할 수 있다. 이때 상상은 허무맹랑한 공상에 그치는 것이 아니라 공동체 안에서 나와 타인의 존재, 세계의 의미를 고민하는 것과 연결된다.

2) 공동체와 소통하기

나를 성찰하는 글쓰기가 나와의 대화적 관계를 형성하는 것이라면, 공동체적인 글쓰기는 세계와의 대화적 관계를 드러낸다. 책과 뉴스, SNS 등의 미디어도 공동체가 될 수 있다. 내·외부의 모든 세계를 직접 경험하는 것은 불가능하므로, 독서를 통해 다른 삶의 모습을 간접적으로 경험해야 한다. 뉴스를 보면서 시의성 있는 사건들을 알게 되면 나의 삶과 타인의 삶, 세계의 다양한 모습이 얽혀 있다는 것을 확인할 수 있다.

SNS를 통해 불특정 다수의 사람들과 다양하게 소통하는 것도 가능하다. 사실 우리는 일상에서 매일같이 타인의 글에 반응한다. 여러 글을 읽고, 사진과 영상을 보면서 '좋아요'를 누르고 댓글을 다는 것 자체가 디지털 세계 안에서의 공동체적인 소통에 해당한다.

더 능동적인 활동으로, 자신이 쓴 글을 타인과 공유하며 공동체와 소통할 수 있다. 내 글을 공개하는 것에는 용기가 필요하지만, 합평을 통해 더 효과적으로 글을 다듬어 갈 수 있다. 합평은 공동체적인 말하기와 글쓰기를 동시에 할 수 있는 경험이다. 이를 위해 글쓰기 모임이나 독서 모임을 찾아 정기적으로 참가하거나 모임을 직접 만들 수도 있다. 지정된 책을 읽고 발제하는 경험은 책을 깊이 있게 읽도록 하며, 읽기 능력뿐 아니라 말하기 능력, 쓰기 능력까지 모두 활용하게 한다. 발제를 듣고 질의 응답을 하는 과정에서 생각하는 능력도 기를 수 있으며, 혼자 책을 읽었을 때와 달리 여러 사람과 의견을 교환하며 관점과 시야를 넓힐 수 있다. 이런 경험과 훈련을 통해 구체적인 경험과 추상적인 이론을 조화롭게 결합하여 균형 있는 글을 쓸 수 있게 된다.

계획과 절차에 따라 일정하게 진행되는 독서 모임뿐만 아니라 자유로운 글쓰기 모임도 가능하다. 친구들이나 지인들과 '20분 글쓰기', '30분 글쓰기' 등의 모임을 만드는 것이다. 정해진 시간 안에 동시에 글을 쓴 뒤 서로 글을 공유하고 의견을 나눈다. 이런 모임은 의무적으로 글을 읽고 쓴다는 압박을 가하고 강제성을 띠기도 하지만, 함께 글을 쓰는 즐거움을 느끼면서 공동의 경험을 통해 계속 글을 쓸 수 있는 동기를 부여한다.

세상에서 느끼는 추위에 지쳤을 때 손을 데울 따뜻한 호주머니가 생각보다 가까운 곳에 있으니 그것은 바로 '책'이다. 이는 남들과 같아 보이는 상황에서 내 자신을 다르게 만들어 준다. 현실적인 성공, 사회적인 인정, 안정된 생활이라는 압박에 눌려 신경이 날카로울 때 그것은 적절한 온도로 불안한 마음을 안정시켜 준다. 책으로 만든 호주머니에 손을 넣고 있으면 세상에 속할 새로운 힘을 얻을 수 있었다. (…)

'따뜻한 호주머니'의 진정한 가치를 알게 된 것은 대학에 들어오고 나서였다. 고전 읽기 동아리를 통해 새로운 걷기 방식인 '길을 개척하면서 걷기'를 알게 되었다.

길치이자 방향치인 나는 익숙한 곳에서도 종종 길을 헤매고는 했는데, 시간적 여유가 있을 때에는 길을 잃은 곳에서 이곳저곳 둘러보며 새로운 장소를 알게 되는 매력을 즐겼다. (…) 처음에는 낯선 곳에서 길을 잃은 느낌이었다. 매주 이루어지는 정기 세미나에 정해진 분량의 책을 읽어 가는 것도 버거웠다. 처음 읽었던 책이 바로 이름은 익히 들었으나 한 번도 끝까지 읽어보지 못한 플라톤의 『국가』였으니! 책장을 넘기기도 어려운 책을 발제해 가는 것은 더욱 곤욕스러웠다. 그러나 곧 힘들게 떨어진 발걸음에서 재미를 느꼈고 함께 책을 읽는 사람들을 통해 따뜻함을 전달받을 수 있었다. 나의 의견을 경청하는 사람들이 있고 그들의 새로운 생각도 알 수 있는 책읽기와 토론의 영역은 놀랍고도 신비스러웠다. (…) 함께 책을 읽는 모습은 아름다움을 넘어 호주머니에 서로의 손을 넣어 주는 것처럼 참으로 따뜻해 보인다.

또 하나 호주머니로서의 책의 특징은 평소에는 잘 느끼지 못하지만 언제나 나의 삶 속에 존재하고 있다는 것이다. 참으로 '든든한 호주머니'다. 다른 소지품들은 깜박 잊고 가지고 가지 못할 때가 있지만 호주머니는 옷에 달려 있는 이상 내가 움직일 때 안 가져갈 수가 없다. 마찬가지로 책은 내가 살아가고 있는 동안 언제나 곁에 있으면서 사회적인 현상과 개인적인 삶의 의미가 무엇인지 '근본'을 고민하게 해준다. (…)

호주머니가 된 책을 생각하니 낭중지추(囊中之錐)라는 말이 저절로 떠올랐다. 문자 그대로 풀이하자면 '주머니 속의 송곳'인데 주머니 속에 넣은 뾰족한 송곳은 가만히 있어도 그 끝이 주머니를 뚫고 나온다는 것이다. (…) 책이라는 호주머니를 갖고 있다면 인격과 사고라는 송곳이 뾰족해져 결국 주머니를 뚫고 나의 밖으로 빠져나올 것이다. 그러니 조급해하지 않고 뭉툭한 송곳을 갈면서 힘을 기르면 된다. 아니, 책을 읽는 동안 저절로 그 힘은 길러질 것이다.

책을 왜 읽는지 물어본다면 세상이라는 급류에 휩쓸리지 않고 내 자신으로 곧게 살아가고 싶어 읽는다고 대답한다. 또한 책장을 넘길 용기만 있다면 그 책은 선입견 없이 선뜻 나의 천군만마가 되어 주기 때문에 읽는다고 대답한다. 다른 이에게 빼앗기지 않고 오히려 도움도 줄 수 있는 무기로 정신적인 무장을 하기 위해 오늘도 책을 읽는다. 사람과 더불어 책을 읽는다면 인간관계 속에서의 고독을 이겨 낼 희망도 함께 얻을 수 있다. 책이라는 강력한 호주머니가 있는 한, 살아가면서 겪을 시련 속에서도 마음은 언제나 따뜻하고 든든하게 채워져 있을 것이다.

— 권혜린, 「책, 가장 강력한 호주머니」, 고병권 외,
『책읽기의 달인, 호모 부커스 2.0』, 그린비, 2009, 48~53쪽.

위의 글에서 필자는 책을 세상의 불안에서 안정을 찾게 해 주고 개인적인 삶뿐만 아니라 사회적인 현상을 고민하게 해 주는 '든든하고 따뜻한 호주머니'에 비유하고 있다. 특히 고전 읽기 동아리를 통해 함께 책을 읽는 모습을 '서로의 호주머니에 손을 넣어 주는 것'으로 비유하며 그 가치를 강조한다. 책을 통한 공동체적인 소통이 인간관계 속에서의 고독뿐만 아니라 삶의 시련을 이겨 나갈 힘을 준다는 긍정적인 면을 이야기하는 것이다. 내가 쓴 글을 누군가가 읽어 준다는 것만으로도 힘을 얻을 수 있으며 이는 글을 계속 써 나갈 수 있는 원동력이 된다. 따라서 함께 읽고 쓰는 경험은 삶을 풍요롭게 만드는 기반이 될 수 있다. 타인의 말을 경청하고 정성스럽게 글을 읽어 의견을 나눌 때, 경쟁하는 글쓰기가 아니라 나눔과 협력의 글쓰기를 하게 될 것이다.

1. 다음 글을 읽고 아래의 물음에 답해 보자.

글쓰기도 요리와 다르지 않다. 우선 내 생각을 글로 나타내면 남의 말을 잘 알아듣게 된다. 신문, 책, 블로그 등 무수한 텍스트를 접할 때, 글쓰기 전에는 단순한 '활자 읽기'라면 글쓰기 후에는 글이 던져져 있는 '상황 읽기'로 독해가 비약한다. 글쓴이의 처지가 헤아려지며 문제의식과 깊게 공명할 수 있다. 글쓴이가 자료를 찾기 위해 얼마나 발품을 팔았는지, 적합한 단어 선택을 위해 얼마나 공을 들였는지 가늠할 수 있다. 글쓰기는 글 보는 눈을 길러주며, 글 보는 안목은 곧 세상을 보는 관점을 길러준다. 아울러 남의 말을 알아듣는 만큼 타인의 삶에 대해 구체적 감각이 생긴다. 이 감각, 마음 쏠림이 또 다른 글쓰기를 자극한다.

그리고 정말 중요한 손님. 내가 차린 글을 맛있게 읽어주는 친구가 있으면 글쓰기가 향상된다. 짜다 싱겁다 맛있다 등등 모든 반응을 다음 요리에 참조할 수 있다. 누가 읽어줄 것이라고 생각하면 전반적으로 글에 열과 성이 깃든다. 나는 글쓰기를 더 적극적으로 나누려고 블로그를 시작했다. 인터뷰 원고를 올리고 시를 읽고 글을 쓰고 철학을 공부하고 요점을 정리해서 글을 남겼다. 하나둘 독자가 생겼다. 블로그에 흐르는 침묵의 공기는 훈훈했다. 처음에는 써놓은 글을 올리려고 글을 썼다. 옆집에 부침개를 나눠주면서 말을 트고 관계가 형성되는 것처럼 글을 공유하면서 낯선 이들과 정보와 감정을 나누는 친구가 되었다.

좋은 글은 울림을 갖는다. 한 편의 글이 메아리처럼 또 다른 글을 불러온다. 글을 매개로 남의 의견을 듣고 삶을 관찰하다 보면 세상에는 나와 무관한 일이 별로 없음을 알게 된다. '인간의 삶이란 어떤 것인가'에 대한 균형 감각이 발달한다. 이는 삶에 이롭다. (…)

작가는 세상 모든 것에 관심을 갖는 사람이라고 수전 손택은 말했다. 나는 이 말을 이렇게 해석한다. 원래부터 작가라서 지식인의 본분으로 세상에 관심을 갖는 게 아니라 세상에 관심을 갖는 사람이 작가라는 뜻으로. 그래서 작가가 되기는 쉬워도 작가로 살기는 어렵다. 엄밀하게 말하면 작가라는 말은 명사의 꼴을 한 동사다. 작가는 행하는 자, 느끼는 자, 쓰는 자다. 보고 듣고 느낀 것을 언어로 세공하고 두루 나누면서 세상과의 접점을 넓혀가는 사람이다. 세상과 많이 부딪치고 아파하고 교감할수록 자기가 거느리는 정서와 감각의 지혜가 많아지는 법이니, 그렇게 글쓰기는 존재의 풍요에 기여한다.

— 은유, 『글쓰기의 최전선』, 메멘토, 2023(개정판 2쇄), 20~22쪽.

1) 내가 쓴 글을 공유하거나 공개한 적이 있는가? 있다면, 언제 어느 곳에서였는지 적어 보자.

2) 아래의 예시를 참고하여, 짝과 함께 인터뷰를 하는 사람과 인터뷰를 받는 사람의 역할을 바꾸어 가면서 1:1 교차 인터뷰를 해 보자.

- 최근에 관찰한 것 중에 기억나는 사물이나 풍경은 무엇인가?
- 최근에 만난 사람 중에 기억나는 사람은 누구인가?
- 최근에 했던 대화 중에 기억나는 것은 무엇인가?
- 최근에 겪은 일 중에 기억나는 것은 무엇인가?
- 최근에 읽은 책 중에 기억나는 책은 무엇인가?
- 최근에 본 뉴스 중에 기억나는 것은 무엇인가?
- 최근에 본 드라마나 영화 중에 기억나는 것은 무엇인가?

3) 2)의 인터뷰 내용 중에서 인상 깊은 한 단어를 찾아 그와 관련된 한 문단 글쓰기를 해 보자.

_____

_____

_____

_____

_____

_____

_____

인공지능
시대의 글쓰기

이 장에서는 인공지능 시대의 글쓰기 방안과 ChatGPT를 활용한 다양한 실습을 진행한다. ChatGPT, CLOVA X, Wrtn, Bard, Bing 등 다양한 인공지능 프로그램이 앞다투어 속속 등장하고 있다. 이러한 흐름 속에서, 우리는 이런 인공지능 프로그램의 올바른 사용법을 익혀 활용해야 할 것이다. 먼저 1절에서는 인공지능의 개념과 가장 쉽게 쓰이는 ChatGPT 등 인공지능과 관련된 용어를 확인하고, 다음으로 인공지능을 이용한 작품을 감상한다. 나아가 인공지능 창작에서 발생하는 문제에 대해 고민하며 인공지능을 사용하는 데 윤리적인 인식 체계를 정립하기 위한 초석을 다진다. 2절에서는 ChatGPT 활용 방법을 단계적으로 고찰한다. 또한 인공지능을 활용한 일상생활의 글쓰기와 심화된 글쓰기를 위한 단계를 설정하고, 이를 실생활에서 어떻게 활용할 수 있을지 실습한다. 이와 함께 인공지능을 활용한 글쓰기에는 어떤 윤리적인 문제가 있는지 살펴보고, 어떤 부분에서 문제가 발생할지 논의해 본다. 이런 활동을 통해 빠르게 도래하는 시대적인 변화를 단계적으로 밟아 가는 기회를 가지고, 추후 윤리의식을 바탕으로 인공지능 기술을 활용할 수 있을 것이다.

인공지능의 이해

『표준국어대사전』에 따르면 인공지능(AI)은 인간의 지능으로 생성되는 추리능력, 적용 능력, 논증, 학습 등을 갖춘 컴퓨터 시스템을 의미한다. 인공지능은 자연 언어 처리로 인간이 생각하는 방식과 유사한 방식으로 컴퓨터 언어를 구축해 알고리즘을 확장한 기술로서 자연 언어의 이해, 음성 번역, 로봇 공학, 인공 시각, 문제 해결, 학습과 지식 획득, 인지 과학 따위에 응용된다.

이러한 발전으로 현재 산업혁명 이후 또 한 번의 변화가 도래했다. 자동화 기술의 성장과 함께 인간과 유사한 기능을 탑재한 인공지능의 영향력은 더욱 확대되었다. 인공지능의 기술은 머신러닝(Machine Learning)을 포함하여, 자연어 처리(Natural Language Processing), 자동화 기술 능력인 알고리즘(Algorism) 등과 같은 딥러닝(Deep Learning) 기술이 대표적이다. 이 가운데 인공지능에서 가장 중요한 기술은 딥러닝 개념이라고 할 수 있다. 딥러닝은 용어 그대로 '깊이 학습함'을 의미한다. 많은 데이터를 학습하여 가장 적절한 데이터를 찾아 제공하는 것이 딥러닝의 목적이다.

가장 많이 사용되는 인공지능 프로그램 중 하나는 ChatGPT(Generative Pre-trained Transformer)다. ChatGPT는 상대의 질문과 맥락을 분석하고 이해해 학습자에게 답을 준다. 인간처럼 사고할 뿐 아니라 인간처럼 대화할 수 있다. 과거의 컴퓨터 검색 기능이 질문에 대해 정해진 답을 제시하는 것에 그쳤다면, 인공지능은 질문에 따른 의도와 목적을 파악해 정보를 수집하고 정보를 재구성하여 알려주는 것이 장점이다.

그렇다면 의사소통 과정에서 발전하는 기술을 적절하게 활용하는 방법에 대해 알아보자.

1) 인공지능이란 무엇인가

인공지능은 단순히 편의성만을 추구하는 것이 아니라, 삶에 대한 많은 고민과 함께 발전했다. OpenAI의 목표에서 알 수 있듯 인공지능 기술의 발전은 인간의 편의와 사회적 이익을 추구한다. 인공지능을 이용해 대화 형식으로 쉽게 원하는 정보와 이미지를 찾을 수 있고, 나아가 새로운 글과 작품도 만들어 낼 수 있다. 대화로 생각을 확장하기 위해 ChatGPT나 Bing과 같은 대화형 모델이 등장했고, 이를 기반으로 사회에 필요한 인공지능 모델이 개발되고 있다.

인공지능은 단순한 기계를 넘어 다양한 의미를 갖게 될 것이다. 고도로 발전한 인공지능은 친구이자 직장 동료가 될 수도 있고, 사소한 질문에도 친절하게 답변하므로 관계 형성이 가능하다는 점에서 과거의 인공지능과 차이가 있다. 인공지능의 발달과 ChatGPT의 등장은 로봇과 기계에 대한 인식을 긍정적으로 바꿔 놓았다.

인공지능의 개념에 대한 아래의 글을 읽고 인공지능의 한계와 대처 방안을 생각해 보자.

'인공지능이란 무엇인가?'는 쉬운 질문처럼 느껴지지만, 사실 그 질문에 답을 하기는 꽤 어렵다. 그 이유는 첫째, 지능이 무엇인지에 대해 의견의 일치가 거의 이루어지지 않았고 둘째, 적어도 현재까지는 기계의 지능과 사람의 지능에 큰 연관성이 있다고 믿을 이유가 거의 없기 때문이다.

인공지능은 지금까지 다양한 방식으로 정의 내려졌다. 물론 정의하는 방식에 따라 각기 치중하는 부분이 다르지만, 일반적으로는 인간이 했을 경우에 사람들이 지능적이라고 받아들일 행동을 할 수 있는 컴퓨터 프로그램이나 기계를 창조한다는 것이 주요한 개념이다. 실제로 인공지능 연구의 기초를 확립한 존 매카시(John McCarthy)는 1955년에 "사람이 그렇게 행동했다면 지능적이라고 말할 수 있는 행동을 하는 기계를 만드는 것"이라고 설명했다.

그런데 일견 타당해 보이는 이 같은 인공지능의 정의에는 심각한 결함이 있다. 예컨대 측정하는 것은 말할 것도 없고, 인간의 지능을 정의 내리기가 얼마나 힘든지 한번 생각해 보라. 뭐든지 숫자로 측정하고 직접 비교하기를 선호하는 인간의 문화적 성향은 흔히 객관성과 정밀성이라는 거짓된 품격을 만들어 내는데, 지능처럼 주관적이고 추상적인 대상을 정량화하려는 시도 역시 분명 그런 범주에 든다. 입학 경쟁이 치열한 어떤 유치원에 마지막 한 자리가 남아 있는데, 단지 IQ가 조금 더 높다는 이유만으로 어떤 아이가 그 자리를 차지한다면 과연 공정한 기준에 의해 결정됐다고 말할 수 있을까? 그렇다면 계산기가 인간보다 훨씬 빠른 속도로 계산할 수 있으니 인간보다 지능이 뛰어나다고 보아야 할까? 물론 당연히 그렇지 않다.

인간과 기계의 지능을 비교하기 까다로운 건, 문제에 어떤 방식으로 접근하느냐가 문제를 풀어내는지 여부만큼 중요하기 때문이다.

— 제리 카플란, 『인공지능의 미래』, 신동숙 옮김, 한스미디어, 2017, 19〜21쪽.

2) 인공지능과 예술

인공지능의 창작물은 다양한 논란을 만들어 낼 만큼 수준이 높다. 영화 〈엑스 마키나〉(2015)에서 인공지능의 위험성을 경고한 것처럼 현재 인공지능은 인간이 위협감을 느낄 정도로 엄청난 속도로 정보를 저장하고 재생산한다. 〈엑스 마키나〉에서 인공지능이 자아(ego)를 갖게 됨에 따라 인간을 조종한다는 무서운 결과를 예견하였듯, 현재 인공지능의 학습 수준은 인간과 비교할 수 없을 정도로 뛰어나다. 인공지능은 스스로 학습하고 새로운 코드를 조합하여 인간이 상상하지 못한 결과물을 만들고, 전혀 생각하지 못한 조합과 수식으로 결과물을 생성해 내므로, 그 결과물은 독창성을 지닌다.

아래 그림은 텍스트를 이미지로 바꿔주는 미드저니(Midjourney)를 통해 만든 작품이다. 이 작품은 콜로라도 주립 박람회 미술전 디지털아트 부문에서 1등을 차지한 제이슨 앨런(Jason Allen)의 작품이다.

[출처: 콜로라도주 박람회 페이스북, https://www.facebook.com/photo.php?fbid=10230746242900419&set=pb.1255106268.-2207520000&type=3]

위 그림은 제이슨 앨런의 〈스페이스 오페라 극장(Théâtre D'opéra Spatial)〉이라는 작품이다. 몽환적인 분위기와 색채, 그리고 중심에 있는 한 여성의 존재에 대해 우리는 상상할 수 있다. 위 작품에서 알 수 있듯 인공지능은 이제 요청에 따라 그림의 분위기를 구축하고 이미지를 생성할 수 있으며, 색채와 분위기마저 사용자의 요구대로 실행한다. 명암과 대비, 반전 등의 예술 기법을 바로 구현하여 하나의 작품을 완성하는 데 오래 걸리지 않는다. 이제는 어떤 이미지를 작가 혼자서 고안하여 만들어 내는 것이 아니라, 인공지능과 함께 찾아 가는 것이다. 인공지능이 창작한 아래의 시를 읽어 보자.

나는 밤에
음악을 듣는다.

음들은 하나하나
빗소리처럼
청아한 소리로 듣는다.

밤은
나를 취하게 한다.

하나하나
소리를 따라
취하면
어느덧
나는 밤의 한가운데 와 있다.

밤은

나의 날개이며

몸이다.

— 슬릿스코프 편집부·카카오브레인, 「밤중의 밤」, 『시를 쓰는 이유』, 리멘워커, 2022, 9쪽.

위 예문은 카카오브레인과 미디어아트 그룹 슬릿스코프가 합작한 인공지능 '시아(SIA)'가 창작한 시다. 시아는 카카오브레인 초대형 AI 작품을 창작하는 모델로 1만 3천여 편의 시 데이터를 가지고 창작한다. 주목할 점은 시아가 자신의 존재에 의미를 담았다는 데 있다. 여기에는 비존재와 존재의 공존함을 보여 주기 위한 카카오브레인과 슬릿스코프의 의도가 담겨 있다. 이렇게 비존재가 존재로서 명령어와 주제만 입력하면 서사와 맥락을 만들어 낸다는 점에서 이 시는 창작과 글쓰기 영역에도 인공지능이 깊이 들어와 있다는 방증이다.

시아는 현재도 열심히 활동 중이다. 시집뿐 아니라 다른 작가들과 합작하여 사극 연극을 창작하여 직접 공연하기도 한다. 공연은 시아의 독백으로 진행되며 형체 없이 목소리만으로 서사가 전개된다. 시아의 존재 없이도 배우들이 시아의 존재를 인식하고 연주하고 춤을 추는 공연을 선보이기도 했다.

이처럼 인공지능은 창작 영역에서도 능력을 발휘하며, 만들어 낸 예술작품의 완성도도 매우 높다. 특히 번역 작업에서는 인간보다 시간과 비용을 적게 들이면서 거의 완벽하게 해내기에, 인간을 대체할 가능성이 높다. 소설 창작과 시 창작도 예외가 아닌 듯 보인다. 카카오에서 인공지능이 창작한 시집 『시를 쓰는 이유』를 발행하면서 창작의 판도도 달라졌다. 인공지능을 활용한 글쓰기와 창작 활동이 인간의 결과물과 유사한 작품을 만들어 내고 있어, 앞으로 인공지능은 글쓰기 분야에서도 널리 활용될 것이다.

1. 인공지능이 창작한 글을 찾아보고, 이에 대한 감상을 이야기해 보자.

2. 인공지능이 창작한 그림을 찾아보고, 이에 대한 감상을 이야기해 보자.

인공지능의 활용

학습자가 인공지능을 통해 원하는 정보를 얻기 위해서는 적절한 명령어를 입력하는 것이 중요하다. 무엇보다 구체적이고 목적에 맞게 명령어를 넣어야 한다. 적합한 명령어의 입력만으로 도출할 수 있는 대답의 수준에 차이가 나기 때문이다. ChatGPT의 경우 질문을 구체적으로 던지는 것이 중요하다.

우리가 타인과 대화하는 과정을 떠올려 보면 불확실하거나 이해되지 않는 부분에 대해 묻고 또 질문하게 된다. ChatGPT도 질문한 부분을 이해하지 못하거나 질문이 너무 광범위하면 학습자가 원하는 답변을 한 번에 도출할 수 없다. ChatGPT에서 원하는 정보를 얻기 위해서는 기관, 장소, 때, 정도, 분야, 상태 등을 최대한 반영하여 질문을 작성해야 한다.

1) ChatGPT를 활용한 글쓰기

ChatGPT를 활용해서 원하는 답을 얻기 위해서는 명령어를 입력할 때 아래의 사항을 고려해서 작성해야 한다.

- 목적과 의도를 고려해 명확하게 질문하기
- 세분화하여 구체적으로 질문하기(시기, 장소 등)
- 육하원칙을 고려해서 질문하기
- 문맥과 상황을 설명하면서 질문하기

적절하지 않은 질문	적절한 질문
개봉한 영화가 뭐야?	최근 개봉한 액션 영화 추천해 줄 수 있을까?
놀러 갈 만한 곳 알려줘.	안성 중앙로 근처 놀러 갈 만한 곳 추천해 줄 수 있을까?

아래 도표는 ChatGPT를 활용한 글쓰기 방안에 대한 단계를 도식화한 것이다. 무조건 ChatGPT에 의존할 것이 아니라 학습자의 경험과 아이디어를 접목해 새로운 글로 재탄생시켜야 한다. 그래야 독창적이고 독보적인 글이 완성된다.

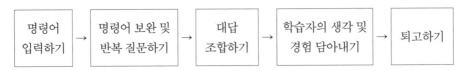

(김민지, 「챗GPT를 활용한 시창작 방안 연구」, 『한국문학연구』 72, 동국대학교 한국문학연구소, 2023, 307쪽.)

1단계: 명령어 입력하기

대화형 인공지능의 경우 어떤 명령어와 질문을 넣느냐에 따라 전혀 다른 답변이 나온다. 또한 어떤 키워드와 조합하는지에 따라서 전혀 다른 답변을 얻을 수 있다. 질문 또는 명령어를 입력할 때는 구체적으로 입력해야 한다. 명령어를 입력하기 전에 의도와 목적을 명확하게 밝혀 질문하는 것이 좋다.

가장 먼저 설정할 부분은 명령어 조합이다. 구체적이고 정확한 명령어를 사용해 질문하는 것이 관건이다. 특히 앞선 예시를 통해 알 수 있었듯, 질문에도 관계 설정이 중요하다. ChatGPT를 효과적으로 사용하려면 반드시 적확한 명령어를 입력해야 한다.

2단계: 명령어 보완 및 반복 질문하기 (같은 명령어를 반복적으로 질문할 때)

같은 명령어를 반복적으로 입력해도 항상 같은 답이 나오는 것이 아니므로, 같은 질문을 여러 번 입력하면서 답변을 비교하는 작업도 유의미하다. ChatGPT는 매번 다른 표현과 흐름을 구성하여 글쓰기를 구현하기 때문에 같은 질문을 여러 번 다른 형태로 질문하는 것도 또 하나의 활용법이다. 아래의 예시처럼 단계적으로 질문을 해 간다면 학습자가 필요한 정보를 찾을 수 있다.

"행복해지는 방법을 알려줘"

▶ 8살짜리 조카에게 설명할 수 있게 행복해지는 방법을 알려줘.
▶ 행복에 관한 발표를 해야 하는데 개념과 방법을 설명해 줘.
▶ 행복이란 무엇인지에 대한 다양한 학자들의 이론을 찾아서 정리해 줘.

3단계: ChatGPT 대답 조합하기

위에 제시한 행복해지는 방법을 ChatGPT에 물어보면 아래와 같은 답변이 나온다. 아래의 내용처럼 막연하게 행복해지는 방법을 물어보면 ChatGPT는 행복에 대한 사전적 정의에 따른 방안을 제시한다. 즉, 학습자가 행복에 대한 정의를 따로 규정하지 않고 질문하면 원론적인 답변만 반복적으로 나올 것이다. 만약 확장된 답변을 원한다면 단순히 행복해지는 방법만을 물어봐서는 안 되며, 행복에 대한 학습자의 정의와 의도를 구체적으로 작성해야 한다.

행복은 각 개인에게 다르게 정의되고 경험되는 주관적인 감정이며, 다양한 방법으로 달성될 수 있습니다. 다음은 행복을 증진하는 데 도움이 될 수 있는 몇 가지 일반적인 방법입니다.

자기 관리: 건강한 식사, 충분한 휴식, 규칙적인 운동, 스트레스 관리 및 충분한 수면은 신체와 정신적 건강을 유지하고 행복을 촉진하는 데 도움이 됩니다.

긍정적 사고: 긍정적인 태도를 가지고 생각하고, 감사의 마음을 기르면 행복을 높일 수 있습니다.

목표 설정: 목표를 가지고 노력하고 달성함으로써 성취감을 얻을 수 있습니다. 목표는 개인의 성장과 만족감을 높이는 데 도움이 됩니다.

4단계: 학습자의 생각 및 경험 담아내기

ChatGPT가 대답한 것을 그대로 가져오는 것은 무의미하다. 행복이라는 주제로 위와 같은 답을 얻었다고 했을 때 여기서 끝낸다면 ChatGPT는 무용지물이 될 것이다. 질문을 구체화하여 다른 답변을 얻거나, 답변 내용을 바탕으로 학습자의 표현과 생각으로 정리해서 본인이 가지고 있는 행복의 기준과 행복하기 위한 방안을 재서술해야 한다. 학습자가 개인적인 경험과 더불어 행복에 대한 기준을 서술하기 위해서는 ChatGPT의 답변을 참고하되, 학습자 스스로가 어떻게 행복을 찾는 사람인지 고민하고, 자신이 찾고자 하는 행복의 본질을 찾아야 한다.

5단계: 퇴고하기

글을 쓰거나 질문에 대한 답을 정리할 때는 반드시 퇴고 작업을 거쳐야 한다. ChatGPT는 아직 글을 작성할 때 표현의 오류나 오타를 종종 보인다. 때로는 학습자가 요청했던 것과 전혀 다른 개념이나 표현의 모호함이 존재할 수도 있으므로, 글을 완성하기 위해서는 반드시 퇴고 작업을 거쳐야 한다.

2) 인공지능을 활용한 실생활 글쓰기

인공지능을 활용하는 것에는 세 가지 특징이 존재한다. 첫째로 설득력이 높다. 인공지능은 대량의 데이터를 자연 언어 처리로 학습하여 단순히 저장하는 것이 아니라, 스스로 학습자의 정보를 이해하여 도출하기 때문이다. 인공지능은 과거처럼 정해진 답만 도출하는 수준에 그치지 않고 답을 '생성'하므로, 적절한 자료와 설득력 높은 정보를 제공한다.

둘째로는 학습 효과가 뛰어나다. 앞선 특징과 비슷한 맥락인데, 질문을 하는 동시에 질문 데이터도 흡수하여 바로 저장하기에 인간보다 학습 능력이 뛰어나다. 다만 인공지능은 입력된 정보가 어떤 정보인지 가치판단을 하지 못하므로, 아직 공개되지 않은 글이나 작품이 있다면 그 글에 대한 교정과 평가를 맡기는 것은 위험하다. 왜냐하면 인공지능은 입력한 내용을 그대로 학습하므로, 추후 자신의 작품이 거꾸로 표절 문제에 걸리거나 다른 누군가가 ChatGPT를 통해 내 작품과 비슷한 내용을 결과로 얻을 수도 있기 때문이다. 따라서 학습자의 독창적이고 새로운 글을 인공지능이 학습하거나 표절하지 못하도록 유의해야 한다.

마지막으로 인공지능이 만들어진 목적이자 목표인, 정보의 길잡이 역할을 한다는 점이다. 인간이 지식과 정보를 축적하고 기록하는 것처럼 인공지능도 학습한 내용과 정보를 기억한다. 다만 인공지능은 인간과 달리 잊어버리거나 누락되는 확률이 매우 적고, 보관하고 있는 정보량이 많아 인간이 생각할 수 없는 정보까지 가져와 설명할 수 있다. 그러므로 인공지능을 잘 활용하면 필요한 정보를 빠르게 찾고, 새로운 지식과 정보를 통해 발상의 전환을 이루는 데 도움을 받을 수 있다.

인공지능의 특성

1. 설득력이 높다.
2. 학습효과가 뛰어나다.
3. 정보의 내비게이션(길잡이) 역할을 한다.

하지만 인공지능의 자료와 내용이 반드시 좋은 답으로 이어지는 것은 아니다. 데이터를 기반으로 자료와 정보를 제공하므로 기본적으로 설득력이 높은 것은 사실이지만, 정보의 진위 여부를 확인할 수 없고 출처를 무시한 채 정보를 생성하므로 저작권 문제나 신뢰 문제가 발생한다. 또한 인공지능은 윤리적인 의식이 없어, 입력한 자료를 그대로 저장하여 인식하고 자신의 것으로 재생산한다. 이렇게 되면 1차 창작자의 독점성이 사라지는 문제에 봉착하게 된다.

이처럼 인공지능과 관련하여 아직 정리되지 않은 다양한 문제가 있지만, 그렇다 해도 우리가 인공지능을 무조건 배척하거나 또는 인간을 대체하려는 이분법적 사고를 해서는 안 된다. 오히려 이러한 윤리 문제를 어떻게 해결해야 하며, 또 인공지능을 어떻게 잘 활용하여 삶의 질을 높일지 고민해야 할 것이다.

이제 간단한 글쓰기는 인공지능을 활용할 수 있게 되었다. 설문지 만들기, 메일 쓰기, 편지 쓰기, 글의 구조 잡기 등 다양한 기본 글쓰기는 인공지능으로 가능하다. 또 단순히 글을 작성할 뿐 아니라 요청한 글을 분석하여 그것을 토대로 적합한 형식을 구축해 글을 써 내려갈 수도 있다. 아래의 예시를 참고하여 직접 메일이나 편지를 작성해 보고, 주변 사람들과 비교해 보자.

 이러한 메일을 받았어. 당분간 시간이 없어 거절한다는 메일을 써 줘.

김민지 교수님께
○○대학교 신문사입니다.
여러모로 바쁘신 줄 알고 있음에도 불구하고 원고 청탁을 위해 연락을 드립니다.
독자들의 이해를 높이는 데 많은 도움이 되리라 생각해 원고 청탁을 드립니다.
원고 분량은 A4 용지 5매 정도입니다. 하지만 더 길어도 상관없습니다.
원고는 11월 10일(금)까지 보내주시면 되는데 가능한지 모르겠습니다.
갑작스럽게 부탁을 드려 죄송합니다.
답신 기다리겠습니다.

감사합니다.

편집국 올림

아래는 거절 메일의 예시입니다:

제목: 원고 청탁에 대한 답변

존경하는 편집국 드림,

귀하의 메일에 대한 이해와 관심에 감사드립니다. 그러나 저는 현재 예상치 못한 일정과 의무로 인해 다른 작업에 몰두해야 할 필요가 있어, 원고 작업을 수용하기 어려운 상황에 있습니다.
저의 다른 의뢰와 연구 프로젝트로 인해 시간이 제한적이며, 새로운 원고 작업을 수행하는 데 충분한 자유 시간을 확보할 수 없습니다. 갑작스러운 요청에도 불구하고 이번에는 도움을 드리지 못하는 점 양해 부탁드립니다.

감사합니다.

ChatGPT의 답변을 기반으로 이후 다양한 방식으로 수정을 요청할 수 있다. 만일 ChatGPT의 답변이 마음에 들지 않는다면 원하는 문체와 어투를 주문한다. 예를 들어 공손하게 우회적으로 다시 서술해 달라고 요청하면 ChatGPT는 학습자가 요청한 내용을 최대한 완벽하게 반영할 것이다. 따라서 학습자가 구체적으로 요청한다면, 원하는 방향으로 답변을 도출할 수 있다. 다만 고려할 점은 ChatGPT의 표현에 너무 의존하지 않아야 한다. 학습자가 ChatGPT의 답변에 보완할 내용이 있다면 스스로 수정하여 의도에 적합한 결과물을 만들어야 한다는 것이다. 앞선 예시에서 보았듯 ChatGPT를 잘 활용하면 효율적으로 업무를 처리하고 일상에서 많은 도움을 받을 수 있다.

3) 인공지능 활용 시 유의할 점

인공지능의 발달 속도가 너무 빨라, 현재는 인공지능에 관한 인식이나 법률에 관한 문제가 해결되지 못한 채 남아 있다. 또한 인공지능의 능력이 한쪽으로 치우친 경우도 많아서 신뢰도를 높이면 판독이 떨어지고, 판독의 기능을 올리면 신뢰도가 낮아지는 오류도 발생한다. 이러한 상황을 미루어 보면 아직 인공지능은 적당한 수준과 중심을 잡지 못한 상황이라고도 볼 수 있다. 물론 일상에서 사용하는 기본적인 사항들에는 문제가 없지만, 복잡한 정보와 명확한 판단을 요구하는 의학이나 생물학 분야에서는 정보나 판독의 오류가 많아, 사용자가 이를 감안하고 이해하고 있다. 아무리 인공지능이 인간보다 다양한 방면에서 뛰어나다 하더라도 기능이 치우치면 판독 오류와 문제를 빚어 신뢰성을 떨어뜨린다. 따라서 인공지능 자료에 대한 신뢰 문제는 앞으로도 지속될 것이며, 윤리적 인식을 확립하는 작업도 과제로 남아 있다.

인공지능 시대가 도래해도 변하지 않는 것이 있다. 자동화가 되어도 인공지능이 인간과 똑같아질 수는 없으며, 끊임없이 변하는 시대에도 변하지 않는 것이 있다. 인간이 결코 잊어선 안 되는 것, 그것은 무엇일까?

인공지능은 대량의 정보를 가지고 있으므로 명령어에 따른 답을 찾는 작업에서 분명 인간보다 매우 빠르다. 다만 가치판단을 요구하는 질문에는 오류가 발생한다. 관점이 부재하면 데이터에 기반한 정보의 생성과 조합은 가능하지만, 질문을 넘어 새로운 의견을 제시하는 일은 불가능하다. 그렇다면 관점 말고 인공지능이 흉내 낼 수 없는 인간의 능력에는 무엇이 있을까? 인간을 뛰어넘는 인공지능의 글쓰기가 가능할까?

많은 학자들은 인공지능이 써낸 글과 작품이 인간의 글쓰기와 작품을 넘어설 것이라는 예측에 회의적인 의견을 표한다. 그 이유는 바로 인공지능에게는 관점이 부재하기 때문이다. 관점은 생각하고 표현하는 데 중요한 역할을 한다. 생각하는 일은 관계를 형성하는 일이기도 하다. 관점은 데이터를 기반으로 기계적으로 만드는 것이 아니라, 축적되고 쌓인 지식과 정보를 통해 잠재적으로 형성되는 것이며, 모방할 수 없다.

따라서 인공지능은 예술 작품을 창작하거나 글쓰기를 하는 데 여전히 제한적이며, 한계를 지닌다. 예술과 창작 영역에서만큼은 인간이 독자적인 능력과 창의성을 발휘해야 하는 입장이다. 반면 번거로운 채색이나 개요 작성 같은 작업에는 인공지능을 최대한 활용해 노동력을 줄이자는 입장도 존재한다. 인공지능과 창작에 대한 논쟁이 여전히 뜨거운 가운데, 어떤 것이 맞고 틀렸는지에 대해 논쟁하기보다는 이 문제를 어떻게 받아들여야 할지가 더욱 중요할 것이다.

인공지능의 창작물과 작품을 어디까지 인정해야 할까? 명령어를 입력하는 사용자의 저작권은 어느 정도 보호되며, 인공지능을 통한 결과물에 사용된 방대한 자료를 둘러싼 저작권 문제를 우리는 어떻게 받아들여야 하는가? 또 우리는 인공지능이 만들어 낸 작품을 어떻게 받아들이고, 어떤 마음으로 인공지능을 활용해 글쓰기를 진행해야 할까?

통상적으로 표절 행위는 두 가지로 구분된다. 하나는 타인의 생각을 도둑질하는 것이고, 다른 하나는 표현을 도둑질하는 것이다. 그렇다면 인공지능이 보편화된 시대에 글쓰기의 윤리와 저작권 기준 확보의 문제는 더욱 중요해진다.

1. 교수님과의 대면 면담이 잡혀 있는 날, 급한 집안일이 생겨서 학교에 갈 수 없게 되었다. 상황을 설명하며 정중하게 양해를 구하는 메일을 직접 작성해 보고, 또 ChatGPT에도 질문해 보자. 그리고 두 개의 결과를 비교해 본 후 각자의 생각을 이야기해 보자.

나의 글→

ChatGPT의 답변 →

2. 아래의 글을 읽고 인공지능 저작권에 대한 자신의 입장을 적어 보자.

(가) 지난 5월 26일 중국의 한 '지방미술대학 본과 졸업전'이 사회관계망 서비스(SNS)상에서 공유됐다. 유화과, 조각과, 판화과, 실험미술대학, 인문대학 등 세부 전공으로 나뉘어 게시한 자료는 학생 작가와 그들의 작업 사진이 짧은 설명과 함께 포스팅됐다. 작품 중에는 글로벌 미술시장에서 잘 알려진 거장들의 영향을 받았음이 분명한 것들도 있었으나, 전반적 완성도가 높아 감탄이 나올 정도였다. 반전은 포스팅의 마지막에 있었다. "이 글의 모든 학생 사진, 작품 사진, 이름, 작품 이름 및 설명은 미드저니(Midjourney)와 ChatGPT에 의해 생성되며 편견과 고정관념으로 가득 차 있습니다."

텍스트를 입력하면 이미지가 탄생한다. 정확하게 말하자면 입력된 이미지를 바탕으로 AI가 명령어에 부합하는 이미지를 조합해 선보인다. 문제는 이제 그 결과물이 인간 전문가의 그것과 유사한 수준까지 올라왔다는 데 있다. 위에서 예시로 든 '지방미술대학 본과 졸업전'에 앞서 지난해 8월 미국 콜로라도 주립 박람회에서 열린 한 미술대회에선 AI가 만든 그림(스페이스 오페라 극장)이 1위를 하기도 했다. 사실이 밝혀지자 '예술은 죽었다'는 논란이 거세게 일었다.

지난 1월 미국에서는 일러스트레이터와 작가 3인이 캘리포니아 북부 지방법원에 AI 아트 제너레이터사인 미드저니, 데비안아트, 스테이블 디퓨전의 제작사인 스테빌리티 A.I를 고발했다. AI 아트 제너레이터가 학습할 때 자신들이 만든 창작물을 동의 없이 사용했다는 것이 소송의 주요 내용이다. 또한 세계 최대 이미지 사이트인 게티이미지도 스테빌리티 A.I와 소송 중이다. 게티이미지는 스테빌리티 A.I가 허가 없이 게티이미지 데이터베이스에서 1200만 개 이상의 이미지를 사용해 저작권과 상표권을 모두 침해했다며 미국 델라웨어 지방법원에 고소했다. 스테빌리티 A.I측은 공정 사용을 주장하는 등 양측의 입장이 팽팽하게 맞서고 있어 소송 결과를 예측하기 어려운 상황이다.

그렇다면 AI 아트 제너레이터가 생성한 이미지는 과연 누구의 것일까. 미국 법원은 AI 생성 콘텐츠의 저작권을 인정할 수 없다고 판단했다. 지난 2월 미국 저작권청(USCO)는 미드저니로 제작된 만화(그래픽 노블)의 이미지에 대해 저작권 보호를 받을 수 없다고 밝혔다. 다만 이 이미지를 선택하고, 이에 맞는 글을 쓰고, 적절한 배치를 한 그래픽 노블작가 카슈타노바의 행동에 대해서는 저작권을 인정한다고 했다.

이미지 자체는 저작권이 없지만 이를 바탕으로 2차 창작물을 만든다면 그에 대해서는 인정한다는 뜻이다. 맥스 실스 미드저니 법무 자문위원은 이 결정에 대해 "카슈타노바와 미드저니, 예술가들에게 위대한 승리"라며 "USCO의 결정은 예술가가 미드저니 같은 이미지 생성 도구를 창의적으로 통제한다면 그 결과를 보호받을 수 있다는 점을 명확히 했다"고 평가했다. 이처럼 미국에서는 AI 관련 저작권 논의가 활발히 이뤄지고 있지만, 아직 국내에서는 법·제도는커녕 논의 자체도 제대로 이뤄지지 않은 상황이다.

국내 저작권법은 저작물은 '인간의 사상 또는 감정을 표현한 창작물'을, '저작자'는 저작물 창작자로 규정하고 있을 뿐이다. 즉 현행법상 저작권은 인격권을 바탕에 두고 있기 때문에 인간이 아닌 AI가 만든 창작물은 저작권을 인정받을 수 없다.

법·제도 개선의 필요성이 대두되자 정부와 정치권은 최근 이에 대한 논의를 시작하기는 했다. 문화체육관광부는 지난 2월 'AI 저작권법 제도개선 워킹그룹'을 발족하고 9월까지 저작권법 가이드라인을 만들 계획이다.

— 이한빛 기자, 「"내 작품 동의없이 썼다" 결국 소송전〔생성형 AI 리스크〕」,
『헤럴드경제』 2023.06.01.
https://biz.heraldcorp.com/view.php?ud=20230601000360, 검색일: 2023.11.15.

(나) 도덕을 지키는 인공지능이 가능한가?

인공지능 역시 도덕적 행위자가 될 수 있다. 주어진 환경에서 도덕적으로 적절한 측면을 감지할 능력이 충분하고 행동에 대한 선택권이 있으므로 도덕적 행위자로서의 자격이 충분하다. 이런 컴퓨터 시스템은 꼭 그렇게 사람과 거의 비슷할 정도로 대단히 정교해야 하는 것은 아니다. 잔디를 깎는 로봇은 아마 앞에 놓인 장애물이 나뭇가지인지 어린아이의 다리인지 감지할 수 있고, 멈출지, 계속 진행할지 선택할 수도 있다.

그래서 우리는 이를 악물고 도덕규범을 프로그램화하는 문제에 직면했다. 공학적인 문제처럼 느껴질지 모르지만 그렇게 단순하지만은 않다. 이 주제에 상당히 관심이 쏠려 있지만, 아직은 전문가들이 도덕규범의 내용과 형식에 관한 그렇다고 할 의견의 일치에 이르지 못했다. 지난 수백 년에 걸쳐 철학자들이 상당히 방대한 도덕 이론을 발전시켰는데, 어떤 이론이 최선이며 실행 가능한지에 관한 논쟁은 오늘날까지도 좀처럼 수그러들지 않고 진행 중이다.

이 난해한 문제에 어느 정도 의견의 일치를 보더라도 그 결정이 현실이 되고 프로그램으로 시행된다는 보장은 없다. '컴퓨터 윤리'라는 신생 연구 분야에서는 '인공 도덕적 행위자'를 창조하는 것을 목표로, '하향식' 접근법을 활용한다. 즉 선험적인 도덕 원칙을 선택해 도입하고, 원칙을 존중하는 시스템을 구축한다. 정보에 대한 윤리적 검열을 위해 관련 사례와 예시를 많이 입력하는 방식을 주로 활용한다. 그러나 이 접근법은 인간의 경우에서와 마찬가지로, 기계들이 사회적으로 용인되는 도덕 원칙을 익히고 실행하리라고 보증할 수 없을뿐더러 그 원칙들을 분명히 표현하기 힘들다는 약점이 존재한다. 그 밖에는 '사례 기반 추론' 연구들이 있는데 이는 알려진 사례들 중 가장 비슷한 사례들을 참조해서 도덕적인 문제를 해결하는 방식이다. 이 신생 연구법 역시 한계에 맞닥뜨려 있다. 인간은 본능적으로 상처를 받으면 그 상처를 남에게 전가하지 않아야 옳다고 생각하는데, 그런 인간의 도덕관은 동정과 연민을 느끼는 인간의 능력에 상당 부분 뿌리내린 것으로 판단되기 때문이다. 그런 관념을 기계가 터득하기는 아마도 불가능할 것이다. 그러므로 전반적인 연구 흐름을 고려하면, 인공지능 기기에 도덕규범을 프로그램할 커리큘럼이 개발되기까지는 아직 갈 길이 멀다.

— 제리 카플란, 「경관, 저 로봇을 체포하시오」, 『인간은 필요없다』, 신동수 역, 한스미디어, 2016, 115~119쪽.

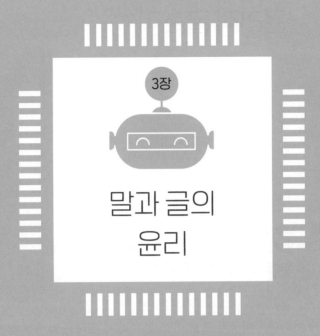

말과 글의 윤리

3장

이 장에서는 언어를 통해 표현되는 말하기와 글쓰기의 윤리에 대해 학습한다. 글쓰기에서의 윤리는 의사소통의 윤리로 이어져 올바른 언어생활을 영위할 수 있도록 한다. 이러한 목표를 달성하기 위해 본 장은 크게 두 개의 절로 구성했다. 1절에서는 표절의 개념을 확인하고 그 범위와 내용을 이해한다. 특히 대학생들이 쉽게 저지르는 표절의 유형을 확인한 후, 자가 점검을 통해 표절의 유혹을 이겨 낸다. 다음으로는 윤리적 글쓰기의 필요성을 알아본다. 윤리적인 글을 쓴다는 것은 나 자신을 온전하게 드러내는 일이다. 그리고 그것을 바탕으로 세계와의 관계를 이해해야 한다. 이를 위해 저작권의 개념을 확인하고, 주체적인 글쓰기의 중요성을 인식한다. 2절에서는 다양한 예시를 통해 인용 방식을 이해한다. 직접 인용과 간접 인용을 구별하고, 간접 인용에서 유의해야 할 내용을 바꿔 쓰기 및 요약하기를 통해 실습한다. 이와 같은 활동은 자아실현을 위한 삶의 의미와 가치를 스스로 통찰하게 함으로써 자기 효능감을 높이고 자기 성찰 역량을 향상할 수 있다.

윤리적 글쓰기

학습 목표

• 표절의 정확한 개념을 알아보고 스스로를 점검해 보자.
• 윤리적 글쓰기의 필요성을 개인적 관점과 사회적 관점에서 이해해 보자.
• 다양한 글쓰기의 윤리를 연습문제를 통해 학습해 보자.

"끝날 때까지 끝난 게 아니다." 미국의 프로 야구 선수 요기 베라는 끝까지 최선을 다해야 한다는 의미로 이 말을 남겼다. 글을 쓰는 사람들은 우스갯소리로 "시작할 때까지 시작한 것이 아니다."라는 말로 요기 베라의 말을 받는다. 글쓰기의 어려움을 재치 있게 표현한 말이리라. 누구나 시작하기 전에는 그럴싸한 계획이 있다. 그러나 실제로 맞닥뜨리면 생각처럼 글이 써지지 않는다. 당연하다. 글을 쓰기 위해서는 철저한 준비와 노력이 필요하다. 준비가 동반되지 않은 글쓰기는 위험하다. 아니, 위험에 노출될 확률이 높다. 나의 생각보다 남의 생각에 먼저 눈이 가고, 나의 글보다 남의 글이 더 커 보인다.

이 절에서는 표절의 개념을 살펴본다. 표절은 단순히 남의 글을 몰래 가져오는 것뿐만 아니라, 타인의 생각이나 아이디어 등을 무단으로 가져오는 행동도 포함한다. 그러므로 그 범위와 내용을 정확하게 알아야 한다. 이 내용을 「연구 윤리 지침」을 통해 확인한다. 다음으로 대학생들이 글을 쓸 때 자주 저지르는 부정행위를 점검한다. 여러 유형 중 무심코 지나가기 쉬운 내용들을 확인하여 나만의 독창적인 생각을 글로 표현할 수 있도록 한다. 끝으로 윤리적 글쓰기의 필요성을 확인하고, 저작권을 지키기 위한 노력이 글쓰기에도 적용된다는 것을 이해한다.

1) 글쓰기와 표절 행위

『표준국어대사전』에서는 표절을 "시나 글, 노래 따위를 지을 때에 남의 작품의 일부를 몰래 따다 씀"이라고 풀이하고 있다. 이때 몰래 따다 쓰는 행위는 두 가지로 구분된다. 하나는 타인의 생각을 도둑질하는 것이고, 다른 하나는 표현을 도둑질하는 것이다. 먼저 다음의 기사를 읽고 생각을 표절하는 행위에 대해 이해해 보자.

2020년 도쿄올림픽 엠블렘이 표절 논란에 휩싸였다. 30일 NHK와 교도통신 등에 의하면 벨기에의 그래픽 디자이너 올리비에 도비는 최근 발표된 도쿄올림픽 엠블렘이 자신이 2년 전 제작한 극장 로고와 흡사하다고 주장했다.

본인 페이스북 계정을 통해 표절 의혹을 제기한 그는 NHK와의 인터뷰에서 "디자인의 구도에다 글씨체도 비슷하다"며 "일본인 디자이너가 그대로 베꼈다고 말하기 어렵지만 2년 전 세상에 나온 내 작품을 한 번도 보지 않았다고는 생각하기 어렵다"고 말했다. 도비는 향후 대응에 대해 변호사와 협의하고 있다며 소송을 제기할 가능성을 시사했다.

도쿄올림픽 엠블렘은 일본인 사노 겐지로(佐野研二郎)가 디자인했다. 이에 대해 도쿄올림픽조직위원회는 사노로부터 사실관계를 확인했다며 "작년 11월에 디자인을 내정한 뒤 오랜 시간에 걸쳐 세계 각국의 상표를 확인하고 이번 디자인을 발표했기 때문에 문제는 없는 것으로 이해하고 있다"고 밝혔다.

— 조준형, 「2020년 도쿄올림픽 엠블렘 표절 논란」, 『연합뉴스』, 2015.07.30.,
http://www.yna.co.kr., 접속일: 2023.12.20.

타인이 만들어 낸 생각이나 개념, 아이디어 등을 아무런 표시 없이 가져오면 표절에 해당한다. 한창 논란이 되었던 도쿄올림픽의 엠블렘 역시 표절 논란에 휩싸여 새로운 엠블렘으로 교체되었다. 다른 사람의 생각을 참고하여 새로운 아이디어를 얻었다면 해당 내용을 반드시 밝힐 필요가 있다. 한편, 다른 사람의 생각이나 아이디어 등을 왜곡하여 인용하는 일 역시 표절에 해당한다. 반드시 원저자의 생각을 명확하게 이해하여 충실하게 인용해야 표절이 되지 않는다.

다음으로 표현을 표절하는 행위에 대해 알아보자. 교육부 훈령인 「연구 윤리 확보를 위한 지침」에서는 표절의 행위를 다음과 같이 정의한다.

제12조(연구부정행위의 범위)

3. "표절"은 다음 각 목과 같이 일반적 지식이 아닌 타인의 독창적인 아이디어 또는 창작물을 적절한 출처 표시 없이 활용함으로써, 제3자에게 자신의 창작물인 것처럼 인식하게 하는 행위

가. 타인의 연구 내용 전부 또는 일부를 출처를 표시하지 않고 그대로 활용하는 경우

나. 타인의 저작물의 단어·문장구조를 일부 변형하여 사용하면서 출처 표시를 하지 않는 경우

…… (이하 생략)

위의 내용과 같이 타인의 저작물을 그대로 활용하거나, 변형하여 사용하면서 출처 표시를 하지 않는 것 모두 표절에 해당한다. 대학에서 우리가 가장 많이 마주하는 것이 바로 이런 유형들이다. 도무지 쓸 말이 생각나지 않는다는 핑계로, 타인의 글이 더 좋아 보인다는 이유로 아무런 거리낌 없이 표절하는 모습을 볼 수 있다. 다음은 비윤리적 글쓰기의 유형을 제시한 것이다. 확인하여 표절의 유혹을 물리치도록 하자.

대학생의 글쓰기 부정행위 유형

1. 전문 도용과 무임승차

　　① 다른 사람의 글을 자신의 이름으로 제출

　　② 단행본의 일부를 베껴서 제출

　　③ 공동 과제물에 무임승차

2. 자기 복제와 중복 제출

　　① 전문(全文) 중복 제출: 동일한 글을 두 군데 이상 제출

　　② 구성이나 문장을 변경하여 제출

　　③ 서론이나 결론을 변경하여 제출

　　④ 두 개 이상의 글을 하나의 글로 합쳐서 제출

　　⑤ 자료와 내용의 보완 없이 일부를 다시 제출

3. 자료 위조

　　① 경험 자료를 위조하여 글을 작성: 자료의 전체나 일부를 허위로 조작

　　② 문헌 자료 혹은 대상 작품을 위조하여 글을 작성

---

4. 자료 변조

① 경험 자료를 변조하여 글을 작성: 전체 또는 일부를 유리하게 변경하거나 삭제

② 문헌 자료 혹은 대상 작품을 변조하여 글을 작성

5. 표절과 짜깁기

① 출전 표기 없이 다른 사람의 연구 방법론이나 핵심 아이디어를 사용

② 다른 단어와 표현을 사용했더라도 문장의 구조나 전개 방식 모방

③ 출전 표기 없이 정보나 자료를 사용(표, 그림, 슬라이드, 컴퓨터 프로그램도 포함)

④ 진위를 두고 논란이 되거나 상식을 넘어서는 역사적·사회적·자연적 사실을

　 출전 표기 없이 인용

⑤ 출전 표기를 했더라도 큰따옴표를 사용하지 않음으로써 인용된 부분이 명확

　 하게 드러나지 않을 때

⑥ 다른 사람의 글들을 짜깁기

— 정병기, 「대학생 글쓰기의 부정행위와 윤리 교육 방안」, 『사고와 표현』 1-1,
한국사고와표현학회, 2008, 271～276쪽.

표절을 피하기 위해서는 '나 자신'이 글쓰기의 윤리를 지키려고 노력해야 한다. 그런 노력이 뒷받침되어야 의미 있는 성과를 거둘 수 있다. 글을 쓸 때 다른 사람의 글을 보고 참고하는 일은 매우 흔한 일이다. 오늘날과 같은 과잉 정보의 시대에 온전히 자신의 생각과 지식만으로 글을 채우기란 불가능에 가깝다. 타인의 글을 올바르게 '인용'하여 사용한다면 표절이 아니라 새로운 지식을 창조하는 성과로 이어질 수 있다. 다음 글에서는 글쓰기 윤리의 중요성을 확인해 보자.

2) 윤리적 글쓰기의 필요성

문학 평론가 김윤식 교수는 글쓰기 윤리에 대해 다음과 같이 말했다. "쓰려면 그 열 배를 읽는다. 그게 글쓰기 윤리다." 그는 퇴임을 하고도 40여 권의 저서를 써 냈다. 그의 말대로라면 퇴임 후에 400여 권이 넘는 책을 읽었을 것이다. 그에게 있어 글쓰기 윤리는 지독한 탐독이다. '작가들의 작가'로 불리는 윌리엄 진서(William Zinsser)는 그의 책『글쓰기 생각 쓰기(On Writing Well)』에서 "궁극적으로 글 쓰는 이가 팔아야 하는 것은 글의 주제가 아니라 자기 자신이다."라고 말했다. 즉 글을 쓴다는 것은 나를 발견하는 행위이며, 그 발견을 글로 표현한다는 의미일 것이다. 나의 글을 쓰기 위해 타인의 글을 열 배 읽는 것, 나의 글을 쓰기 위해 나를 성찰하고 뒤돌아보는 것. 둘 다 윤리적인 글쓰기를 위해 필요하다.

윤리적인 글쓰기란 무엇일까. 먼저 '윤리'의 의미를 이해해 보자. 사전에서는 "사람으로서 마땅히 행하거나 지켜야 할 도리."라고 정의한다. 마땅히 행하거나 지켜야 하는 것. 그것은 바로 개개인의 도덕적 양심이다. 이 양심은 사람 사이에서만 지켜야 하는 것이 아니다. 글쓰기에서도 마땅히 지켜야 한다. 글 쓰는 이가 온전히 양심을 지켰을 때 비로소 윤리적인 글쓰기가 된다.

글쓰기의 윤리는 단순히 개인에게만 국한되는 것이 아니다. 좁은 의미에서 윤리는 개인의 도덕적 양심을 지키는 데에도 중요하지만 사회, 즉 공공의 이익과 문화의 발전을 위해서도 필요하다. 스티븐 스튜어트(Stephen M. Stewart)는 저작권 보호의 논거를 다음과 같이 설명한다.

> 첫째, 저작권을 보호하는 것은 자연적 정의의 원리에 부합한다. 저작자는 그의 인격의 표현물인 저작물의 창작자로서 마땅히 그의 저작물을 출판할 것인지 여부와 그 방법을 결정할 수 있어야 하며, 그의 지적인 창작물이 침해되거나 훼손되는 것을 막을 수 있어야 한다. 저작자는 다른 노동자와 마찬가지로 그의 노력에 대한

대가를 받을 자격이 있으며, 저작권료는 그의 지적인 노동에 대한 임금이다.

둘째, 경제적 유인으로서 필요하다. 저작물을 창작하거나 이를 공중에게 이용 가능하게 하기 위해서는 상당한 투자가 소요되는데, 이러한 투자는 이에 대한 회수나 상당한 이윤의 기대가 없이는 이루어지기 어렵다. 이러한 경제적 유인과 관계없이 창작을 하고 또 이를 전달하는 사람들도 많이 있지만, 사회적으로 가치 있는 저작물의 대부분은 이를 업으로 하는 사람들에 의해 창작되고 전달되고 있다.

셋째, 문화적 발전을 위해 필요하다. 창작자들에 의해 생산된 저작물은 중요한 국가적 자산이 된다. 우리가 자랑하는 대부분의 문화유산은 바로 이러한 저작물들이다. 그러므로 창작을 북돋우고 이에 대해 보상하는 것은 국가 문화의 발전에 대한 기여로서 공익에 부합한다.

넷째, 사회적 결속을 위해 필요하다. 다수 공중에 대한 저작물의 보급은 계급이나 인종 그룹 또는 세대 간에 연결고리를 생성하고, 이로써 사회적 결속에 기여하므로 결과적으로 창작자들은 사회사업을 하는 셈이다. 창작자의 아이디어나 경험이 짧은 기간 안에 많은 사람들에 의해 공유될 수 있다면 이는 사회의 통합에도 기여하게 될 것이다.

— 임원선, 『개정 실무자를 위한 저작권법』, 한국저작권위원회, 2009, 25~29쪽.

개인의 도덕적 양심을 위해 표절을 하지 않는 것, 저작물을 공정하게 이용하여 사회 문화적 품격을 높이는 것 등의 윤리적 행동은 궁극적으로 윤리적 글쓰기의 기본 바탕이 된다. 나의 권리를 보호하기 위해 무엇보다도 남의 권리를 지켜야 한다. 그것이 이 시대의 글쓰기 윤리이다.

3) 인공지능 시대와 글쓰기의 윤리

　미국의 오픈AI(OpenAI)사에서 2022년 11월에 출시한 ChatGPT는 대화형 인공지능으로, 인터넷에서 수집한 데이터를 학습하여 사용자와 대화를 나눈다는 점이 특징이다. ChatGPT는 문맥을 이해하여 사용자의 질문에 종합적인 정보를 제공한다는 점, 가입 및 이용 방법이 쉽다는 점, 글쓰기를 비롯하여 프로그램 개발, 정보 수집 등 다양한 분야에서 활용할 수 있다는 점에서 이용자가 급증하고 있다. 오픈AI사의 CEO인 샘 올트먼(Sam Altman)은 트위터(현재 'X')를 통해 ChatGPT 이용자가 5일 만에 100만 명을 돌파했다고 밝혔다.

　이처럼 이용자가 급증하는 만큼 ChatGPT 이용에 대한 우려도 커지고 있다. ChatGPT는 데이터를 학습해서 콘텐츠를 생성한다는 특성 때문에 표절 및 저작권 침해로 이어질 수 있다. 현재 건국대, 고려대, 성균관대 등에서는 ChatGPT 이용과 관련된 가이드 라인을 제시하거나 종합 안내 홈페이지를 만들어서 운영하고 있다. 그러나 아직까지는 ChatGPT를 이용하는 학습자에게 적용되는 연구 윤리 및 표절에 대해 명확한 기준이 제시되어 있지 않다는 한계가 있다.

　글쓰기에서 ChatGPT를 활용하는 경우, 인공지능과의 채팅을 통해 필요한 정보를 탐색 및 수집하고, 글의 주제와 관련된 정보를 체계적으로 정리할 수 있는 것이 장점이다. 그러나 정보를 수집할 때 몇 가지 문제점도 존재한다. 정윤경은 「챗(Chat) GPT의 이용과 저작권 쟁점 고찰」(2023)에서 ChatGPT의 데이터 수집·생성과 관련하여 두 가지 문제점을 제기했다. 첫째는 ChatGPT가 데이터 수집 방법을 공개하지 않아서 어느 범위에서 어떤 방식으로 데이터를 수집하는지 파악하기 어렵고, 이 때문에 스크롤, 스크래핑 등을 금지한 콘텐츠를 이용했는지 검증하기 어렵다는 점이다. 둘째는 ChatGPT의 이용 화면에서 인공지능이 학습한 데이터의 출처를 표기하고 있지 않다는 점이다. 이 두 가지 외에도 ChatGPT가 제공하는 정보가 명확하지 않다는 문제점이 있다. ChatGPT의 이용창 하단에는 "ChatGPT는 실수를 할 수 있습니다. 중요한 정보는 확인하는 것이 좋습니다.(ChatGPT can make mistakes. Consider checking important information.)"라는 문구가 게시되어 있다.

　그렇다면 글쓰기에서 ChatGPT를 어떻게 활용해야 할까. 먼저 ChatGPT의 내용을 그대로 옮기는 것은 표절이므로, 인공지능이 제시한 내용을 출처 표시 없이 그대로 옮기면 안 된다. '~와 관련된 자료는 ChatGPT를 활용하여 수집한 것임을 밝힌다.'와 같은 문구를 제시해야 한다. 또한 ChatGPT를 활용하여 글쓰기를 할 경우, 인공지능이 학습한 정보가 어떠한 경로를 거쳐서 수집되었는지 불명확하므로, 인공지능이 제공하는 정보를 그대로 사용하지 말고 비판적으로 검토하는 과정을 거쳐야 한다. 인공지능이 제공하는 정보에 오류가 없는지, 실제로 존재하는 정보를 제시하였는지 등을 점검하는 과정을 거치지 않으면 작성하는 글의 신뢰도가 떨어질 것이다. 따라서 ChatGPT를 활용하여 글쓰기를 할 때는 인공지능이 제공하는 정보를 비판적으로 수용하고, 이를 토대로 글의 주제와 관련된 자료를 신뢰할 만한 사이트에서 수집해서 활용해야 할 것이다.

　이화여자대학교의 'THE BEST 교육 통합지원 서비스'의 홈페이지(https://thebest.ewha.ac.kr.)에서는 학습자가 올바르게 생성형 AI를 활용할 수 있도록 '학습자를 위한 AI 활용 윤리 지침'을 제시하고 있다. 그중 학습자가 생성형 AI를 학습에 효율적, 윤리적으로 활용하는지 점검할 수 있는 체크리스트 내용을 제시하면 다음과 같다. ChatGPT와 같은 생성형 AI를 활용하여 글을 작성하는 경우에는, 아래의 사항을 참고하여 내가 학습자로서 올바르게 AI를 활용했는지 점검해 보자.

02. 생성형 AI는 학습과정을 효과적·효율적으로 지원하는 도구로 활용해야 합니다.
- 나는 생성형 AI의 사용범위와 방법에 대한 이해를 바탕으로 적시에 효과적으로 활용하는가?
- 나는 생성형 AI를 결과물을 얻기 위한 수단이 아니라, 나의 학습 과정을 효율적으로 지원해주는 보조 도구로 활용하고 있는가?
- 나는 생성형 AI가 제공하는 학습 자료나 맞춤형 지원을, 내 아이디어를 발전

시키고 문제를 창의적으로 해결하는 데 활용하는가?

- 나는 생성형 AI에 지나치게 의지할 경우, 논리적 사고나 창의력, 문제 해결력 과 같은 다양한 학습 역량 개발에 부정적 영향을 미칠 수 있음을 인지하는가?

03. 학문적 진실성을 유지하도록 윤리적·비판적으로 활용해야 합니다.

- 나는 AI 활용으로 인해 발생할 수 있는 윤리적 문제를 이해하고, 이를 방지하 기 위해 노력하는가?
- 나는 생성형 AI를 활용할 때, 산출물의 정확성과 신뢰성을 점검하기 위해 노 력하는가?
- 나는 생성형 AI를 활용할 때, 타인의 지식이나 아이디어를 표절하거나, 허위 정보 작성 및 유포하는 행위 등을 하지 않도록 노력하는가?
- 나는 생성형 AI를 활용한 산출물을 복사한 후 과제 및 시험에 그대로 붙여 제 출하는 등 평가의 공정성에 영향을 주는 행위를 하지 않도록 노력하는가?
- 나는 생성형 AI를 활용할 때, 그 출처와 AI 활용 방법 등을 명시하는가?

— 이화여자대학교 THE BEST 교육 통합지원 서비스,
「학습자를 위한 AI 활용 윤리 지침 – 이화인의 올바른 AI 활용을 위한 체크리스트」,
https://thebest.ewha.ac.kr/thebest/bestai/ethicsguide.do#tabtwo, 접속일: 2023.11.24.

1. 다음의 표를 보고 윤리적 글쓰기에 대한 자가 점검을 해 보자.

구분	점검 내용	점검 확인
정직성	• 인터넷의 글을 짜깁기한 적이 없다.	네 / 아니오
	• 인용의 방법을 알고 있다.	네 / 아니오
	• 참고 자료의 출처를 명확하게 표기하였다.	네 / 아니오
	• 나의 글과 타인의 글을 분명하게 구분하여 썼다.	네 / 아니오
	• 이전에 썼던 글을 재사용하지 않았다.	네 / 아니오
진실성	• 내가 경험한 것들만 글로 썼다.	네 / 아니오
	• 경험을 과장하거나 변조하지 않았다.	네 / 아니오
사실성	• 통계 자료나 데이터를 올바르게 해석하였다.	네 / 아니오
	• 실험을 조작하거나 거짓으로 꾸미지 않았다.	네 / 아니오
윤리성	• 타인을 비방하는 글을 쓰지 않았다.	네 / 아니오
	• 욕설이나 비속어를 쓰지 않았다.	네 / 아니오
	• 타인을 배려하여 글을 썼다.	네 / 아니오

2

인용과 주석

대학에 처음 입학한 학생들이 겪는 많은 어려움 중 하나가 글쓰기이다. 대학이라는 새로운 교육 환경은 고등학교 때까지와는 큰 차이가 있다. 고등학교 때의 글쓰기는 백일장, 독후감, 글짓기 등과 같이 문학적 상상력을 표현하는 일에 중점을 둔다. 그러나 대학에서의 글쓰기는 특정 분야의 전문적 지식을 올바르게 설명하고 다시 창출해 내는 작업을 의미한다. 그렇기 때문에 대다수의 새내기들은 새로운 글쓰기 방식에 당혹하고 난감해한다. 본격적인 글쓰기 교육이 제대로 이루어지지 않은 상태에서 충분한 형식적·내용적 요건을 갖추고 다양한 글을 작성하는 것은 쉽지 않다. 그러므로 새로운 교육 환경에 걸맞은 글쓰기 방법을 익혀야 한다.

대학 글쓰기에서 무엇보다도 염두에 두어야 하는 것은 나의 생각과 타인의 생각을 명확하게 구별하는 일이다. 이러한 구별은 비판적인 사고가 뒷받침되어야 하며, 생각보다 쉽지 않다. 비판적인 사고는 타인의 생각이 무엇이며, 나타내고자 하는 바가 어떤 것인지 명확하게 파악하는 일에서부터 시작된다. 이 절에서는 '나도 모르게', 혹은 '알면서도' 저질렀던 표절을 떠올리며, 이와 같은 실수를 되풀이하지 않도록 올바른 인용 방식을 알아본다.

1) 인용의 원칙과 방법

(1) 인용의 원칙

인용(引用)이란 남의 말이나 글을 자신의 말이나 글로 끌어와 사용하는 것을 말한다. 중국의 문인 구양수는 글을 잘 쓰기 위해서 많이 읽고[多讀], 많이 쓰고[多作], 많이 생각하라[多商量]고 하였다. 즉 좋은 글은 다른 사람의 글을 많이 읽고, 써 보고, 생각해 보는 가운데 나온다. 대학에서의 글쓰기 역시 마찬가지다. 많은 글을 읽어 관련 지식을 확인하는 것이 글쓰기의 첫 단계이다. 그 지식을 발판으로 삼아 나의 지식을 보태면 새로운 지식의 세계가 창조된다. 이때, 내가 참고한 지식의 출처를 명확하게 밝히고 나아가 새롭게 추가한 부분을 명확하게 드러내는 일이 윤리적 글쓰기의 지향점이다.

그렇다면 인용을 통해 얻을 수 있는 효과는 무엇일까. 인문과학 분야, 자연과학 분야 등에 따라 그 효과가 다소 다를 수 있지만 일반적으로 다음과 같은 효과를 기대한다. 첫째, 권위 있는 견해와 이론을 제시함으로써 내 주장의 타당성 및 정확성을 뒷받침할 수 있다. 둘째, 타인의 견해와 나의 견해를 비교하여 밝힘으로써 내 논의의 정당함을 주장할 수 있다. 요컨대 나의 주장은 다양한 의견과 주장들과의 관계 속에서 결정된다는 것이다. 그러므로 내 의견과 타인의 의견을 명확하게 구별할 필요가 있다.

실제 인용의 방법을 이해하기에 앞서 염두에 두어야 할 것을 정리하면 다음과 같다.

- 내가 실제로 읽은 후에 이해한 범위 안에서 인용해야 한다.
- 원문을 본인의 입맛대로 왜곡하거나 재해석하여 인용해서는 안 된다.
- 인용을 할 경우, 원문의 출처를 명확하고 자세하게 밝혀야 한다.
- 재인용은 되도록 피하고, 재인용을 했다면 재인용했다는 것을 밝힌다.

인용은 이해를 바탕으로 한다. 타인의 글을 온전히 파악한 뒤 인용해야 한다. 원하는 결과를 도출하기 위해 원문의 의미를 왜곡하거나 재해석하여 편집해서는 안된다. 다음으로, 인용은 친절한 길잡이가 되어야 한다. 누구라도 쉽게 찾아볼 수있도록 자세하고 정확하게 출처를 밝혀야 한다. 때때로 원문을 찾기 힘들어 '인용의 인용'을 해야 하는 경우가 있는데, 그 경우에도 재인용이라는 점을 밝혀 혼란을주지 않도록 한다.

(2) 인용의 방법

인용의 방법에는 인용문을 그대로 옮겨 오는 직접 인용과 글 쓰는 이의 언어로바꾸어 옮기는 간접 인용이 있다. 직접 인용은 원문의 표현 자체가 중요할 때 사용하는데, 인용하고자 하는 부분이 한 문장 내외로 짧은 경우에는 직접 인용 부호인큰따옴표(" ")를 사용한다. 다음의 예에서 실제 사용 사례를 확인해 보자.

- **짧은 문장의 직접 인용 1**

> 소크라테스는 **"너 자신을 알라."**라고 말했다. 이 말은 내가 무엇을 모르는지 알아야 한다는 것을 의미한다.

• 짧은 문장의 직접 인용 2

> 드라마의 최종화를 보고도 한참 동안 손을 놓지 못했다. 〈미생〉은 그렇게 나의 인생 드라마가 되었다. **"아무리 빨리 이 새벽을 맞아도 어김없이 길에는 사람이 있었다. 남들이 아직 꿈속을 헤맬 거라 생각했지만, 언제나 그랬듯 세상은 나보다 빠르다."**라는 대사에 내 게으른 삶을 뒤돌아보았다.

직접 인용을 할 때는 본인이 드러내고자 하는 부분을 생각하여, 가장 밀접하게 연관되는 부분만을 가져와야 한다. 지나치게 범위를 넓혀 인용할 경우, 인용문의 내용이 산만해져 내용을 명확하게 드러내지 못하기 때문이다. 인용의 또 다른 원칙은 원문의 오자와 탈자는 물론, 구두점까지도 그대로 가져오는 것이다. 또 인용하는 분량이 많을 경우에는 별도의 인용 단락을 만들기도 한다.

• 긴 분량의 직접 인용

> 다음은 한국 문학에서 묘사의 백미를 제대로 보여 주는 소설의 일부분이다. 글이 보여 주는 이미지에 주목하면서 읽어 보자.
>
> 이지러는 졌으나 보름을 갓 지난 달은 부드러운 빛을 흐뭇이 흘리고 있다. 대화까지는 칠십 리의 밤길, 고개를 둘이나 넘고 개울을 하나 건너고 벌판과 산길을 걸어야 된다. 길은 지금 긴 산허리에 걸려 있다. 밤중을 지난 무렵인지 죽은 듯이 고요한 속에서 짐승 같은 달의 숨소리가 손에 잡힐 듯이 들리며, 콩 포기와 옥수수 잎새가 한층 달에 푸르게 젖었다. 산허리는 온통 메밀밭이어서 피기 시작한 꽃이 소금을 뿌린 듯이 흐뭇한 달빛에 숨이 막힐 지경이다. 붉은 대공이 향기같이 애잔하고 나귀들의 걸음도 시원하다. 길이 좁은

까닭에 세 사람은 나귀를 타고 외줄로 늘어섰다. 방울 소리가 시원스럽게 딸랑딸랑 메밀 밭께로 흘러간다. 앞장선 허생원의 이야기 소리는 꽁무니에 선 동이에게는 확적히는 안 들렸으나, 그는 그대로 개운한 제멋에 적적하지는 않았다.[1]

위의 단락은 이효석의 작품인 「메밀꽃 필 무렵」에서 발췌한 것이다. 이 부분은 흰 메밀꽃이 흐드러진 밤의 풍경을 그림 그리듯이 보여 주고 있다.

---

1) 이효석, 「메밀꽃 필 무렵」, 『20세기 한국소설』 8권, 창비, 2005, 111~112쪽.

긴 분량의 내용을 직접 인용해야 할 때가 있다. 이 경우 인용 부호를 쓰지 않고 별도의 단락으로 구성한다. 즉 본문과 본문 사이에 한 줄씩 간격을 띄고 인용 단락을 사이에 둔다. 그리고 인용하는 단락은 들여쓰기나 글씨 크기 등을 조절하여 본문과 확연히 차이가 나도록 하는 것이 일반적이다.

간접 인용은 인용 원문에 자신의 해석을 더하는 경우에 사용한다. 또한 내용을 요약할 때도 사용한다. 글쓴이는 간접 인용을 통해 자기 글의 통일성을 유지할 수 있다. 그러나 따옴표 등의 인용 부호를 사용하지 않기 때문에 자칫 내 글과 타인의 글이 섞일 수 있으므로, 내 글과 인용한 부분이 구분되도록 그 경계를 분명하게 표시해야 한다. 그렇지 않으면 원문이 왜곡되거나 표절로 의심받을 수 있다. 보통 "~의 견해에 따르면, ~의 견해를 정리하면"과 같이 시작하여 "~라고 한다."와 같이 끝맺는다.

• 바꿔 쓰기

〈원문〉

아이에게 문자 없는 시기를 충분히 즐기게 해 주는 특효약이 그림책이다. 그림책은 보는 게 아니라 소리 내어 읽어 주는 책이다. 그림 위에 부모의 목소리가 얹힐 때 아이 머릿속에 이야기 하나가 펼쳐진다. 엉뚱한 생각과 질문이 많아진다. 읽어 주는 사람의 고유한 억양, 높낮이, 사투리, 멈칫거림, 헛기침, 홀쩍거림, 다시 읽기, 덧붙이기 등 갖가지 독특함과 실수와 변주가 행해진다.

동영상은 화면의 흐름을 놓치지 않기 위해 딴생각을 하면 안 된다. 그림책은 그림과 그림 사이에 간격이 있어서 이 간격을 이야기와 상상력으로 채운다. '딴생각(상상)'을 해야 한다. 목소리에는 고정된 그림을 살아 꿈틀거리는 사건으로 만드는 힘이 있다. 그림책 읽어 주기가 좋다.

〈간접 인용〉

김진해는 그의 칼럼에서 아이들에게 그림책을 읽어 주라고 이야기한다. 우리는 그림책에서 그림을 보는 것이 중요하다고 생각하지만, 그는 그림책을 소리 내어 읽어 주는 책이라 정의한다. 그림 위에 부모의 목소리가 얹힐 때, 아이의 머릿속에는 엉뚱한 생각과 질문이 많아진다. 이윽고 그러한 생각들은 그림을 꿈틀거리는 사건으로 만들어 상상력을 더한다고 설명한다. ……[1]

---

1) 김진해, 「그림책을 읽어 주자」, 『한겨레신문』, 2020.08.09. http://www.hani.co.kr/arti/opinion/column/957066.html#csidx848437c4996a56ba1081daa5a1cf2db, 접속일: 2020.10.05.

위의 예는 원문의 내용을 글쓴이의 관점에 따라 분석하여 정리한 것이다. 흔히

'바꿔 쓰기(Paraphrasing)'라고 칭하는 간접 인용의 방식이다. 바꿔 쓰기를 활용한 간접 인용은 원문의 생각을 통해, 연관이 있는 또 다른 사유를 유도하여 능동적으로 지식을 탐색할 수 있도록 한다.

다음으로 살펴볼 것은 원문의 내용 중 핵심적인 부분을 요약하여 설명한 예문이다. 간접 인용의 방법 중 '요약하기(Summarizing)'의 방법을 사용하였다. 이 방식은 비교적 긴 내용 중 핵심 내용만을 압축하여 자신의 글에 끌어오는 것이다.

• **요약하기**

〈원문〉

공작기계가 여러 대의 기계를 만들 수 있는 것처럼 물리력·부 또는 지식도 적절히 사용하면 그 밖의 보다 다양한 여러 가지 권력의 원천을 장악할 수 있다. 결국 어떠한 지배 엘리트가, 또는 사적인 관계에서 개개인이 어떠한 권력의 수단을 활용하건 간에 물리력·부·지식이 궁극적인 지렛대가 된다. 이 세 가지 요소가 권력의 3요소를 이룬다.

(…)

폭력 또는 동물적인 힘이 갖는 가장 중요한 약점은 그 완전한 비융통성에 있다. 폭력은 응징을 위해서만 사용할 수 있다. 요컨대 폭력은 저품질 권력(low-quality power)이다. 이에 반해 부(富)는 훨씬 더 우량한 권력의 수단이다. 부는 단지 협박하거나 처벌을 내리는 대신 정교하게 등급을 매긴 현물의 보상을 제공해 준다. 부는 긍정적 또는 부정적인 두 가지 방법으로 사용할 수 있다. 그러므로 부는 물리력보다 훨씬 더 융통성이 있다. 부는 중품질 권력(medium-quality power)을 만들어 낸다. 그러나 고품질 권력(high-quality power)은 지식의 적용에서 나온다.

(…)

고품질 권력은 단순히 영향력을 미치는 데 그치지 않는다. 자기 뜻을 관철시켜 다른 일을 하려는 사람들에게 자기가 원하는 일을 하도록 만드는 능력만 행사하는 것이 아니다. 고품질 권력은 능률을 수반하므로 목표 달성을 위해 최소한의 권력 수단을 사용한다.

〈간접 인용〉

앨빈 토플러는 '물리력, 부, 지식'의 3요소에 의해 모든 권력이 좌우된다고 하였다. 이 중 '물리력(힘)'은 가장 낮은 질의 권력이며, '부'는 중간 단계의 권력이다. 가장 높은 질의 권력은 '지식'이며 모든 권력 투쟁에 있어 핵심적인 문제라고 말한다.[1]

---

1) 앨빈 토플러, 『권력 이동』, 이규행 옮김, 한국경제신문, 1996, 40~52쪽.

간접 인용을 할 때는 원전의 내용을 그대로 옮기는 것을 경계해야 한다. '바꿔 쓰기'와 '요약하기'의 방법을 통해 자신의 언어로 바꾸어 표현해야 한다. 다음에 제시한 방법은 바꿔 쓰기와 요약하기를 진행하기 위한 점검 절차이다. 절차를 확인하여 인용의 방법과 절차를 확실하게 익히도록 하자.[1]

1. 처음에는 자료를 훑어보며 주요 아이디어만 확인한다.
2. 주요 아이디어의 핵심 구절/중요 구문/핵심어를 확인하며 다시 읽는다.
3. 책을 덮고 핵심어를 중심으로 핵심 내용을 요약, 정리한다.
4. 요약, 정리된 내용을 자신의 말로 바꾸어 표현한다. 이때에는 다음에 유의한다.

---

1 이인영, 「바꿔 쓰기(paraphrasing)가 학문윤리의식에 미치는 영향」, 『교양교육연구』 9-1, 한국교양교육학회, 2015, 149~180쪽.

1) 원문의 필수 정보/주요 아이디어가 정확하게 드러났는가.

2) 직접 인용 부분에 표시를 했는가.

3) 논리적이며 자연스럽게 읽히는가.

5. 마지막으로 원문과 비교하며 다음을 확인한다.

1) 원문의 관점이나 아이디어가 유지되고 있는가.

2) 필요한 곳에, 필요한 부분을, 적당한 분량으로 인용했는가.

3) 제3자가 읽고 원문의 아이디어를 파악할 수 있겠는가.

2) 주석과 참고문헌

다른 사람의 글을 직접 인용과 간접 인용으로 나의 글에 가져왔다. 이제부터가 중요하다. 인용문의 출처를 명확하고 자세하게 밝힐 차례다. 완벽하게 인용했더라도 출처를 정확하게 적지 않으면 표절이 된다. 여기에서는 주석의 개념과 조건을 알아보고 예시를 통해 실제 작성 방식을 확인한다.

(1) 주석이란?

주석이란 보고서나 논문 등 학술적인 글을 쓸 때 본문에 인용문의 출처를 밝히거나 본문의 내용을 보충하는 글이다. 주석을 통해 본문에 추가하거나 참고해야 할 사항, 그리고 상기시키고 싶은 사실 등을 문맥에 구애받지 않고 설명할 수 있다. 다만 이 책에서는 출처를 표기하는 방법에 집중하여 살펴본다. 주석은 다음 두 가지 요건을 충족해야 한다.

• **주석의 요건**

정확성	인용문의 출처를 나타내는 주석은 독자가 실제로 그 자료를 찾아서 내용을 확인할 수 있도록 구체적이며 정확한 정보를 담고 있어야 한다.
형식의 통일성	출처를 나타내는 주석은 다양한 형식으로 표기할 수 있다. 그러나 한 편의 글 안에서는 통일된 형식을 사용해야 한다.

(2) 주석의 유형과 방식

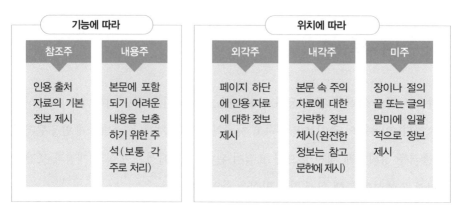

주석은 기능에 따라 참조주와 내용주로 나눌 수 있다. 먼저 참조주는 본문에서 인용한 자료의 출처를 밝히는 주석이다. 출처의 서지 정보를 표기하여 독자가 찾아볼 수 있도록 한다. 일반적으로 들어가는 필수 정보는 저자, 책 제목, 출판사, 발행 연도 등이다. 다음으로 내용주는 본문의 흐름을 방해하지 않기 위해 따로 공간을 두어 설명하는 주석이다. 본문 밑에 따로 공간을 두어 내용을 요약하거나 보충하는 기능을 한다. 주로 독자에게 더욱 자세한 설명을 하기 위해 사용된다. 아래 예시를 참고하자.

• 내용주 예시

　　서직수의 〈십우헌기〉는 수집한 고동 서화를 보관하고 감상하는 서재를 만들고 이에 대한 기(記)를 지었다는 점에서 당시 도시문화의 전형성을 나타낸 것이라 볼 수 있다. 그러나 이러한 고동 서화를 우(友)로 정의하였으며, 〈십우도〉라는 그림을 통해 자신과 물(物)의 관계를 나타냈다는 점에서 고동 서화를 단지 애호물이나 소장물이 아닌, 자신의 정체성을 나타내는 상징물로 여겼음을 알 수 있다. 또한 현존하는 서직수의 문집은 2종으로, 하나는 『십우헌집초(十友軒集抄)』(규장각 소장)이며 다른 하나는 『촉천당고(矗川堂稿)』(국립중앙도서관 소장)인데, 『촉천당고』는 『십우헌집초』를 보완한 문집으로 보인다.[1)]

> — 강수진, 「구양수의 〈육일거사전(六一居士傳)〉의 수용 양상에 대한 소고(小考)」,
> 『한국고전연구』 제38권, 한국고전연구학회, 2017, 105~106쪽.

---

1) 『촉천당고』의 수록 작품과 그 순서는 『십우헌집초』와 대체로 일치하며, 『촉천당고』의 뒷부분에는 『십우헌집초』에는 없는 시문이 수록되어 있다. 『촉천당고』에는 『십우헌집초』에서 수정했던 내용이 그대로 반영되어 있으며, 작품 일부의 제목과 시어(詩語)가 『십우헌집초』와 다르게 수록되어 있다. 또한 『십우헌집초』에 있는 몇몇 작품은 『촉천당고』에 수록되어 있지 않다. 이를 통해 『촉천당고』는 서직수가 『십우헌집초』를 수정, 보완한 것임을 알 수 있다.

• 참조주 예시

　　『태조실록』을 살펴보면 한양으로의 천도 전후에 '경성(京城)'이라는 말을 쓰는데, 장지연의 견해에 따르면 京城은 성곽을 지칭하는 말이나 수도를 뜻하는 일반명사로 쓰였으며, 경도(京都)라는 단어는 세종 이후에 쓰인 것으로 보인다고 한다.[1)]

— 강수진, 「조선 초기 漢陽의 문학적 형상 연구」, 이화여자대학교 박사학위 논문, 2019, 53쪽.

_____

1) 장지연, 「조선 전기 개념어 분석을 통해 본 수도의 성격」, 『서울학연구』 52호, 서울시립대학교
서울학연구소, 2013, 36쪽.

주석은 위치에 따라 내각주와 외각주, 미주로 나뉜다. 내각주는 인용한 자료의 출처를 본문 안에서 간략하게 밝히는 방식이다. 일반적으로 인용 자료의 저자와 발행 연도를 제시한다. 그리고 이에 대한 완벽한 출처 정보는 참고문헌에 제시한다. 외각주는 인용하는 자료의 모든 서지 정보를 페이지 하단에 제시하는 방식이다. 구분선을 기준으로 아래쪽에 순번에 따라 제시하며, 이 부분에서 위에서 언급한 내용주를 함께 처리하기도 한다. 미주는 장(章)이나 절(節)의 끝에 공간을 두어 한꺼번에 정보를 제시하는 방식이다. 외각주가 페이지 하단에 공간을 두어 제시한다면, 미주는 장이나 절의 끝에 공간을 두어 제시한다는 차이가 있다.

다양한 주석의 유형	**내각주** 홍길동(2020 : 12)에 따르면, 글쓰기 윤리는 인용의 형식적인 측면만 학생들에게 가르친다고 해서 신장되지 않는다고 한다.[1] 원문의 내용을 왜곡하지 않는 범위에서 나의 언어로 풀어 써야 한다. : 위의 예들은 사전의 전문어 영역 구분에 따라 '고적'과 '고고'로 나뉘지만, 넓은 의미에서 '역사' 분야의 전문용어로 볼 수 있다.[2] **외각주** **참조주** **내용주** _____ 1) 홍길동, 『글쓰기의 윤리 의식』, 한국출판, 2020, 12쪽. 2) 역사 분야의 범위는 매우 광범위한 것이어서 '정치, 사회, 문화, 군사, 민속, 예술, 지리' 등을 포괄한다. 이 글에서는 광의의 역사 용어를 주요 대상으로 삼는다.

	〈미주〉
다양한 주석의 유형	1) 향교동은 지금의 서울특별시 종로구 경운동으로, 고려 시대에 향교가 있었다고 하여 향교동이라는 이름이 붙여졌다고 한다. 2)『용재총화』에서 성현은 자신이 살던 당시 한양의 명승지를 소개할 때(권1)와 도성 내외의 사찰을 설명할 때(권8) 종약산이라는 명칭을 사용하고 있다. 3) 채제공은 〈약봉풍단기〉에서 오광운과 마찬가지로 낮 풍경을 원경과 근경으로 제시했는데, 차이점은 원경으로 북한산 일대를 언급하지 않았다는 것이다. 또한 밤 풍경에 대해서도 오광운의 묘사와 대체로 일치한다. 성의 남쪽에 위치한 만 호(萬戶)의 등불과 달과 별빛, 그리고 달빛에 비치는 풍단(楓壇) 주변의 나무 그림자가 어우러지는 풍경을 가장 기이한 승경이라고 하였으며, 이는 풍단 즉 약현에서 밤을 보내야만 알 수 있는 것이라고 하였다. 4) 이에 대해서는 이종묵,『조선의 문화공간』4, 휴머니스트, 2006, 167~172쪽에 자세하게 나와 있다. 5) 강희맹은 〈이돈녕 염의 백운동(李敦寧念義白雲洞)〉이라는 시에서 "백운동 안엔 흰 구름 그늘지고, 백운동 밖엔 홍진이 깊네.[白雲洞裏白雲陰, 白雲洞外紅塵深.]"라고 하여 백운동을 성시와 구분되는 공간으로 묘사하였다.

인용 자료의 출처를 나타내는 참조주를 표기할 때는 정해진 규칙에 따라야 한다. 각 학문 분야별로 순서에 약간의 차이를 보이지만, 표시되어야 하는 정보는 대동소이하다. 이 책에서는 국내에서 일반적으로 사용하는 방식을 중심으로 각 자료의 표기 방식을 보겠다. 자료는 '단행본'과 '연속 간행물'로 구분할 수 있는데, '책, 편저, 번역서' 등이 단행본에 속하며 '연속 간행물'은 학술지의 학술 논문을 의미한다.

단행본의 인용

국내에서 출판된 단행본의 경우, '저자명,『서명』, 출판사, 출판 연도, 인용 쪽수.' 또는 '저자명(출판 연도),『서명』, 출판사, 인용 쪽수.'의 형태로 주석을 작성한다. 이때 겹낫표(『 』)를 이용해서 자료의 종류가 단행본임을 나타내 준다. 또한 출판 연도는 출판사와 인용 쪽수 사이에 적어 주거나, 저자 이름 다음에 괄호로 표기한다. 출판지의 경우 '출판지: 출판사'의 형태로 해당 저서가 출판된 도시를 적어 주는 것이 원칙이지만, 국내 도서는 출판지를 생략하기도 한다. 인용한 쪽수를 한글로 적을 때는 '쪽'이나 '면'의 형태로, 영문으로 적을 때는 'p.' 또는 'pp.'의 형태로 표기한다. 'p.'는 인용한 쪽수가 단면일 때, 'pp.'는 2면 이상을 인용했을 때 사용한다.

번역서의 경우에는 '저자명,『서명』, 역자명, 출판사, 출판 연도, 인용 쪽수.'의 형태로 적는다. 역자명을 저자명 다음에 표기하여 '저자명, 역자명,『서명』, 출판사, 출판 연도, 인용 쪽수.'의 형태로 표기할 수도 있다. 역자명 다음에 '역(譯)' 또는 '옮김'과 같은 말을 넣어 역자임을 나타내 준다. 이때 저자명은 한글 또는 원어로 표기한다. 저자가 여러 명일 때는 대표 저자 이름과 함께 '외(外)'를 넣어 저자가 복수임을 나타내고 학술 단체, 정부 기관, 연구소 등과 같이 단체가 저자일 경우에는 저자명을 넣는 자리에 단체의 이름을 적는다. 책을 저술한 것이 아니라 편찬하거나 편집한 경우에는 편찬자(편집자)의 이름 다음에 '편'을 넣어 준다.

국외(서구권) 단행본은 국내 단행본과 마찬가지로 '저자명, 서명, 출판지: 출판사, 출판 연도, 인용 쪽수.'의 형태로 주석을 작성한다. 이때 서명은 이탤릭체로 표기하며, 반드시 출판지를 밝혀야 한다.

• 단행본 출처 표기 방식

단행본	국내 저자 저서	• 전지니,『인간의 미래, 연극의 미래-한국 SF연극의 역사와 상상력』, 연극과인간, 2022, 200～203쪽. • 정민,『삶을 바꾼 만남 스승 정약용과 제자 황상』, 문학동네, 2011, 12쪽.
	번역서	• 장파,『중국 미학사』, 신정근·모영환·임종수 옮김, 성균관대학교출판부, 2019, 50～54쪽. • Walter Benjamin,『아케이드 프로젝트』, 조형준 역, 새물결, 2005, 114쪽.

단행본	공동 저서	• 고연희·김동준·정민 외, 『한국학, 그림을 그리다』, 태학사, 2013, 85쪽. • 서울특별시 시사편찬위원회 편, 『서울 사람들의 죽음, 그리고 삶』, 서울특별시 시사편찬위원회, 2012, 30쪽.
	해외 저서	• Michael J. Sandel, *Justice: what's the right thing to do?*, New York: Farrar, Straus and Giroux, 2010, p.34. • Ronald Egan, *The Problem of Beauty: Aesthetic Thought and Pursuits in Northern Song Dynasty China*, Cambridge, Mass.: Harvard University Asia Center, 2006, pp.78~79.

논문의 인용

논문을 참고할 경우, 다음과 같은 방식을 따른다. 먼저 학위 논문은 대학원에서 석사 및 박사학위를 받기 위해 작성하는 논문이다. 따라서 학위 논문을 인용하는 경우, '저자명, 「논문명」, 학위 수여 기관 및 학위 종류, 발행 연도, 인용 쪽수.'의 형태로 주석을 작성한다. 이때 논문명은 홑낫표(「 」)로 표기한다.

학술지 논문은 정기적으로 발행되는 학술지에 실린 논문을 의미한다. 학술지는 학술 분야의 전문적인 글을 수록한 책으로 학술 잡지라고도 하며, 일정한 기간을 단위로 정기적으로 발행된다. 이 때문에 학술지 논문을 인용할 때는 해당 논문이 실린 학술지의 권 또는 호, 집수를 반드시 기재하고, 학술지를 발행한 학술 단체의 이름을 기록해야 그 출처를 정확하게 밝힐 수 있다. 따라서 학술지 논문을 인용했다면 '저자명, 「논문명」, 『학술지명』 제○집(호/권), 발행처(학술단체명), 발행 연도, 인용 쪽수.'의 형태로 참조주를 작성해야 한다.

국외에서 발행된 학술지 논문은 국내 학술지 논문과 같은 순서로 기재하되, 논문 제목은 큰따옴표(" ")로, 학술지명은 이탤릭체로 표기한다.

• 논문 출처 표기 방식

논문	국내 학위 논문	• 이은선, 「서기원 소설의 주체 연구: 몸의 정치성을 중심으로」, 이화여자대학교 석사학위 논문, 2011, 75쪽. • 이승은, 「18세기 야담집의 서사지향과 서술방식:『천예록(天倪錄)』과『동패낙송(東稗洛誦)』을 중심으로」, 고려대학교 박사학위 논문, 2016, 98쪽.
	국내 학술지 논문	• 박소영, 「타유시(打油詩)와 〈호동거실(衚衕居室)〉」,『용봉인문논총』제54집, 전남대학교 인문학연구소, 2019, 151쪽. • 전지니, 「과학적 상상력의 무대화에 대한 시론 – SF연극의 역사와 현재」,『대중서사연구』Vol.25 No.4, 대중서사학회, 2019, 96쪽.
	국외 학술지 논문	• Michael P. Steinberg, "The Narcissism of Major Differences: Richard Wagner and the Peculiarities of German Antisemitism", *Social Research*, Vol.17 No.1, Baltimore MD.: Johns Hopkins University Press, 2022, pp.30~32. • Kelly A. Marsh, "The Mother's Unnarratable Pleasure and the Submerged Plot of Persuasion", *Narrative*, Vol.17 No.1, Columbus, Ohio: Ohio State University Press, 2009, p.90.

기타 자료의 인용

　기타 자료의 인용 방법은 다음과 같다. 먼저 전자책을 인용했을 때는 '저자명,『서명』, 발행처, 출판 연도, 인용 쪽수, 출판 형태(또는 접속 형태).'의 형식으로 주석을 작성한다. 쪽수가 명시되어 있지 않은 전자책은 인용된 부분의 장과 절을 밝힌다.

　신문 기사를 인용했을 때는 '글쓴이명,「기사 제목」,『신문 이름』, 발행일, 인용면수.'의 형태로 주석을 작성한다. 전자 출판된 신문 기사를 인용한 경우에는 '글쓴이명,「기사 제목」,『신문 이름』, 작성일, URL 주소, 인터넷 접속일.'의 형태로 작성한다.

　인터넷으로 백과사전을 검색했을 때는 '검색어 "항목 이름",『사전 이름』, 사이트 대표 주소, 접속일.'의 형식으로 각주를 작성한다. 유튜브와 같은 동영상 공유 플랫폼의 영상을 인용했을 경우, '채널명, 〈영상 이름〉, 게시일, URL 주소.'의 형태로 각주를 작성한다.

그 외에 블로그나 웹사이트에 있는 글을 인용했을 때는, '글쓴이(작성자) 명, 「글 제목」, 『사이트 이름(블로그 이름)』, 작성일, URL 주소, 접속일.'의 형식으로 주석을 작성한다. 글쓴이를 알 수 없는 경우에는 '저자 미상'으로 기재한다.

기타 자료	전자책	• 박종기, 『새로 쓴 오백 년 고려사』, 알라딘, 2020, 56쪽, 알라딘 전자책. • 조성준, 『세상을 읽는 새로운 언어, 빅데이터』, 북큐브네트웍스, 2019, 1부: 무한한 가능성의 시작, eBOOK.
	신문기사	• 최승표, 「성곽 따라 서울 한 바퀴, 어제로 떠나는 가을 여행」, 『중앙일보』, 2020.10.30., 22면. • 이기환, 「기로신들을 위한 연회 그린 '기사계첩' 한 건 더 국보 된다」, 『경향신문』, 2020.10.29., http://news.khan.co.kr/kh_news/khan_art_view.html?artid=202010291535001&code=960201, 접속일: 2020.10.30.
	인터넷 백과사전·동영상	• 검색어 "덕수궁", 『한국민족문화대백과사전』, https://encykorea.aks.ac.kr/, 접속일: 2020.10.28. • EBSCulture, 〈세상의 모든 법칙 – 열하일기_#001〉, 게시일: 2017.08.24., https://www.youtube.com/watch?v=iF3Y7qo3EFA.
	웹사이트	• 최선주, 「중국 신화: 중국 신화의 대표적 신」, 『동양북스』, 2016.06.09., https://blog.naver.com/dymg98/220731454179URL, 접속일: 2018.06.10. • 지현애, 「2020 언택트 전자정보박람회 개최 안내」, 『한경대학교 중앙도서관』, 2020.10.26., https://lib.hknu.ac.kr/#/guide/notice/776?offset=0&max=20, 접속일: 2020.10.30.

(3) 참고문헌

글을 쓸 때 참고했거나 인용한 자료가 있는 경우에는 그 목록을 정리하여 본문 끝에 제시한다. 이것을 참고문헌이라고 한다. 대학에서 쓰는 글은 격식을 갖춘 학술적 글쓰기가 대부분이므로 반드시 참고문헌을 첨부해야 한다. 참고문헌은 참고하거나 인용한 자료를 밝힐 뿐 아니라, 독자들에게 도움이 되는 정보를 주기 위한 목적으로도 사용한다. 아래는 참고문헌의 범위 및 정리 방법에 대한 조언이다.

• 참고문헌의 범위

1. 내 글에 인용한 문헌은 반드시 목록으로 정리한다.
2. 내 글에 인용하지는 않았지만, 글을 이해하는 데 필요한 문헌도 목록에 넣을 수 있다.
3. 인터넷 사이트에서 참고한 자료도 그 주소를 제시하여 목록에 추가한다.
4. 의미 없는 것들까지 무분별하게 참고문헌에 넣지 않는다.

• 참고문헌의 정리 방법

1. 저자의 이름순으로 배열한다.
2. 국내 저자의 이름은 가나다순으로, 국외 저자의 이름은 알파벳순으로 배열한다.
3. 국내, 국외 저서를 모두 참고한 경우에는 국내 문헌 → 국외 문헌의 순서로 기재한다.
4. 국외 저자명은 '성, 이름'의 형태로 기재한다.
5. 단행본과 논문의 경우, 인용 쪽수를 기록하지 않는다.
6. 동일 저자의 문헌을 여러 개 참고했을 때는 출판 연도에 따라 배열한다.

7. 저자의 이름이 없는 경우에는 '저자 미상'으로 표기하고, 가나다순에 맞춰 배열한다.

8. 번역서 및 국외 저서는 발간 언어를 기준으로 동양 → 서양의 순으로 기재한다.

때로는 자신의 학술적 역량과 연구를 과장하기 위해 본문과 상관없는 자료를 참고문헌에 넣는 경우도 있다. 이러한 경우를 미연에 방지하려면 각주에 제시한 자료 출처를 중심으로 참고문헌을 정리하는 것이 좋다. 다음은 참고문헌의 예시를 보인 것이다.

참고문헌

〈단행본〉

고연희·김동준·정민 외(2013), 『한국학, 그림을 그리다』, 태학사.

법무부(2016), 『남북법률용어 비교자료집』, 법무부.

송원용(2005), 『국어 어휘부와 단어 형성』, 태학사.

전지니(2022), 『인간의 미래, 연극의 미래-한국 SF연극의 역사와 상상력』, 연극과인간.

〈논문〉

박소영(2019), 「타유시(打油詩)와 〈호동거실(衚衕居室)〉」, 『용봉인문논총』 제54집, 전남대학교 인문학연구소.

송영빈(2008), 「조어적 관점에서 본 전문용어의 의미 투명도」, 『일본학보』 제80집, 한국일본학회.

엄태경(2015), 「남북 수학 기초 전문용어 통합을 위한 제언」, 『한국사전학』 제26호, 한국사전학회.

이은선(2011), 「서기원 소설의 주체 연구: 몸의 정치성을 중심으로」, 이화여자대학
교 석사학위 논문.

〈외국 자료〉

Egan, Ronald(2006), *The Problem of Beauty*: *Aesthetic Thought and Pursuits in Northern Song Dynasty China*, Cambridge, Mass.: Harvard University Asia Center.

Marsh, Kelly A.(2009), "The Mother's Unnarratable Pleasure and the Submerged Plot of Persuasion", *Narrative*, Vol.17 No.1, Columbus, Ohio: Ohio State University Press.

Sandel, Michael J.(2010), *Justice*: *what's the right thing to do?*, New York: Farrar, Straus and Giroux.

Steinberg, Michael P.(2022), "The Narcissism of Major Differences: Richard Wagner and the Peculiarities of German Antisemitism", *Social Research*, Vol.17 No.1, Baltimore MD.: Johns Hopkins University Press.

〈인터넷 자료〉

이기환, 「기로신들을 위한 연회 그린 '기사계첩' 한 건 더 국보 된다」, 『경향신문』, 2020.10.29., http://news.khan.co.kr/kh_news/khan_art_view.html?artid=202010291535001&code=960201, 접속일: 2020.10.30.

참고문헌은 단행본, 논문, 외국 자료, 인터넷 자료 등과 같이 나누어 밝히는 것이 일반적이다. 그러나 분야에 따라 국내 자료와 외국 자료로만 나누어 정리하기도 한다. 일정한 형식에 맞추어 정리했다면, 어떤 방식이든 문제가 되지 않는다. 자료를 나누었다면 가나다순으로 나열하고, 외국 자료라면 알파벳순으로 나열한다.

3) 표절 검색 프로그램

나도 모르게 다른 사람의 생각이나 표현을 가져올 때가 있다. 비록 의식하지 못했다고 해도 이 역시 표절이 된다. 따라서 표절을 방지하기 위해서는 적극적인 노력이 필요하다. 여기에서는 '카피킬러'라는 표절 검색 프로그램을 사용하는 방법을 그림을 통해 확인해 보자.

1단계: 카피킬러에 접속
- 한경국립대학교 학사시스템에 로그인한다.
- 오른쪽 하단의 '정보서비스'의 메뉴 중에서 '논문표절검사'를 클릭하여 카피킬러에 접속한다.
- 화면 상단의 '표절 검사', '출처 검사', 'GPT Killer' 중 검사하고 싶은 항목을 선택한 뒤 '문서 업로드'를 누르고 본인의 글을 업로드한다.

2단계: 검사 결과 확인
- 문서를 업로드한 후, 검사가 끝나면 화면 상단의 검사 결과를 클릭한다.
- 검사 결과에서 결과지를 클릭하여 표절 여부를 검토한다.

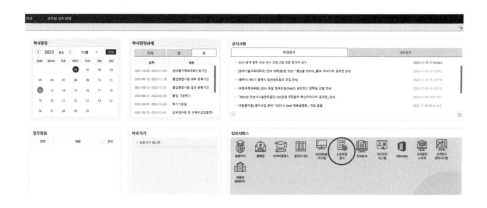

1. 다음의 원문을 보고 '바꿔 쓰기'의 방식으로 간접 인용을 해 보자.

이처럼 작가 김숭늉의 재난 웹툰 3부작은 공통적으로 계급, 젠더 등의 기준에 입각한 혐오가 일상화된 상황에서 재난을 기점으로 그 혐오가 증폭되는 상황을 극화한다. 재난 후 사람들은 집단적으로 희생양을 찾거나 공동체를 통치하는 과정에서 특정 집단에 대한 혐오라는 통치술을 활용한다. 관련하여 작가는 영화 〈콘크리트 유토피아〉의 원작인 웹툰 〈유쾌한 왕따〉를 비롯하여 이후에 발표한 〈사람 냄새〉에 이르러, 권력에서 배제되어 있었던 남성 주체가 재난 이후 집단 간 혐오를 조장하면서 어떻게 변모되어 가는지를 통찰한다. 평범한 시민이 재난을 계기로 권력을 잡고 아파트 비거주민, 여성 등 특정 집단을 배제하며 내부를 결속해가는지를 형상화하는 것이다.

— 전지니, 「웹툰이 혐오의 시대를 건너는 방법-김숭늉의 '재난 3부작'을 중심으로-」,
『이화어문논집』 50, 이화어문학회, 2020, 222~223쪽.

2. 다음의 인용 자료 정보를 활용하여, 출처를 나타내는 각주를 작성해 보자.

1)

- 발행 연도: 2020
- 자료 형태: 학술 저널(논문)
- 권호 사항: 350호
- 저자: 김한국
- 제목: 개념 조화를 통한 남북 전문용어 통합의 새로운 모색
- 발행 기관: 대한민국학회
- 학술지명: 대한민국
- 수록면: 531∼560쪽

2)

- 발행 연도: 2023
- 자료 형태: 단행본
- 저자: 김홍도
- 제목: 그림으로 보는 조선 시대 서울의 세시풍속
- 발행처: 도화서
- 수록면: 48∼52쪽

3. 다음 문제를 읽고 참조주가 올바르게 작성된 것을 골라보자.

1) 다음 중 단행본 출처를 표기하는 참조주 형식으로 올바른 것은?

    ① 저자명, 『서명』, 출판 연도, 출판사, 인용 쪽수.

    ② 저자명, 「서명」, 출판사, 출판 연도, 인용 쪽수.

    ③ 『서명』, 저자명, 출판사, 출판 연도, 인용 쪽수.

    ④ 저자명, 『서명』, 출판사, 출판 연도, 인용 쪽수.

2) 다음 중 신문 기사의 출처를 표기하는 참조주 형식으로 올바른 것은?

    ① 글쓴이명, 『신문 이름』, 「기사 제목」, 발행일, 인용 면수.

    ② 글쓴이명, 「기사 제목」, 『신문 이름』, 발행일, 인용 면수.

    ③ 글쓴이명, 「기사 제목」, 신문 이름, 발행일, 인용 면수.

    ④ 글쓴이명, 「기사 제목」, 『신문 이름』, 인용 면수, 발행일.

3) 다음 중 학위 논문의 출처를 표기하는 참조주 형식으로 올바른 것은?

    ① 저자명, 「논문 제목」, 학위수여기관, 인용 쪽수.

    ② 저자명, 「논문 제목」, 학위수여기관 및 학위 종류, 인용 쪽수.

    ③ 저자명, 『논문 제목』, 학위수여기관 및 학위 종류, 발행 연도, 인용 쪽수.

    ④ 저자명, 「논문 제목」, 학위수여기관 및 학위 종류, 발행 연도, 인용 쪽수.

4) 다음 중 학술지 논문의 출처를 표기하는 참조주 형식으로 올바른 것은?

    ① 저자명, 「논문명」, 학술지명 제○집(호/권), 『발행처』, 발행 연도, 인용 쪽수.

    ② 저자명, 「논문명」, 『학술지명』 제○집(호/권), 발행처, 발행 연도, 인용 쪽수.

    ③ 저자명, 논문명, 「학술지명」 제○집(호/권), 발행처, 인용 쪽수.

    ④ 저자명, 발행처, 「논문명」, 『학술지명』 제○집(호/권), 발행 연도, 인용 쪽수.

5) 다음 중 번역서의 출처를 올바르게 제시한 것은?

    ① 발터 벤야민, 『아케이드 프로젝트』, 새물결, 2005, 76쪽.

    ② 발터 벤야민, 『아케이드 프로젝트』, 조형준, 새물결, 2005, 76쪽.

    ③ Walter Benjamin, 조형준, 『아케이드 프로젝트』, 새물결, 2005, 76쪽.

④ 발터 벤야민, 『아케이드 프로젝트』, 조형준 옮김, 새물결, 2005, 76쪽.

6) 다음 중 국외 저서의 출처를 올바르게 제시한 것은?

① Joseph Campbell and Bill Moyers, *The Power of Myth*, New York : Doubleday, 1988, p.23~25.

② Joseph Campbell and Bill Moyers, 『The Power of Myth』, New York : Doubleday, 1988, pp.23~25.

③ Joseph Campbell and Bill Moyers, The Power of Myth, Doubleday, 1988, P.23.

④ Joseph Campbell and Bill Moyers, *The Power of Myth*, New York : Doubleday, 1988, pp23~25.

7) 다음 중 학위 논문의 출처를 올바르게 제시한 것은?

① 장원영, 「조선 후기의 표류기에 나타난 해외 인식 연구」, 현재대학교 석사학위 논문, 2023, 89~91쪽.

② 장원영, 『조선 후기의 표류기에 나타난 해외 인식 연구』, 현재대학교 석사학위 논문, 2023, 89~91쪽.

③ 장원영, 「조선 후기의 표류기에 나타난 해외 인식 연구」, 현재대학교, 2023, 89~91쪽.

④ 「조선 후기의 표류기에 나타난 해외 인식 연구」, 장원영, 현재대학교 석사학위 논문, 2023, 89~91쪽.

8) 다음 중 인터넷 신문 기사의 출처를 올바르게 제시한 것은?

① 이영지, 「안성 바우덕이 축제 체험」, 『내일 신문』, 2022.10.23., tomorrow.com.

② 이영지, 「안성 바우덕이 축제 체험」, 『내일 신문』, 2022.10.23., tomorrow.com. 접속일: 2023.04.28.

③ 이영지, 「안성 바우덕이 축제 체험」, 내일 신문, 2022.10.23., 접속일: 2023.04.28.

④ 이영지, 「안성 바우덕이 축제 체험」, 『내일 신문』, 2022.10.23., 접속일: 2023.04.28., tomorrow.com.

4. 다음 문제를 읽고 각주를 작성해 보자.

1) 박형남이 저술한 '재판으로 본 세계사'라는 책을 읽고, 107쪽에 나오는 내용을 인용하였다. 이 책은 '휴머니스트' 출판사에서 2018년도에 출간되었다.

_____

_____

2) 안유진이 2019년도에 작성한 '을축년(1925) 대홍수가 경성에 미친 영향'이라는 논문의 94쪽을 인용하였다. 해당 논문은 한국홍수연구라는 학회에서 발행하는 학술지인 '홍수연구'의 제12집에 수록되어 있다.

_____

_____

3) 안은진 기자가 작성한 '병자호란 때 청으로 끌려간 포로들의 생활상'이라는 제목의 기사를 인용하였다. 해당 기사는 2020년 10월 30일에 작성되었으며, 2021년 3월 12일에 오늘신문의 사이트(todaynews.com)를 통해 기사를 열람하였다.

_____

_____

4) 미래대학교 소속의 천서진은 '도파민 중독이 일상에 미치는 영향 – SNS 이용자를 중심으로'라는 제목의 논문을 쓰고 박사학위를 받았다. 해당 논문의 140쪽을 인용하였으며, 이 논문은 2022년도에 발간되었다.

_____

_____

5) William G. Flanagan이 저술한 'Urban sociology: images and structure'라는 책의 160쪽의 내용을 인용하였다. 이 책은 매사추세츠주의 Boston에 있는 'Allyn and Bacon' 출판사에서 2002년에 출간되었다.

---

6) 존 레니에 쇼트(John R Short)가 저술한 '(문화와 권력으로 본) 도시탐구'라는 책의 157쪽의 내용을 인용하였다. 이 책은 이현욱과 이부귀가 번역하였으며, '한울' 출판사에서 2001년에 출간되었다.

---

7) 앞의 6개 문헌을 참고문헌 작성 방법에 따라 정리해 보자.

4장

바른 언어
습관

이 장에서는 말하기와 글쓰기에 필요한 올바른 언어 습관에 대해 알아본다. 글을 쓸 때, 형식은 내용만큼 중요하다. 탄탄한 형식이 글의 뼈대를 이루어야 생각을 온전히 표현할 수 있다. 한글맞춤법을 올바르게 숙지하면 우리말을 폭넓게 사용하여 다양한 의미를 전달할 수 있다. 한편 생각을 논리적으로 표현하려면 단어, 문장, 문단, 글로 이어지는 구성단위들의 연결을 점검해야 한다. 좋은 문장과 좋지 않은 문장, 어법에 맞지 않는 문장을 구분하여 이해한다면 내 글이 한층 나아지는 것을 확인할 수 있다. 1절에서는 한글맞춤법과 관련한 내용을 학습한다. 맞춤법, 띄어쓰기, 표준어 규정 등이 그 대상이며, 예시와 연습문제를 통해 실제적 접근을 시도한다. 2절에서는 올바른 문장 쓰기에 대해 알아본다. 문장 오류의 다양한 유형을 이해하고, 연습문제를 통해 문장을 올바르게 쓰는 방법을 익힌다. 이와 같은 활동은 다양한 상황에서 자신의 생각과 감정을 효과적으로 표현할 수 있게 하며, 이를 통해 의사소통 역량을 키울 수 있다.

한글맞춤법의 원리와 적용

학습목표

- 한글맞춤법의 기본 원리를 이해하고, 어법에 맞는 어휘를 쓰기 위한 규정을 확인해 보자.
- 띄어쓰기의 규칙을 학습하고 예문과 연습문제를 통해 점검해 보자.
- 일상생활에서 자주 틀리는 어휘들을 알아보고, 이를 바탕으로 올바른 어휘를 사용해 보자.

'골이 따분한 성격(고리타분한 성격)', '곱셈추위(꽃샘추위)', '귀신이 고칼로리(귀신이 곡할 노릇)', '일해라 절해라 하지 마(이래라 저래라 하지 마)', '마마 잃은 중천공(남아일언중천금)', '숲으로 돌아가다(수포로 돌아가다)', '나물할 때 없다(나무랄 데 없다)' …….

인터넷을 돌아다니다 보면 한글맞춤법을 파괴하여 사용하는 사례를 어렵지 않게 만날 수 있다. 어휘를 잘못 쓰는 경우도 있고, 속담이나 관용구 등을 잘못 사용하는 경우도 있다. 한 번쯤은 웃고 넘길 수 있다. 그러나 잘못된 쓰임이 계속되면 어휘 본래의 형식과 의미를 잃게 되고, 결국 그 근원을 알 수 없어 언어생활에 혼란을 불러오기도 한다. 그러므로 우리말을 올바르게 사용할 수 있도록 만들어 놓은 어문 규정을 이해하고 학습할 필요가 있다.

이 절에서는 먼저 한글맞춤법의 원리를 이해하고 학습한다. 다양한 예시와 연습문제를 통해 사용 양상을 확인하여 숙지한다. 이어서 띄어쓰기의 기본 단위인 '단어'를 이해하여 원칙을 확인하고, 올바른 띄어쓰기에 대해 알아본다. 세부적으로 조사, 의존명사, 보조용언, 고유명사, 전문용어 등을 살펴보면서 띄어쓰기의 다양한 모습을 이해한다.

1) 한글맞춤법의 원리

우리 언어를 한글로 정확하게 표기하기 위해서는 일관된 규칙이 필요하다. '한글맞춤법'은 '한글로써 우리말을 표기하는 규칙의 전반'을 이르는 말이다. 현재 우리가 사용하는 한글맞춤법은 1988년에 확정하여 고시한 것으로 1933년 조선어학회에서 마련한 '한글맞춤법통일안'을 바탕으로 한다. 1988년 이후 부분적으로는 개정이 있었지만, 전체적으로 보았을 때 그 구성과 내용에는 변함이 없다.

한글맞춤법의 기본 원리는 다음의 총칙에서 확인할 수 있다.

> 한글맞춤법: 제1장 총칙
>
> 제1항 한글맞춤법은 표준어를 소리대로 적되, 어법에 맞도록 함을 원칙으로 한다.
> 제2항 문장의 각 단어는 띄어 씀을 원칙으로 한다.

위의 제1항은 한글맞춤법의 대원칙이다. "표준어를 소리대로 적되"가 기본 원칙이며, "어법에 맞도록 함"이 또 다른 원칙이다. 우리는 이 원칙에 따라 음성언어인 표준어를 한글로 정확하게 적어야 한다.

대원칙을 구체적으로 이해해 보자. 먼저 '소리대로 적는다'는 것은 우리가 발음하는 대로 적는다는 것을 의미한다. 즉, 〔하늘〕을 '하늘'로 적고, 〔바람〕을 '바람'으로 적는다는 뜻이다. 그런데 이 원칙만으로는 충분하지 않을 때가 있다. 다음 예시를 보자.

맛이〔마시〕, 맛을〔마슬〕, 맛에〔마세〕 → 〔마ㅅ〕

맛만〔만만〕, 맛나다〔만나다〕, 맛매〔만매〕 → 〔만〕

맛과〔맏꽈〕, 맛소금〔맏쏘금〕, 맛집〔맏찝〕 → 〔맏〕

'맛'은 '맛이'일 때 〔마시〕와 같이 발음된다. 그리고 '맛을, 맛에' 또한 〔마슬〕, 〔마세〕와 같이 소리 난다. 그리고 '맛나다'의 경우에는 〔만나다〕처럼 발음되고 '맛소금'의 경우에는 〔맏쏘금〕과 같이 소리 난다. 즉 '맛'이라는 단어는 뒤에 오는 성분에 의해 〔마ㅅ〕, 〔만〕, 〔맏〕과 같이 다양한 소리가 된다. 이렇게 다양한 소리를 그대로 적으면, 그것이 본래 어떤 말인지 알아보기 어렵다. 그래서 두 번째 원칙이 필요하다.

'어법에 맞도록 한다'는 것은 뜻을 파악하기 쉽도록 각 형태소의 본래 모습을 밝혀 적는다는 말이다. '맛'은 〔마ㅅ〕, 〔만〕, 〔맏〕과 같이 세 가지로 소리가 나지만, 본래의 모습인 '맛'을 그대로 적는다. 요컨대 어떠한 말을 표기할 때 그 모양과 의미가 유사한 다른 말이 있는지 살펴보고 서로 관련지을 수 있다면 본래의 형태를 살려 쓴다. 그렇지 않다면 소리 나는 대로 쓴다. 제2항과 관련한 내용은 다른 절에서 확인하기로 하고, 먼저 연습문제를 통해 실력을 점검해 보자.

(1) 정확한 단어의 선택

다음은 우리가 글을 쓰면서 항상 고민하게 되는 몇 가지 사례를 제시한 것이다. 틀려도 좋다. 우선은 가벼운 마음으로 문제를 풀어 보자.

> ① (깍두기 / 깍뚜기)를 담그는 방법은 비밀이다.
>
> ② 네가 행복하기를 (바래 / 바라).
>
> ③ 하늘을 (날으는 / 나는) 비행기

④ 그 소식은 (금새 / 금세) 퍼지고 말았다.

⑤ 내 아이는 올해 (두 살배기 / 두 살박이)가 되었다.

⑥ 내가 어제 경복궁에 다녀왔는데 참 (멋있대 / 멋있데).

⑦ 늘 따뜻한 마음으로 다른 사람을 돕는 사람이 (되자 / 돼자).

⑧ (며칠 / 몇 일) 동안 사람 구경을 못 했다.

⑨ 내일부터는 담배를 (안 / 않) 피우겠다.

⑩ 올 가을 (취업율 / 취업률)이 사상 최고를 기록했다.

① 이 문제는 된소리를 어떻게 적는지 묻는 문제다. 한글맞춤법 제5항에서는 뚜렷한 까닭 없이 나는 된소리는 다음 음절의 첫소리를 된소리로 적는다고 규정하고 있다. 그러나 'ㄱ, ㅂ' 받침 뒤에서 나는 된소리는 된소리로 적지 아니한다는 규정도 있다. '깍'의 받침이 'ㄱ'이므로 뒤 음절 첫소리는 '뚜'가 아닌 '두'가 된다. 정답은 '깍두기'이다.

②는 '바라다'와 '바래다'의 의미 차이를 묻는 문제이다. '바라다'는 '어떠한 일이 이루어지기를 희망하는 생각'이고, '바래다'는 '색이 변했다'는 의미다. 문맥 의미상 '바라다'를 사용해야 한다. 즉 용언 어간 '바라-'에 종결어미 '-아'가 결합한 '바라'가 정답이다.

③ 이 문제는 용언의 활용 양상을 묻는 문제다. 한글맞춤법 제18항에서는 어간의 끝 'ㄹ'이 줄어질 적에 '나니, 나는, 납니다. 나오'와 같이 적는다고 밝힌다. 즉 '날다'라는 동사가 활용할 때 'ㄹ'이 줄어 '나는'과 같이 활용하는 것이다. 정답은 '나는'이다.

④ 이 문제는 준말의 원형에 대해 묻고 있다. '금세'는 '금시(今時)에'라는 말이 줄어 만들어진 말이다. 따라서 정답은 '금세'이다. 이와 비슷한 예로 '밤새, 요새, 어느새' 등이 있다. 이 말들은 각각 '밤사이, 요사이, 어느 사이'가 줄어든 말로 '새'로 적는 것이 맞다. '금세'와 '밤새'는 줄기 전의 형태가 다르기 때문에 각각 다

르게 쓴다.

⑤는 '-배기, -빼기, -박이'의 차이를 확인하는 문제이다. 우선 '-박이'는 무언가가 박혀 있는 것을 의미하는 접미사이다. 그래서 '토(土)박이'는 그 땅에 박혀서 오래 살아온 사람을 말하고, '점박이'는 점이 박혀 있는 사람을 의미한다. '-빼기'는 앞말의 특성을 가진 물건을 의미하는데, '곱빼기'는 곱의 특성을 가진 물건을 의미한다. 그래서 2인분 정도의 양을 의미한다. 끝으로 '-배기'는 '그 나이를 먹은 아이'의 뜻을 더하는 접미사이다. 따라서 나이를 나타낼 때 쓴다. 정답은 '두 살배기'이다.

⑥은 '대'와 '데'의 쓰임을 잘 구분하는지 묻고 있다. '-대'는 '-다고 해'가 줄어든 말로, 남의 말을 전달할 때 사용한다. 한편 '-데'는 말하는 사람이 직접 경험한 사실을 말할 때 사용한다. '-더라'와 비슷한 의미를 전달한다. 이 문제는 내가 직접 경험한 사실을 이야기하고 있으므로 '멋있데'가 정답이다. 헷갈린다면, '-다고 해'와 '-더라'를 각각 대입하여 살펴보면 된다. 이 문장에서는 '멋있더라'의 의미로 사용되었다.

⑦은 '되-'와 '돼'를 구분하는 문제이다. '돼'는 '되어'가 줄어든 말이다. 즉 '일이 잘 되었다(됐다).'와 같이 사용된다. 비슷한 말로 '뵈어(봬), 쇠어(쇄)' 등이 있다. 그런데 이 문장에서는 동사 '되-'에 종결어미 '-자'가 결합한 '되자'가 정답이다. '돼자'를 '되어자'로 풀어 쓰면 비문이 되기 때문이다.

⑧ 이 문제는 단어의 원형을 밝히어 적는 문제이다. 한글맞춤법 제27항에서는 둘 이상의 단어가 어울리거나 접두사가 붙어서 이루어진 말은 각각 그 원형을 밝혀 적는다고 규정돼 있다. 그래서 '며칠'의 원형이 '몇 일'이라면 '몇 일'로 적는 것이 맞다. 그러나 제27항 [붙임 2]에서는 어원이 분명하지 않을 경우 원형을 밝히지 않는다고 규정한다. '며칠'이라는 단어는 16세기 문헌인『번역박통사』에서 '며츨'로 확인된다. 즉 '몇 일'이 원형적 표기라고 보기 어렵다. 그러므로 '며칠'이 정답이다. 우리말에서는 '몇 일'로 적는 경우가 없으며, 항상 '며칠'로 적는다.

⑨ '안'과 '않-'은 우리 일상 언어생활에서 자주 고민하게 되는 어휘들이다. 이 단어들은 둘 다 줄어든 말이다. '안'은 부사 '아니'가 준 말이고, '않-'은 '아니하-'

가 줄어든 용언이다. 그래서 각각 문장에서의 위치와 기능이 다르다. '안'은 부사로 용언을 수식하며, '않-'은 용언으로 서술어 자리에서 주로 쓰인다. 이 문제에서는 뒤에 오는 용언인 '피우겠다'를 수식하고 있으므로 부사 '안'이 정답이다.

⑩은 두음법칙에 관한 문제이다. 우리 한글맞춤법에서는 단어의 첫머리에 '랴, 려, 례, 료, 류, 리'가 오면 '야, 여, 예, 요, 유, 이'로 적는다고 규정한다. 그리고 단어 첫머리 이외의 경우에는 '협력, 진리'와 같이 그대로 본음대로 적는다. 그러나 예외 규정이 있다. 이 문제와 같이 '렬, 률'이 모음이나 'ㄴ' 받침 뒤에 이어지면 '열, 율'로 적는 규정이다. 그래서 '비률(比率)', '선률(旋律)'을 본음이 아닌 '비율, 선율'로 적는 것이다. 이 문제는 '률' 앞이 'ㅂ' 받침이므로 예외 규정에 해당하지 않는다. 그래서 본음인 '취업률'로 적는 것이 정답이다.

(2) 사이시옷

'사이시옷'은 우리말에서 사잇소리 현상이 나타났을 때 'ㅅ'을 덧붙이는 한글맞춤법의 규정이다. 문제를 풀기 전에 관련 규정을 살펴보도록 하자. 한글맞춤법 제30항에서는 사이시옷을 받치어 적는 경우를 밝히고 있는데, 다음과 같다.

① 순우리말로 된 합성어로서 앞말이 모음으로 끝난 경우

　　예) 귓밥, 아랫니, 나뭇잎

② 순우리말과 한자어로 된 합성어로서 앞말이 모음으로 끝난 경우

　　예) 자릿세, 훗날, 예삿일

③ 두 음절로 된 다음 한자어(아래 6개의 예에만 사이시옷이 들어간다.)

　　예) 곳간(庫間), 셋방(貰房), 숫자(數字), 찻간(車間), 툇간(退間), 횟수(回數)

이 규정에서 우선되는 조건이 두 가지 있다. 첫째는 합성어라는 기준이다. 합성어는 둘 이상의 실질형태소가 결합하여 만들어진 단어다. 그래서 단일어나 파생어

와 구별된다. 예를 들어 '해님'은 '해'라는 실질형태소와 '님'이라는 접미사가 결합한 파생어이다. 즉 합성어가 아니므로 '햇님'과 같이 적지 않는다. 둘째, 음운론적 현상이 일어나야 한다. 즉 '비+물'은 [빈물]과 같이 'ㄴ' 소리가 덧난다. 이렇게 음운현상이 있을 때 사이시옷을 받치어 적는다. '까치+집'은 합성어지만 [까치집]과 같이 소리 나지 않는다. 그래서 사이시옷을 받쳐 적지 않는 것이다.

위 규정의 핵심은 결합하는 어휘의 종류를 아는 일이다. 우리말에는 순우리말과 한자어, 그리고 외래어가 있다. 이 중 외래어는 사이시옷 규정에 해당되지 않으므로 제외한다. 순우리말은 우리 고유의 말, 즉 고유어를 뜻한다. 그리고 한자어는 한자에 기초하여 만들어진 말인데 대부분의 모국어 화자들은 이것을 직관적으로 인지한다. 더 정확하게 어종을 확인하고 싶다면, 국립국어원에서 편찬한 『표준국어대사전』(https://stdict.korean.go.kr/)을 참조할 수 있다.

---

① 저 앞 분식점에서 파는 (만둣국 / 만두국)이 맛있어.

② 겨울이 되니 (나무잎 / 나뭇잎)이 다 떨어졌다.

③ (전세방 / 전셋방)을 구하지 못해 (월세방 / 월셋방)을 얻었다.

④ 횟집에 가면 메뉴판에 (싯가 / 시가)라고 적힌 것을 볼 수 있다.

⑤ 내 (막냇동생 / 막내동생)의 꿈은 화가이다.

---

①에서 '만둣국'은 '만두'와 '국'이 결합한 합성어이다. '만두(饅頭)'는 한자어이고, '국'은 순우리말이다. 그리고 '국'의 앞말인 '만두'가 모음으로 끝나기 때문에 사이시옷이 들어갈 수 있는 환경이다. 소리는 [만두꾹/만둔꾹]과 같이 소리 나므로 '만둣국'이 정답이다.

②의 '나뭇잎'은 '나무'와 '잎'이 결합한 합성어이다. '나무'와 '잎' 모두 순우리말인 고유어이다. 그리고 앞말인 '나무'가 모음으로 끝났기 때문에 사이시옷이 들어갈 수 있는 환경이다. '나뭇잎'은 [나문닙]과 같이 'ㄴ' 소리가 덧난다. 따라서 사이시옷을 받쳐 '나뭇잎'과 같이 적는다.

③ '전세(傳貰)'를 사전에서 찾아보면 한자어라는 것을 알 수 있다. '월세(月貰)', '방(房)' 역시 한자어다. 즉 '한자어+한자어' 구성이다. 앞에서 살펴보았듯 이 구성에서 사이시옷이 들어가는 경우는 '곳간, 셋방, 숫자, 찻간, 툇간, 횟수' 등 6개뿐이다. 따라서 사이시옷을 받쳐 적지 않는 '전세방, 월세방'이 정답이다. 만약 '전세+집'이었다면 '집'이 고유어이므로 '전셋집'처럼 사이시옷을 받쳐 적는다.

④는 2음절 한자어에 사이시옷을 넣는지 확인하는 문제이다. 앞의 문제에서 확인했듯이 사이시옷이 들어가는 경우는 6개뿐이다. '시가'는 '시(時)'와 '가(價)'가 결합한 합성어이지만, 6개에 포함되지 않으므로 '시가'로 적는 것이 옳다. '싯가'는 틀린 표현이다.

⑤에서 '막냇동생'은 '막내'와 '동생'이 결합한 합성어이다. 두 단어 모두 고유어이고, '막내'가 모음으로 끝났기 때문에 사이시옷이 들어갈 환경이 만들어진다. 그리고 이 단어는 〔망내똥생/망낻똥생〕과 같이 소리 나므로 사이시옷을 받치어 적는다. '막냇동생'이 정답이다.

(3) 헷갈리는 표현

지금까지 학습한 내용을 바탕으로 아래 문제를 다시 풀어 보자. 이 문제들도 우리가 자주 헷갈리는 표현들이다.

---

① 나는 공직자(로서 / 로써) 맡은 책임을 다해야 한다.

② 오늘은 (왠지 / 웬지) 기분 좋은 일이 생길 것 같아.

③ 아, 내가 먼저 손을 들고 (발표할껄 / 발표할걸).

④ 어제 내가 빌린 노트 (이따가 / 있다가) 줘도 되니?

⑤ 항상 집을 (깨끗이 / 깨끗히) 하는 습관을 가지자.

⑥ (사과든지 배든지 / 사과던지 배던지) 다 좋다.

⑦ 불을 (켠 채 / 켠 체) 밤새도록 공부를 했다.

---

①은 조사인 '로서'와 '로써'의 의미를 구분하는 문제이다. '로서'는 '지위나 신분, 자격'을 나타내는 조사이다. 그리고 '로써'는 '수단이나 도구'를 나타내는 조사이다. 위의 문장에서는 '공직자'라는 신분을 나타내는 '로서'가 조사로 적절하다.

②는 자주 틀리는 표현 중 하나이다. '왠지'는 '왜인지'의 줄임말로, '왜 그런지 모르게'라는 의미이다. '웬'은 관형사로, 뒤에 오는 말을 꾸며 준다. '웬 일이니, 웬 놈이냐.'처럼 쓰이며, '웬지'와 같이 쓰는 경우가 없다. 그러므로 정답은 '왠지'이다.

③ 가장 많이 틀리는 표현 중 하나가 '-할게', '-할걸'과 같은 표현이다. '이따가 연락할게, 먼저 갈껄.' 등으로 하루에도 몇 번씩 틀리게 사용하곤 한다. 이 단어는 용언 '하-'에 종결어미 '-ㄹ걸, -ㄹ게'가 결합한 어휘이다. 그래서 '-할걸'과 '-할게'처럼만 사용된다. 여기에서는 '발표할걸'이 정답이다.

④에서의 '이따가'는 부사이며 '조금 뒤에'라는 의미이다. 주로 뒤에 오는 용언을 꾸민다. '있다가'는 용언 '있-'에 연결어미 '-다가'가 결합한 말이다. '먹다가, 달리다가, 가다가'에서처럼 동작이나 과정을 이어 주는 역할을 한다. 이 문제에서는 '조금 뒤에'라는 의미가 적당하므로 '이따가'가 정답이다.

⑤는 '이'와 '히' 중 어떤 것을 적는가 하는 문제이다. 한글맞춤법 51항에서는 끝음절이 분명히 '이'로만 나는 것은 '-이'로 적고, '히'로만 나거나 '이'나 '히'로 나는 것은 '-히'로 적는다고 규정하고 있다. '깨끗이'는 [깨끄시]와 같이 소리 나므로 '-이'로 적는 것이 맞다. 정답은 '깨끗이'이다.

⑥에서 '든지'는 어떠한 것이 선택되어도 차이가 없는 것을 나열할 때 사용하는 조사이다. 그리고 '-던지'는 과거의 의미를 나타내는 어미다. 그래서 '어제 얼마나 재미있던지.'와 같이 표현할 수 있다. 이 문제에서는 사과와 배 모두 좋다는 의미이므로 '사과든지 배든지'가 정답이다.

⑦은 '채'와 '체'를 구분하는 문제이다. '체'는 '체하다.'와 같이 쓰이며, 거짓으로 그럴듯하게 꾸민다는 의미이다. '척하다.'와 비슷한 뜻이다. 주로 '잘난 체하다, 모르는 체하다.'와 같이 쓰인다. '채'는 의존명사로 '이미 있는 상태 그대로 있다'

는 뜻을 나타낸다. '산 채로 잡다, 옷을 입은 채 잠들다.'와 같이 쓰인다. 위의 문장에서는 불이 켜진 상태가 지속된다는 의미이므로 '켠 채'가 정답이다.

2) 띄어쓰기

"아버지 가방에 들어가신다." 초등학교 시절, 띄어쓰기의 중요성을 가르치기위해 선생님께서 칠판에 적은 문장이다. 우스갯소리로 넘길 수 있지만, 아버지가 '방'에 들어가시는 것과 '가방'에 들어가시는 것은 의미의 차이가 크다. '띄어쓰기'는 '어문규범에 따라 어떠한 말을 앞말과 띄어 쓰는 일'을 말한다. 우리는 띄어쓰기를 통해 그 의미를 명확하게 구분하여 표시한다. 여기에서는 한글맞춤법 총칙제2항에 나와 있는 "문장의 각 단어는 띄어 씀을 원칙으로 한다."라는 원칙을 바탕으로 올바른 띄어쓰기에 대해 학습한다.

먼저 총칙 제2항에서 밝히고 있는 '단어'의 개념을 이해해 보자. 단어는 문장에서독립적으로 사용되는 말의 단위이다. 중·고등학교 시절에 배웠던, 단어를 나누고 묶은 '품사'에 대해 기억하는가? 지금 우리가 떠올리고 있는 명사, 대명사, 수사, 동사,형용사, 관형사, 부사, 조사, 감탄사 등의 갈래를 품사라고 한다. 품사는 단어를 비슷한 부류끼리 묶어 놓은 것으로, 이들 모두 단어이다. 다만 우리말에서 조사는 문장에서 홀로 쓰이지 못하고 앞말에 붙여 사용하므로 띄어쓰기의 대상이 되지 않는다.

연아는 새 스케이트화를 신고 훨훨 날아올랐다.

위의 문장에서 '연아, 스케이트화'는 명사이다. 그리고 '새'는 뒤의 말(체언)을 꾸며 주는 관형사이고, '훨훨'은 뒤의 말(용언)을 꾸며 주는 부사이다. '신고'와 '날아올랐다'는 각각 '신다, 날아오르다'라는 동사의 활용형이다. 이들은 각각 품사를달리하는 단어이므로 띄어 쓴다. 다만 앞에서 설명한 바와 같이 '연아' 뒤의 '는',

'스케이트화' 뒤의 '를'은 조사이기 때문에 앞말과 붙여 쓴다. 구체적인 예를 확인하며 띄어쓰기를 이해해 보자.

(1) 조사와 보조용언

한글맞춤법 제41항에서는 조사의 띄어쓰기를 규정하고 있다. "조사는 그 앞말에 붙여 쓴다."가 그 규정이다. 그리고 제47항에서는 "보조용언은 띄어 씀을 원칙으로 하되, 경우에 따라 붙여 씀도 허용한다."라고 규정하고 있다. 이 규정을 기억하면서 다음의 문제를 풀어 보자.

> ① (집에서 만이라도 / 집에서만 이라도 / 집에서만이라도) 편히 쉬고 싶다.
>
> ② 네가 (먹을만큼 / 먹을 만큼) 떠먹어라.
>
> ③ 나에게는 오직 (너뿐이야 / 너 뿐이야).
>
> ④ 내 힘으로 적을 (막아내겠다 / 막아 내겠다).
>
> ⑤ 분리수거를 잘하기 위해 비닐을 잘 (뜯어서 버렸다 / 뜯어서버렸다).

①은 조사의 연속적 사용에 대한 문제이다. 앞에서 적은 바와 같이 조사는 앞말에 붙여 쓴다. 이 문장에서 '에서'는 장소를 나타내는 조사이다. 그리고 '만'은 무엇을 제한하거나 한정할 때 쓰는 조사이다. 끝으로 '이라도' 역시 조사인데, 최선이 아닌 차선의 것을 나타내는 보조사이다. 요컨대 '에서', '만', '이라도'는 모두 조사이므로 다 붙여 쓴다. '집에서만이라도'가 정답이다.

② '뿐, 만큼, 대로'는 의존명사로 쓰이는 경우도 있고 '조사'로 쓰이는 경우도 있다. 의미로는 정확하게 구분하기 어렵기 때문에 앞뒤 말의 환경을 확인하여 구분한다. '뿐, 만큼, 대로' 앞에 관형사형 어미인 '-ㄴ/-은/-는, -ㄹ/-을/-를, -던' 등이 오면 의존명사로 보아 띄어 쓴다. 그리고 '너만큼, 자동차만큼'과 같이 '명사, 대명사'가 오면 조사로 보아 붙여 쓴다. 이 문제에서는 '먹을'과 같이 관형사형 어미가

사용되었으므로 뒤에 오는 것은 의존명사이다. 그러므로 '먹을 만큼'과 같이 띄어 쓰는 것이 정답이다.

③은 ②번 문제와 연결된 문제다. 대명사 '너' 뒤에 오는 것은 조사다. 즉 '너뿐이야'와 같이 붙여 쓰는 것이 정답이다.

④ 우리말에서 용언은 본용언과 보조용언으로 구분된다. "불이 꺼져 간다."라는 문장에서, 중심적인 의미인 '꺼지다'는 본용언이고 '가다'는 본용언의 뜻을 보충하는 보조용언이다. 본용언과 보조용언 모두 단어이므로 띄어 쓰는 것이 원칙이다. 다만 제47항에서 경우에 따라 붙여 쓰는 것도 허용하고 있으므로, 띄어 쓰는 것과 붙여 쓰는 것 모두 가능하다. 즉 "불이 꺼져간다."와 같이 붙여 쓸 수 있다. 따라서 이 문제는 '막아낸다'와 '막아 낸다' 모두 정답이다.

⑤는 보조용언을 반드시 띄어 써야 하는 경우의 예이다. 본용언과 보조용언 사이에 연결어미로 '-아/-어' 외의 어미가 삽입되면 반드시 띄어 쓴다. 여기에서는 어미 '-어서'가 결합되었으므로 반드시 띄어 써야 한다. 정답은 '뜯어서 버렸다'이다. 한편 반드시 붙여 써야 하는 경우도 있다. '도와주다', '올라서다', '알아보다'와 같이 이미 한 단어로 굳어진 단어는 띄어 쓰지 않고 붙여 쓴다.

(2) 의존명사, 고유명사, 전문용어

여기에서는 의존명사, 고유명사, 전문용어의 띄어쓰기를 알아본다. 한글맞춤법 제42항에서는 "의존명사는 띄어 쓴다."라고 규정하고 있다. 그리고 제48항에서는 "성과 이름, 성과 호 등은 붙여 쓰고, 이에 덧붙는 호칭어, 관직명 등은 띄어 쓴다."라고 규정하며 고유명사의 띄어쓰기를 밝혔다. 끝으로 제50항에서 전문용어는 단어별로 띄어 씀을 원칙으로 하되, 붙여 쓸 수 있다고 밝혔다. 이러한 규정을 기억하면서 다음의 문제를 풀어 보자.

① 오랜만에 (아는것 / 아는 것)이 나와서 쉽게 문제를 풀었다.

② 내일 데이트가 있어서 근사한 (옷 한 벌 / 옷 한벌)을 장만했다.

③ 나는 한국초등학교 (82회 / 82 회) 졸업생이다.

④ (스물 일곱 / 스물일곱) 살이 되어서야 졸업을 할 수 있었다.

⑤ 율곡 (이이 / 이 이) 선생의 어머니는 (신 사임당 / 신사임당)이다.

⑥ 나는 지금 (한경 국립 대학교 / 한경국립대학교)에 다니고 있다.

⑦ 우리나라가 (중거리 탄도 유도탄 / 중거리탄도유도탄)을 개발했다.

① '아는 것', '뜻한 바', '할 수'에서 '것, 바, 수' 등은 앞말의 꾸밈을 받아야 쓸 수 있는 의존적인 말이다. 이런 단어를 의존명사라 한다. 의존명사는 보통의 자립명사와 동일한 기능을 하므로 단어로 취급한다. 그러므로 띄어 쓰는 것이 옳다. 정답은 '아는 것'이다.

② '소 한 마리', '차 두 대', '신발 세 켤레'와 같이 단위를 나타내는 명사를 단위명사라고 한다. 단위명사는 수를 나타내는 어휘와 어울려 쓰이는데, 띄어 쓰는 것이 원칙이다. 그래서 '옷 한 벌'이 정답이다.

③은 단위명사의 예외 규정이다. 아라비아 숫자나 순서를 나타내는 경우에는 단위명사를 앞말에 붙여 쓸 수 있다. 예를 들어 '10층, 삼학년, 9미터, 두시'와 같은 경우에는 붙여 쓸 수도 있다. 물론 원칙적으로 띄어 쓰는 것이 맞다. 이 문제는 '82회, 82 회' 모두 정답이다.

④ 한글맞춤법 제44항에서는 수를 적는 규정을 밝혔는데, 이는 '만(萬)' 단위로 띄어 쓴다는 것이다. 아라비아 숫자는 '1,234,567,898'과 같이 천 단위에 쉼표를 넣는다. 그러나 이 수를 한글로 적을 때는 '십이억 삼천사백오십육만 칠천팔백구십팔(12억 3456만 7898)'과 같이 만 단위로 띄어 쓴다. '스물일곱'은 십 단위이므로 붙여 쓴다. 그러므로 정답은 '스물일곱'이다. 참고로 뒤의 '살'은 단위명사이므로 '스물일곱 살'과 같이 띄어 쓴다. 만약 아라비아 숫자 '27'을 쓴다면, '27살'과 같이

붙여 쓸 수도 있다.

⑤ 성과 이름은 붙여 쓰는 것이 규칙이다. 그래서 '이이'와 같이 쓴다. 또한 성과 호도 붙여 쓰는데, 성인 '신'과 호인 '사임당'을 붙여서 '신사임당'과 같이 쓴다. 다만 호칭어는 '이이 선생/이율곡 선생'과 같이 띄어 쓴다.

⑥ 성명 이외의 고유명사는 단어별로 띄어 써야 한다. 그러나 단위별로 띄어 쓰는 것도 허용한다. 즉 '한경 국립 대학교 인문 융합 공공 인재 학부 영미 언어 문화 전공'과 같이, 단어는 모두 띄어 쓰는 것이 원칙이다. 다만 단위로 끊어서 '한경국립대학교 인문융합공공인재학부 영미언어문화전공'과 같이 띄어 쓸 수 있다. 그러므로 '한경 국립 대학교'와 '한경국립대학교' 모두 정답이다.

⑦ 전문용어는 단어별로 띄어 쓰는 것이 원칙이다. 그러나 전문용어는 보통 하나의 개념을 담고 있기에 붙여 쓸 수 있도록 한다. 이 문제의 '중거리 탄도 유도탄'도 전문용어이므로 띄어 쓰는 것이 원칙이지만, '중거리탄도유도탄'과 같이 붙여 쓸 수 있다.

1. 다음 문제 중 올바른 것을 고르시오.

1) 모자를 벗고 그 자리에서 (넙죽 / 넙쭉) 절을 했다.
2) 맞춤법 실력이 많이 (는 / 늘은) 것 같은데?
3) 중간고사 기간에 (밤새 / 밤세) 공부하였다.
4) 매일 만나는 사람인데 오늘따라 (왠지 / 웬지) 멋있어 보인다.
5) 우리는 대화(로서 / 로써) 갈등을 풀어야 한다.
6) 우리가 어제 먹은 수원 왕갈비 통닭이 참 (맛있대 / 맛있데).
7) 올해는 작년보다 더 많은 (장마비 / 장맛비)가 내렸다.
8) 내가 그를 처음 만난 것은 서울행 (기차간 / 기찻간)에서였다.
9) 어제 일은 내가 (사과할게 / 사과할께).
10) 그는 (졸렬 / 졸열)한 방법으로 승리를 따냈다.

2. 다음 문제 중 올바르게 띄어 쓴 것을 고르시오.

1) 그가 집을 (떠난지 / 떠난 지) 3년이 되었다.
2) 내가 (기대한대로 / 기대한 대로) 결과가 나왔다.
3) 나는 책을 다 (읽는데 / 읽는 데) 오 일이나 걸렸다.
4) 열심히 준비한 만큼 꼭 (이기고싶다 / 이기고 싶다).
5) 네가 감기에 걸렸다니 참 (안되었다 / 안 되었다).
6) 소파 (방정환 / 방 정환) 선생께서 어린이날을 만들었다.
7) 요즘 (십원짜리 / 십 원짜리 / 십 원 짜리) 동전을 보기 힘들다.
8) 습관만 바꿔도 (수면무호흡증후군 / 수면 무호흡 증후군)을 고칠 수 있다.

좋은 문장 쓰기

우리는 머릿속의 생각을 다양한 방식으로 드러낸다. 음악가는 음악으로 자신의 생각을 표현하고, 화가는 그림을 통해 생각을 나타낸다. 여러 표현 방식 중 글쓰기는 가장 쉽고 빠르게 본인의 생각과 마음을 드러내는 수단이다. 글을 쓸 때, 많은 이들이 내용에만 신경을 쓴다. 그러나 내용과 형식이 조화롭게 연결되어야 좋은 글이 된다. 좋은 글을 완성하기 위해서는 문장을 올바르게 쓰고 적절한 어휘를 사용할 수 있는 능력을 키워야 한다. 앞 절에서 적절한 어휘, 즉 한글맞춤법에 대해 배웠다면 이 절에서는 올바르고 간결한 문장 쓰기에 대해 학습해 보자.

좋은 문장이란 무엇인가. 일반적으로 어법에 맞고 간결하고 명확한 문장을 좋은 문장이라고 한다. 어법에 맞는다는 것은 우리말을 올바른 방식으로 사용한다는 것이다. 간결함은 길고 복잡한 문장을 쓰기보다는 짧고 간단한 구조의 문장을 쓸 때 얻을 수 있다. 명확성은 여러 가지 의미로 읽힐 수 있는 표현을 지양하고 하나의 의미를 명료하게 전달하는 것을 말한다. 지금부터 각각의 내용을 살펴보자.

1) 올바른 문장 쓰기

생각을 가다듬지 않으면 제대로 된 글을 쓸 수 없다. 정확하고 분명한 글쓰기는 명료하고 논리적인 사고가 바탕이 되어야만 가능하다. 또한 우리말 어법에 맞는 정확한 표현을 통해 막연한 생각을 구체적이고 논리적인 사고로 발전시킬 수 있다.

글은 원칙적으로 말을 문자로 바꾸어 놓은 것이지만, 문법에 맞는 문장을 정확하게 구사하는 능력은 오랜 훈련과 노력을 거쳐야 터득할 수 있다. 특히 올바른 문장은 정확한 표현의 기초가 된다. 단어만 나열한다고 해서 제대로 된 문장이 되는 것은 아니며, 하찮게 보이는 조사나 어미 하나만 잘못 써도 문장이 어색해진다. 또 문법에 아주 어긋나는 것은 아니라 해도, 번역 투의 문장 사용을 삼가야 한다. 본격적인 공부에 앞서 올바른 문장을 쓰기 위해 우리말의 기본적인 어순을 확인해 보자.

> ① 꽃이 피었다.
>   주어 서술어
>
> ② 나는 그대를 사랑한다.
>   주어 목적어 서술어
>
> ③ 나는 그대를 (무척) 사랑한다.
>   주어 목적어 (부사어) 서술어
>
> ④ 나는 마음이 고운 그대를 사랑한다.
>   주어   관형절   목적어   서술어

우리말의 가장 기본적인 어순은 '주어+서술어'의 형식이다. ①의 예에서 볼 수 있듯이 문장에서 주체인 주어가 가장 앞에 오고 행위나 모습을 나타내는 서술어가 마지막에 온다. 서술어에 따라 목적어가 들어가기도 하는데 그 예는 ②의 문장에서 확인할 수 있다. '사랑하다', '먹다', '부르다' 등과 같은 서술어는 동작이나 상태의 대상인 목적어를 요구한다. 이렇게 '주어, 목적어, 서술어'는 문장의 주요 요소로서 필수적으로 있어야 한다.

한편 ③의 문장에서는 '무척'이라는 부사어가 뒤에 오는 '사랑한다'를 꾸민다. 부사어는 일반적으로 뒤의 서술어를 꾸미거나 한정하는 역할을 한다. 그래서 반드시 필요한 문장 성분은 아니다. 즉 '무척'이라는 단어가 없어도 문장의 주요한 내용을 이해하는 데는 불편함이 없다. 간혹 불필요한 부사어를 과도하게 쓰는 경우가 있는데, 넘치는 것은 모자람만 못하다는 사실을 기억하자.

끝으로 ④의 문장은 안긴문장과 안은문장으로 이루어졌다. 즉 "마음이 곱다."라는 문장에 전성 어미 '-ㄴ'이 결합하여 "마음이 고운"이라는 관형절(안긴문장)이 되고 이 관형절은 뒤에 오는 '그대'를 꾸민다. 이때 "나는 그대를 사랑한다."라는 문장은 "마음이 고운"의 안은문장이 된다. 이처럼 한국어의 문장은 여러 개의 문장이 얽혀 복잡한 구조를 만들기도 한다. 문장이 복잡할수록 독자는 문장의 의미를 단번에 파악하기 힘들다. 따라서 여러 개의 문장을 중첩하여 길게 쓰기보다는 짧게 쓰는 것이 좋다.

(1) 주어와 목적어를 빠뜨리지 않는다

우리말의 주된 특징 중 하나는 주어의 생략이 비교적 자유롭다는 점이다. 특히 입말(구어)에서는 주어를 생략하는 경우가 많다. 예를 들어 친구가 당신에게 "○○아, 오늘 점심 뭐 먹을래?"라고 물으면 "자장면"이라고 대답하는 것이 보통이다. '나는'이라는 주어와 '먹을래'라는 서술어 없이 목적어인 "(나는) 자장면 (먹을래.)"만으로도 의미가 전달된다. 그러나 글말(문어)에서는 언어 외적인 상황의 도움을 기대할 수 없으므로 주어를 비롯해 목적어, 서술어 등의 필수 성분은 명확하게 써 주는 것이 좋다. 특히 둘 이상의 문장이 연결될 때, 필수 문장 성분을 빠뜨리는 경우가 많으므로 신경을 써야 한다.

예) 한경이는 주원이에게 책을 주었고, 그 보답으로 한경이에게 꽃을 보냈다.

⇒ 한경이는 주원이에게 책을 주었고, 주원이는 그 보답으로 한경이에게 꽃을 보냈다.

위의 예는 두 개의 문장이 이어진 구성이다. 앞 문장은 주어인 '한경이'와 목적어인 '책', 그리고 서술어인 '주다'가 모두 드러났다. 그러나 뒤의 문장은 주어는 빠뜨린 채 목적어인 '꽃'과 서술어인 '보내다'만 있다. 주어인 '주원이'를 넣어야 올바른 문장이 된다. 다음은 목적어가 생략된 예이다.

예) 사람은 남에게 속기도 하고 속이기도 한다.

⇒ 사람은 남에게 속기도 하고 남을 속이기도 한다.

위의 예는 "사람은 남에게 속기도 한다."라는 문장과 "사람은 남을 속이기도 한다."라는 문장을 이어 적은 문장이다. 앞 문장의 서술어인 '속다'라는 동사는 자동사로 목적어 없이 사용될 수 있다. 그러나 뒤 문장의 서술어 '속이다'는 타동사로, '~을'과 같은 목적어가 있어야 한다.

(2) 주어와 서술어가 호응해야 한다

주어와 서술어는 문장을 만드는 필수 성분으로, 문장의 골격을 이룬다. 문장이 올바르게 이루어지려면 적어도 주어 하나와 서술어 하나를 갖추어야 한다. 주어와 서술어가 올바르게 연결되는 것을 '주술의 호응'이라고 하는데, 주어가 부르면 서술어가 응답하는 관계를 맺어 한 문장을 이룬다. 그렇지 않으면 어색하거나 틀린 문장이 된다. 따라서 서술어가 주어에 대한 하나하나의 동작이나 작용, 성질이나 상태를 정확하게 드러내야 한다. 그래야만 주어와 서술어의 연결이 잘못되거나 불분명한 경우를 피할 수 있어 주술 호응이 자연스럽고 명확해진다.

한국어의 문장은 기본적으로 주어가 가장 앞에, 서술어가 가장 뒤에 놓이는 구조이기 때문에 문장의 길이가 길어지면 주어와 서술어 사이의 거리가 멀어져, 두 성분 사이의 호응에 오류가 생길 가능성이 커진다. 그러므로 글을 고칠 때는 문장의 핵심 내용을 고려하여 두 성분이 적절하게 호응하도록 한다.

> 예) 우리나라의 자유는 독립을 위해 헌신한 수많은 영웅이 있었기 때문이다.
> ⇒ 우리나라의 자유는 독립을 위해 헌신한 수많은 영웅이 있었기 때문에 가능했다.
> ⇒ 우리나라가 자유를 누릴 수 있는 까닭은 독립을 위해 헌신한 수많은 영웅이 있었기 때문이다.

주술 호응이 잘못되었을 때는 주어와 서술어 중 한 성분을 수정한다. 위의 예문에서 '우리나라의 자유'라는 주어와 '때문이다'라는 서술어는 서로 호응하지 않는다. 그러므로 둘 중 하나를 고쳐 호응하게 만든다. 첫 번째 수정 예문은 서술어를 고쳐 쓴 것이고, 두 번째 수정 예문은 주어를 고쳐 서술어와 호응하도록 쓴 것이다.

(3) 일본어 투와 영어 번역 투 문장을 경계해야 한다

올바른 문장을 쓰기 위해서는 일본어 투나 영어 번역 투를 경계해야 한다. 외국어에 근간을 둔 문장은 우리말의 문장 구조나 규칙을 깨뜨려 어색할 뿐 아니라, 군더더기를 많이 포함해 의미 파악을 어렵게 한다.

> 예) 승진에 있어서 남녀를 차별해서는 안 된다.
> ⇒ 승진에서 남녀를 차별해서는 안 된다.

> 예) 선생님은 학생들에 대하여 많은 관심을 가져야 한다.
> ⇒ 선생님은 학생들에게 많은 관심을 가져야 한다.

'~에 있어서'와 '~에 대하여/관하여'는 일본어를 직역한 것으로, 우리말인 것처럼 쓰이는 표현이다. 일상 언어에 깊숙이 자리 잡아, 일본어 투 표현이라는 것을 잘 모르는 경우가 많다. 하지만 이러한 일본어 투를 사용하지 않고도 문장을 자연스럽게 잇거나 조사를 바꾸어 대체할 수 있다. 그러므로 남용하지 않도록 한다.

예) 기말 보고서 발표 준비를 위해 조별 모임을 가졌다.
⇒ 기말 보고서 발표 준비를 위해 조별 모임을 했다.

예) 불조심은 아무리 강조해도 지나치지 않다.
⇒ 불조심은 매우 중요하다.

예) 친구로부터 편지가 왔다.
⇒ 친구에게서 편지가 왔다.

한편 영어에서 온 표현도 적지 않다. 우리말에는 어떤 목적을 이루기 위한 행동을 표현하는 데 전통적으로 '하다'를 써 왔다. 그런데 최근에는 '하다' 대신에 'have'를 번역한 영어 투인 '가지다'를 쓰는 예가 많은데, 이는 바람직하지 않다. 또한 영어의 이른바 'too ~ to 용법'을 직역하여 '너무 ~해서 ~할 수 없다'와 같이 쓰는 경우도 쉽게 확인할 수 있는데 우리말에서는 잘 쓰지 않는 난삽한 표현이다. '매우'와 같은 부사로 대체하고 적절한 서술어를 쓰는 것이 좋다. 끝으로 'from'을 번역한 '~로부터'도 의식하지 못한 채 자주 사용한다. 그러나 그보다는 '에게(서)'와 같은 조사를 사용하는 것이 올바른 우리말 표현이다.

2) 간결한 문장 쓰기

알맞은 문장구조 속에 필요한 만큼의 말만 써서 전달하려는 내용을 표현하는 것이 문장의 간결성이다. 즉 어떤 생각을 표현하는 데 불필요한 말을 쓰지 않고 화제를 전개하는 것을 말한다. 간결한 문장은 쉽게 읽힐 뿐 아니라, 의미도 명료하게 전달한다.

한 문장 안에 여러 가지 내용을 무리하게 담으려 하면, 문장이 지나치게 길어져 주어와 서술어의 호응이 어긋나기 쉽고 문장의 의미도 불명확해지는 경우가 많다. 일반적으로 한 문장에는 한 가지 내용만을 중점적으로 담는 것이 좋다. 간결하고 명료한 문장을 쓰려면 불필요한 말이 겹치는 것을 줄이고, 되도록 문장을 짧게 쓰는 연습을 해야 한다.

(1) 긴 문장은 되도록 간결하게 쓴다

주어나 서술어가 너무 길고 복잡하면 뜻이 잘 드러나지 않는다. 주어가 너무 긴 경우, 주어의 일부를 끊어서 간결하게 만들고 나머지 부분은 서술어 쪽으로 보내는 것이 좋다. 또한 문장이 너무 길면 독자 입장에서 이해하기 힘들며 읽기도 어렵다. 가능하면 문장을 간결하고 짧게 쓰되, 내용을 온전히 담아 쓴다.

> 예) 무엇보다 중요한 것은 대학 생활에서 전공 공부뿐만 아니라 자유로운 인격체로서
> 인생을 살아갈 수 있는 역량을 키워 주는 교양 공부에 소홀히 하지 말아야 한다.

위의 예는 한 문장이지만, 길어서 단번에 읽기 힘들다. 그래서 어디서 끊어 읽어야 할지 고민하는 사이에 내용이 잊힌다. 위의 예문을 간결하게 만들어 보자. 우선 내용을 정리하면 다음과 같다.

⇒ 대학 생활에서 중요한 것은 전공 공부만이 아니다.

⇒ 교양 공부는 자유로운 인격체로서 인생을 살아갈 수 있도록 역량을 키워 준다.

⇒ 교양 공부도 소홀히 하지 말아야 한다.

복잡한 문장의 내용을 정리하여 간결하게 나타내면 내용이 한눈에 들어온다. 여기에서 그치지 않고 내용을 재배열하면 보다 정돈되고 자연스러운 문장이 된다.

⇒ 대학 생활에서 전공 공부뿐만 아니라 교양 공부도 소홀히 하지 말아야 한다. 왜냐하면 교양은 자유로운 인격체로서 인생을 살 수 있도록 역량을 키워 주기 때문이다.

(2) 중복되는 어휘나 문장 성분을 생략한다

불필요한 낱말을 쓰거나 이미 앞에서 다 말한 내용을 말만 바꿔 반복하거나, 지나치게 둘러 표현하면 쓸데없이 문장만 길어지고 복잡해진다. 중복되는 문장 성분을 생략하면 문장이 한결 간결해진다.

예) 그 선생님의 장점은 재미있고 열정적이라는 점이 큰 장점입니다.

⇒ 그 선생님의 장점은 재미있고 열정적이라는 것입니다.

⇒ 그 선생님은 재미있고 열정적이라는 장점이 있습니다.

예) 이 문장은 오류가 없는 문장처럼 여기기 쉬운 문장이다.

⇒ 이 문장은 오류가 없는 것처럼 여기기 쉽다.

첫 번째 예에는 '장점'이라는 단어가 중복되어 주어와 서술어 자리에 쓰였다. 한 문장 안에 같은 단어가 중복되고 있으므로 하나로 묶을 수 있으면 묶어 서술하는 편이 좋다. 두 번째 예에는 '문장'이라는 단어가 세 번이나 반복되고 있는데, 대체 표현을 쓰거나 불필요한 부분을 삭제하는 편이 좋다. 수정된 예에서 두 번째 '문장'은 '것'으로 표현하고, 세 번째 '문장'은 삭제하였다.

> 예) 그 문제는 다시 재론할 필요가 없다.
> ⇒ 그 문제는 다시 이야기할 필요가 없다.
> ⇒ 그 문제는 재론할 필요가 없다.

끝으로 동일한 의미가 겹쳐 쓰이는 어휘들이 있다. 위의 예에서, '재론(再論)'은 '다시 논의하다'라는 의미이므로 앞의 부사 '다시'와 의미가 겹친다. 그러므로 둘 중 하나를 빼면 문장이 더 간결해진다.

(3) 상투적인 말이나 무의미한 말은 되도록 피한다

다음은 글을 쓸 때 많은 사람이 습관적으로 쓰는 표현이다. '~을 뼈저리게 느껴야 한다.', '~ 노력을 경주해야 한다.', '~을 연출했다', '~하였던 것이다.', '~하지 않을 수 없다.', '~이라고 할 수 있다.', '~하는 바이다.' 등등. 이러한 관용구는 뜻을 강조하는 역할을 하지만, 자주 사용하면 글이 지루하고 딱딱해져서 글 전체의 신뢰성을 떨어뜨린다. 또한 대부분의 관용구는 너무 흔히 쓰는 표현이므로 읽는 이에게 진부한 느낌을 줄 뿐 아니라, 문장의 간결성도 해치게 된다. 그러므로 꼭 필요한 경우가 아니라면 되도록 피하는 것이 좋다.

> 예) 맛있는 음식을 먹기 위해 다이어트를 했다고 말해도 과언이 아니다.
> ⇒ 맛있는 음식을 먹기 위해 다이어트를 했다.

> 예) 나라의 경제 발전을 위해 노력을 경주해야 한다.
> ⇒ 나라의 경제 발전을 위해 노력해야 한다.

예) 솔직한 대화를 나누면서 시종일관 화기애애한 분위기를 연출했다.

⇒ 솔직한 대화를 나누면서 시종일관 화기애애한 분위기였다.

3) 명확한 문장 쓰기

표현된 문장은 그 의미가 분명해야 한다. 의미가 명확한 문장을 쓰기 위해서는 전달하려는 생각을 논리적으로 가다듬어 분명히 하고, 또 그것을 알맞은 우리식 문장구조로 나타내야 한다.

(1) 수식어를 피수식어 앞에 둔다

수식어와 피수식어 사이의 거리가 멀거나, 수식어 뒤에 피수식어가 두 개 이상 오거나, 여러 수식어가 한 체언을 꾸밀 때는 뜻이 모호해지는 경우가 많다. 이럴 때는 수식어를 되도록 피수식어 가까이 두거나, 어순(語順)을 바꾸거나, 반점(,)을 넣거나, 다른 말을 덧붙이면 문장의 뜻이 명확해진다. 특히 수식어는 꾸미는 범위가 뚜렷해야 의미가 모호하지 않게 된다. 수식어가 꾸미는 대상을 선명하게 한정하려면, 수식하는 내용의 초점이 뚜렷해야 하고, 필요 이상으로 수식어를 늘어놓아서는 안 된다.

예) 아름다운 서울의 다리

⇒ 서울의 아름다운 다리

⇒ 아름다운 서울의, 다리

위 예문을 보면 '아름다운'이라는 수식어가 '서울'을 꾸미는지, '다리'를 꾸미는지 모호하다. 만약 '다리'를 꾸민다면, '다리' 바로 앞에 수식어를 놓아야 명확한

의미를 전달할 수 있다. 다만 '서울'을 꾸민다면 '서울'에 의미가 한정되도록 반점
(,)으로 구분한다.

> 예) 청년 실업은 <u>여실히</u> 우리 사회의 암울한 모습을 보여 준다.
> ⇒ 청년 실업은 우리 사회의 암울한 모습을 <u>여실히</u> 보여 준다.

부사어는 문장의 여러 자리에 자유롭게 놓일 수 있다. 그러나 서술어 바로 앞에
서 수식어로 기능하는 것이 일반적이므로, 위 예문에서처럼 '여실히'는 '보여 준
다' 앞에 배치하는 것이 좋다.

(2) 논리 관계가 명확해야 한다

우리말에서 '의'라는 조사는 뒤따라오는 맥락에 따라 다양한 의미를 도출한다.
그러므로 각 상황에 맞게 문장을 고쳐야 한다. 아래의 예에서 '아버지께서 직접 그
리신' 것인지, '아버지의 모습을 그린' 것인지, '아버지께서 가지고 계신' 것인지를
구분해야 명확한 의미를 전달할 수 있다.

> 예) 아버지의 초상화가 있다.
> ⇒ 아버지가 그리신 초상화가 있다.
> ⇒ 아버지를 그린 초상화가 있다.
> ⇒ 아버지가 소장하신 초상화가 있다.

문장을 연결할 때 논리적으로 합당하지 못한 문장을 만드는 경우가 있다. 의미
를 명료하게 전달하기 위해서는 이어지는 말들의 논리 관계가 뚜렷해지도록 문장
을 구성해야 한다. 그래야만 앞뒤가 딱 들어맞는 논리적인 문장이 된다. 한편 둘
이상의 문장을 이을 때는 문장 사이의 논리적 관계를 따져, 알맞은 접속 부사를 사

용해야 한다. 즉 글의 논리적 흐름을 파악하여 순접, 역접, 전환, 결론, 조건, 첨가, 원인, 이유, 목적 등의 여러 가지 논리 관계 중에서 가장 적절한 접속 부사를 선택해야 한다.

예) 지구의 해수면이 높아지고 있습니다. 그래서 빙하가 녹고 있다는 것입니다.

⇒ 빙하가 녹고 있습니다. 그래서(그러므로) 지구의 해수면이 높아지고 있습니다.

⇒ 지구의 해수면이 높아지고 있습니다. 즉 빙하가 녹고 있다는 것입니다.

위 예문에서 '빙하가 녹고 있는 것'은 '원인'이고 '지구의 해수면 상승'은 그에 따른 결과이다. 일반적으로 원인을 앞에 두고 결과를 뒤에 두면서 '그래서', '그러므로'라는 접속 부사로 잇는 것이 올바른 방식이다. 다만 표현 방식에 따라 '결과'인 '해수면 상승'을 앞에 두고, 그에 대한 설명을 뒤에 둘 수도 있다. 이때는 '다시 설명한다'의 의미인 '즉'으로 연결할 수 있다.

끝으로 두 개 이상의 문장을 하나로 이을 때는 의미의 통일성을 고려해야 한다. 즉 문장 성분이 같은 절끼리, 구끼리, 낱말끼리 이어서 써야 한다. 또한 의미의 통일성이 없는 문장은 대등하게 연결할 수 없으므로, 따로 독립된 문장으로 써야 한다.

예) 그는 학생이고, 나는 낚시를 좋아한다.

⇒ 그는 학생이고, 나는 회사원이다.

⇒ 그는 영화를 좋아하고, 나는 낚시를 좋아한다.

위는 대등 접속을 잘못한 예이다. 앞뒤의 문장이 대등하게 연결되었다면 의미적으로도 대등한 내용이 와야 한다. 그런데 이 예에서는 서로 다른 차원의 내용이 들어 있으므로 제대로 된 문장이라고 보기 어렵다. 수정된 예처럼 '신분'에 초점을 맞추든지, '취미'에 맞추어 문장을 써야 한다.

(3) 정확한 어휘를 사용한다

의미가 명료하게 전달되는 문장을 쓰려면 문맥에 알맞은 어휘를 사용해야 한다. 문맥에 어울리지 않는 단어를 쓰면 이상한 뜻이 되거나 원하는 의미를 정확하게 전달하지 못하게 된다.

예) 한경이는 <u>축구 차는 것</u>을 좋아한다.
⇒ 한경이는 <u>축구 하는 것</u>을 좋아한다.
⇒ 한경이는 <u>공 차는 것</u>을 좋아한다.

예) 코로나19에서 벗어나려면 백신 <u>접종을 꼭 맞아야</u> 한다.
⇒ 코로나19에서 벗어나려면 백신 <u>접종을 꼭 해야</u> 한다.

우리가 운동장에서 차는 것은 '공'이지 '축구'가 아니다. 즉 '축구를 차다'라는 표현은 정확한 표현이 아니다. 그러므로 '공을 찬다'거나 '축구를 한다'와 같이 정확한 어휘를 사용해야 한다. 마찬가지로 '접종'은 '항체를 몸에 주입한다'라는 뜻이다. 그러므로 뒤의 '접종을 맞다'라는 표현보다 '접종을 하다'라는 표현이 정확하다.

예) 소방관은 생명을 <u>무릅쓰고</u> 불로 뛰어들었다.
⇒ 소방관은 생명의 <u>위험을 무릅쓰고</u> 불로 뛰어들었다.

'무릅쓰다'는 '힘들고 어려운 일을 참고 견딘다'는 의미이다. 즉 '<u>생명</u>을 참고 견딘 것'이 아니라, '<u>위험</u>을 참고 견딘 것'이므로 정확한 어휘로 고쳐 쓴다.

1. 어법에 맞고 간결하고 명확한 문장으로 고쳐 써 보자.

1) 기상청에서는 내일 비가 올 것이라고 미리 예보하였다.

_____

_____

2) 이 사안은 과반수가 넘어야 통과됩니다.

_____

_____

3) 원인을 따져 보면 그 원인은 빈부격차이다.

_____

_____

4) 이 작품은 작가의 젊은 시절의 사랑이 소설에 그대로 반영되어 있다.

_____

_____

5) 대학은 진리 탐구와 직업 교육을 하는 곳이다.

_____

_____

6) 대형 참사의 원인과 책임자 처벌이 꼭 필요하다.

_____

_____

7) 세차게 우중충한 하늘이 나의 마음을 흔들었다.

_____

_____

8) 『토지』는 박경리 선생님에 의해 쓰여졌다.

_____

_____

9) 나는 이번 방학에 꼭 체중을 뺄 것이다.

_____

_____

10) 축구를 계속 TV 화면에서만 봤던 나는 축구장에 처음 들어갔을 때 그 거대한 경
기장과 가득 차 있는 관중들을 보면서 온몸에 소름이 돋는 것을 느꼈다.

_____

_____

_____

5장

체계적인
사고

　이 장에서는 앞에서 배운 글쓰기 윤리와 바른 언어 습관과 관련된 지식을 기반으로 문장에서 문단으로, 문단에서 한 편의 글로 확장해 가는 과정을 살펴보기로 한다. 1절에서는 글을 구성하는 요소를 확인한다. 문단은 하나의 소주제문과 여러 개의 뒷받침 문장으로 만들어진다. 소주제문의 위치에 따른 문단의 유형을 나누어 살펴보고, 각 유형별 특징을 학습한다. 이어서 문단과 문단을 연결하는 방법을 배우고, 이를 기반으로 두 문단 쓰기를 한다. 2절에서는 개요의 정의를 확인하고, 개요 작성의 효과를 검토한 후 개요를 작성하는 구체적인 방법을 알아본다. 병렬 구조, 원인 분석 구조, 문제 해결식 구조 등의 개요 형식을 차례로 확인하고, 글의 구성 요소와 개요 작성법을 학습하여 체계적이고 논리적인 글쓰기 방법을 익히자. 글을 통해 독자와 만남으로써 의사소통을 목표로 하는 글쓰기 역량을 강화할 수 있을 것이다.

글의 구성

> **학습 목표**
> - 문단의 기능을 이해하고, 문단을 나누는 기준을 알아보자.
> - 문단과 글의 관계를 고려하여 문단을 나누는 이유에 대해 생각해 보자.
> - 문단과 문단을 연결하는 방식을 살펴보고, 이를 기반으로 두 문단 쓰기를 해 보자.

많은 학생들이 글쓰기에 대한 두려움을 호소한다. 분량이 긴 글을 쓸 때나, 전공 및 교양 수업의 과제로 글을 써야 할 때 학생들이 느끼는 부담감은 쉽게 줄어들지 않는다. 글쓰기의 중요성도 잘 알고, 독자에게 자신의 주제 의식을 잘 전달하고 싶은 열망도 강하지만, 그와 별개로 글쓰기에는 부담을 느끼는 것이다. 이러한 감정적 반응이 굳어져 스스로를 글쓰기와 거리가 먼 사람이라고 규정하는 경우도 적지 않다. 그러나 자신에게 이러한 평가를 내리기 전에 한 가지 사실을 떠올려 보자. 대학에서 이루어지는 글쓰기는 일정한 형식을 요구한다는 점이다. 평가 기준으로 제시되는 것은 형식을 파괴하는 참신함이라기보다는 정형화된 글쓰기 규약을 얼마만큼 지키고 있는가이다. 따라서 글의 체계를 이해하고 글쓰기 규칙을 익혀 자신의 글에 적용한다면, 글쓰기가 주는 압박감의 강도를 줄일 수 있을 것이다.

이 절에서는 한 편의 글을 완성해 가는 과정을 따라가면서 글을 구성하는 요소에 대해 살펴볼 것이다. 주어, 목적어, 서술어 등으로 하나의 문장이 완성되고, 이 문장들이 모여 하나의 문단을 이루고, 문단이 모여 한 편의 글이 된다. 만일 문단을 이루는 구성 요소인 문장과 문장이 매끄럽게 연결되지 않거나 하나의 주제로 좁혀지지 않으면, 문단은 중심 생각을 잘 전달하지 못할 것이다. 또 문단과 문단 사이의 관계에서 논리적 모순이나 충돌이 발견될 경우, 글 전체의 주제를 잘 전달할 수 없게 된다. 문단에 대한 이해를 기반으로 한 편의 글을 구성하는 데 필요한 요소를 함께 살펴보자.

1) 문단의 정의와 유형

문단은 하나의 중심 생각을 담고 있는 글의 단위이다. 중심 생각이 바뀌거나, 소주제문이 바뀔 때는 문단을 나눈다. 새로운 문단을 시작할 때는 보통 한 칸 또는 두 칸 들여쓰기를 하여, 문단이 시작된다는 사실을 표시한다. 독자는 들여쓰기를 보고 문단이 바뀌었으므로 중심 생각 역시 바뀌었다는 점을 인식하게 된다. 들여쓰기는 새로운 문단이 시작되었다는 것을 형식적으로 보여 주고, 이를 통해 독자가 글의 흐름을 이해하는 데 도움을 줄 수 있다.

(1) 문단의 정의

소주제문이란 문단의 중심 생각을 문장 형태로 제시한 것으로, 글 전체의 주제와 긴밀하게 연결되어야 한다. 따라서 소주제문을 중심으로 각각의 문단을 구성해야 한다. 소주제문과 연관이 없는 내용을 문단 안에 배치했다면, 퇴고 단계에서 반드시 삭제해야 한다. 소주제문과 무관한 뒷받침 문장은 문단의 통일성뿐 아니라 글 전체의 통일성을 해친다. 문단의 통일성에 주의를 기울이지 않으면 하나의 문단에 여러 가지 주제가 뒤섞여 제시되기도 한다. 이는 독자에게 혼란을 주고, 결과적으로 글의 주제를 효과적으로 전달하는 데 방해가 된다는 사실을 기억하자.

배리어프리 공연이 누구를 대상으로 하고 있는 것인지에 대해서도 논의가 필요하다. 애초 공연장 접근성을 향상하고 경계 없는 문화향유권을 제공한다는 목적으로 시각장애인, 청각장애인을 대상으로 자막해설, 수어통역, 음성해설 프로그램들이 만들어졌으며, 이외에도 극단 혹은 극장에서 공연의 접근성에 대한 문제 전반을 고민하는 접근성 매니저를 두기도 한다. 그런데 이제 장애 판정을 받지 않았더라도 노약자, 시력 혹은 청력에 문제가 있어 보조 기구를 필요로 하는 비장애인 등 배리어프리 공연이 대상으로 하는 타깃이 넓어지고 있다. "우리는 모두 (예비) 장애인이다."라는 인식과 맞물려 배리어프리의 필요성을 공연 향유층의 확대라는 문제와 관련하여 고민하는 것이다. 관련하여 한국문화예술위원회에서 사업 담당자는 비장애인 관객도 배리어프리 공연을 즐길 수 있고, 배리어프리가 무대 미학적으로 공연에 투영될 수 있는 것을 목표로 한다고 밝힌 바 있다.

— 전지니, 「한국 배리어프리 공연 지원의 방향성」, 『공연과 이론』 87,
공연과이론을위한모임, 2022, 82~83쪽.

위 문단의 소주제문은 "배리어프리 공연이 누구를 대상으로 하고 있는 것인지에 대해서도 논의가 필요하다."이며, 뒷받침 문장은 그 외 5개의 문장이다. 필자는 배리어프리 공연의 확산과 관련하여 해당 공연의 대상이 누구인지에 대한 논의가 필요하다는 주장과 관련해 다양한 장애 유형을 고려한 프로그램이 만들어지고 있으며, 또 장애 판정을 받지 않아도 거동이 불편하거나 시력이나 청력에 문제가 있는 비장애인도 배리어프리 공연의 향유자가 될 수 있음을 근거로 들고 있다. 이에 더해 정부산하기관 사업 담당자의 의견도 근거로 제시한다. 이처럼 문단 내의 뒷받침 문장은 하나의 소주제문을 중심으로 긴밀하게 연결되어야 한다.

(2) 문단의 유형

앞에서 살펴본 바와 같이 문단은 하나의 소주제문과 여러 개의 뒷받침 문장으로 이루어진다. 문단의 전체 길이는 가변적이므로 뒷받침 문장의 개수를 제한하는 것은 현실적으로 불가능하다. 다만 뒷받침 문장을 하나만 제시하는 것은 피해야 한다. 뒷받침 문장은 주제를 구체화하고 그 주장의 타당성을 증명하는 역할을 하므로, 그에 적합한 정보를 담아야 한다. 한두 개의 문장으로 한 문단을 구성하기보다는 뒷받침 문장을 여러 개 제시하여 완결성을 지닌 문단으로 구성해야 한다. 이때 문단 내에서 소주제문을 배치하는 위치에 따라 문단의 유형을 나눌 수 있다.

아래에서 두괄식 문단, 미괄식 문단, 양괄식 문단, 중괄식 문단의 예시를 살펴보고, 각 유형의 특징을 검토해 보자.

① 두괄식 문단: 주제문을 문단 처음에 배치

태풍에 처음으로 이름을 붙인 것은 호주의 예보관들이었다. 그 당시 호주 예보관들은 자신이 싫어하는 정치가의 이름을 붙였는데, 예를 들어 싫어하는 정치가의 이름이 앤더슨이라면 "현재 앤더슨이 태평양 해상에서 헤매고 있는 중입니다." 또는 "앤더슨이 엄청난 재난을 일으킬 가능성이 있습니다."라고 태풍 예보를 했다.

― 기상청, http://www.weather.go.kr, 접속일: 2020.03.08.

② 미괄식 문단: 주제문을 문단 끝에 배치

소비자에게 보증금을 돌려주고 회수된 재사용병은 꼼꼼하고 엄격한 살균 세척 과정을 거쳐 다시 사용할 수 있는 깨끗한 병으로 탄생합니다. 빈 병 재사용은 병을 파쇄하여 새로운 병으로 만드는 재활용보다 훨씬 경제적이고 친환경적인 자원 이용 방법입니다. **빈 병을 되살리는 여러분의 작은 실천이 폐기물을 줄여 깨끗한 우리 삶터를 만듭니다.**

— 환경부, http://me.go.kr, 접속일: 2020.03.08.

③ 양괄식 문단: 주제문을 문단 처음과 끝에 배치

2016년은 중국 만화 시장에서 한국 웹툰의 위상이 크게 오른 해였다. 2015년까지 중국 텐센트동만 인기 차트 100위권 내에 오른 한국 작품은 카카오페이지의 〈언데드킹〉 단 한 작품에 불과했고 대부분의 한국 웹툰은 중국 시장에서 고전했다. 대부분 유료로 서비스되어 조회 수와 인지도가 낮았고, 유료 매출 역시 발생하지 않는 이중고에 시달리는 상황이었다. **하지만 2016년부터 빠르게 성장한 유료 만화 시장의 발전에 힘입어 중국에 진출한 한국 웹툰은 눈에 띄게 성장했다.**

— 한국콘텐츠진흥원, http://www.kocca.kr, 접속일: 2020.03.08.

④ 중괄식 문단: 주제문을 가운데 배치

에돌이처럼 이상한 단어를 접하면 우선 사전에서 그 뜻을 찾고 싶어지는데, 이 경우엔 차라리 찾지 않는 게 더 낫다. 에돌이의 사전 설명은 회절이라고, 들어도 무슨 말인지 알 수 없는 한자어라서 오히려 더 미궁에 빠지게 된다. **에돌이라는 말은 한국물리학회에서 용어집을 만들 때 어차피 뜻을 알 수 없는 회절이란 단어 대신 차라리 새로 만들자 해서 등재한 신조어로, 에둘러서 돌아간다는 뜻으로 만들어진**

것이다. 에돌이란 파동이 모서리를 돌아가는 현상으로, 예를 들어 라디오 전파는 산을 에둘러서 넘어갈 수 있기 때문에 산 너머 마을까지 전달될 수 있다. 에돌이 현상은 파도나 빛을 주의 깊게 관측해야 보인다. 예술 작품을 감상하거나 타지를 관광할 때처럼, 아는 만큼 보이는 과학 현상인 것이다. 운이 좋으면 오른쪽 사진처럼 파도가 해안선을 향해 다가오다가 좁은 바위틈을 지나가면서 틈을 중심으로 퍼져 나가는 원형 파동을 볼 수 있다.

— 이순칠, 『퀀텀의 세계』, 해나무, 2021, 54쪽.

문단은 소주제문의 위치를 기준으로 두괄식 문단, 미괄식 문단, 양괄식 문단, 중괄식 문단으로 나눌 수 있다. 각 유형은 독자에게 서로 다른 인상을 주므로, 이를 고려하여 소주제문의 위치를 결정해야 한다.

두괄식 문단은 독자에게 친절한 유형이라 할 수 있다. 글 전체의 소주제문을 가장 먼저 제시하여, 독자가 문단 전체의 핵심을 빨리 파악하는 데 도움을 준다. 반면 미괄식 문단은 독자에게 일정 정도 인내심을 요구하는 형태라 하겠다. 문단이 끝날 때가 되어야 소주제문을 만나기 때문이다. 이러한 특성은 뒷받침 문장들을 다 읽을 때까지 독자의 호기심을 유지하게 한다는 점에서 강점이 되기도 한다. 양괄식 문단은 소주제문으로 시작하여 뒷받침 문장을 제시하고, 마지막으로 소주제문을 한 번 더 배치하여 강조하는 유형이다. 두괄식 문단으로 시작한 문단이 지나치게 길어지거나, 뒷받침 문장에서 다루는 내용이 복잡해지면 독자가 소주제문의 내용을 잊어버릴 수 있다. 이를 방지하기 위해 문단이 끝나기 전에 다시 소주제문을 배치하여 문단의 주제를 한 번 더 강조한다. 중괄식 문단은 소주제문을 문단의 가운데 배치하는 형태이다. 독자에게 친근한 내용의 뒷받침 문장으로 문단을 시작하고 중간에 소주제문을 제시한 뒤, 그에 이어 뒷받침 문장을 배치하여 독자의 이해를 돕는 방식이다.

2) 문단과 문단 사이의 관계

한 편의 글은 여러 개의 문단으로 완성되기 때문에 각 문단 사이의 관계는 글 전체의 통일성과 논리성에 영향을 미친다. 문단과 문단 사이의 관계에 주의를 기울이지 않고 자유 연상에 따라 전개하면 글 전체의 주제를 명확하게 전달하기 어렵다. 아래에서 각 문단의 성격을 기준으로 문단과 문단 사이의 관계를 몇 가지 유형으로 나누어 살펴보자.

(1) 일반적 설명과 상술하기

'상술(詳述)하다.'는 "자세하게 설명하여 말하다."라는 뜻이다. 첫 번째 문단에서 일반적인 내용을 서술하고, 두 번째 문단에서는 이 내용과 관련된 상세한 정보를 제공한다. 이때 두 번째 문단에서 제시하는 상세한 설명은 독자가 글의 내용을 쉽게 이해할 수 있도록 돕는다. 상술하는 문단에서는 정보 검색 단계에서 수집한 자료들을 시간적 순서나 공간적 순서, 논리적 포함 관계 등을 고려하여 배치한다.

튜링을 인공지능의 아버지, 컴퓨터과학의 창시자라고 하지만 튜링이 컴퓨터를 실제로 제작하지는 않았다. '튜링 기계'는 사실 머릿속에만 존재했고, 튜링은 전쟁 이후 맨체스터대학 연구소에서 ACE(Automatic Computing Engine) 프로젝트를 맡아 이 머릿속의 기계를 현실에 끄집어내려고 했지만 결국 현실의 벽을 넘지 못하고 포기했다. 하지만 그는 오늘날 컴퓨터의 토대가 되는 기본 구조를 제시했고, 엄청나게 복잡해지기는 했어도 현재의 컴퓨터는 기본적으로 모두 튜링 기계이다.

튜링 기계의 기본 구조는 간단하다. 프로그램과 데이터를 저장하는 무한한 메모리와, 앞뒤로 이동하는 메모리의 정보를 읽어내고 출력하는 스캐너로 구성되어 있다. 한없이 긴 종이테이프가 메모리 역할을 하는데, 이 테이프는 칸이 나뉘어 있으며 칸마다 기호를 적어 넣을 수 있다. 작동 방식도 간단해서 스캐너가 놓인 자리의 기호를 인식하면 1을 쓰고 다음 칸으로 옮겨간다. 어디까지나 개념상의 기계이므로 메모리 용량이 무한하다고 가정한다.(즉 테이프의 길이는 끝이 없다. 당시에 반도체 따위가 있었을 리 없으니까.) 정보는 모두 0과 1로 변환되어 스캐너에 입력된다. 놀라울 만큼 간단한 구조지만 메모리가 무한하기 때문에 이론상으로는 아무리 복잡하고 큰 수를 다루는 계산이라도 거뜬히 해내고(단 계산이 언제 끝날지는 묻지 마시라), 어떤 정보든 0과 1로 변환하여 입력할 수 있어서 어떤 프로그램을 탑재하느냐에 따라 (적절한 지시가 적힌 테이프를 집어넣기만 하면) 어떤 작업이라도 해낼 수가 있다. 그렇기 때문에 '보편 기계'라고도 부른다.

— 송은주, 『당신은 왜 인간입니까』, 웨일북, 2019, 46~47쪽.

(2) 요약과 자신의 견해 쓰기

논문이나 보고서를 작성할 때 선행 연구나 기존의 실험 결과를 다룬 글을 먼저 검토하는 단계를 거친다. 연구사 검토는 기존 연구를 읽고, 요약하여 정리하는 데서 출발한다. 자신이 쓰고자 하는 글의 주제를 기준으로 기존 연구 결과를 분류하고, 그 성과와 한계를 검토하여 자신의 글이 어떠한 연구사적 흐름 위에 놓여 있는지 드러낸다. 기존 연구를 요약하는 문단에서는 주석을 통해 출처를 정확히 밝히고 인용해야 한다. 이어지는 문단에서는 앞의 인용 및 요약 문단에서 언급한 문제에 대한 자신의 생각을 정리하여 서술한다.

심리학자 스티븐 핑커(Steven Pinker)는 폭력성의 역사를 살핀 책『우리 본성의 선한 천사』에서 미국의 예를 들어 체벌 찬성율〔률〕은 살인율과 궤적이 같다고 설명했다. 체벌을 용인하는 하위문화가 성인의 극단적 폭력도 부추긴다는 뜻이다. 유엔아동권리위원회가 체벌 근절이 '사회에서 모든 형태의 폭력을 줄이고 방지하기 위한 핵심전략'이라고 강조하는 것도 그런 맥락에서다.

폭력을 은폐한 통념은 이전에도 많았다. '북어와 여자는 사흘에 한 번씩 두들겨야 한다'라는 끔찍한 말을 사람들이 아무렇지도 않게 떠들던 때가 오래전 일이 아니다. 이제 우리 사회는 적어도 여성에 대한 그런 폭력을 애정이라는 이름으로 은폐하려고 애쓰지 않는 정도까지는 왔다. 그런데 아이에 대해서만은 그렇지 않다. 애정, 훈육 등 통념의 미명하에 관계의 폭력이 용인되는 최후의 식민지, 거기에 아이들이 있다.

— 김희경, 『이상한 정상가족』, 동아시아, 2022, 45쪽.

(3) 문제 제시와 해결 방안 쓰기

첫 번째 문단에서는 독자와 함께 고민하고 해결해야 할 문제를 제시하고, 두 번째 문단에서는 이 문제를 해결하기 위한 구체적인 방안을 서술한다. 이 두 문단을 이어서 제시하면 논증(논리적 증명) 과정을 보여 줄 수 있고, 독자를 설득하는 데 필요한 근거를 제시함으로써 글의 설득력을 높일 수 있다.

마을마다 다양한 모임과 활동의 장(場)이 있기는 하다. 아쉬운 점은, 경제적 여유가 없거나 몸이 불편하거나 학력이 낮은 이들에게는 진입 장벽이 느껴진다는 것이다. 부지불식간에 형성되는 폐쇄성을 극복하는 것도 중요하다. 경로당을 예로 들어 보자. 어느 마을에든 마련되어 있는 경로당은 노인들이 가장 접근하기 쉬운 사랑방이지만, 이용자가 점점 줄어들면서 '고령화'되고 있다. 고질적인 '텃세'를 극복하지 못하기 때문이다. 소수 핵심 관계자들끼리 배타적인 운영을 하다 보니 새로운 주민이 합류하기 어렵고, 구태의연한 프로그램을 반복하다 보니 '젊은 노인'들이 가지 않는다.

경로당은 매력적인 공간으로 변신할 수 있을까. 노년층으로 편입되기 시작하는 베이비부머가 가고 싶은 경로당은 어떤 모습일까. 노인들만 머무는 정체된 공간이 아니라 여러 세대가 다 같이 어울리는 역동적인 장소가 되면 좋겠다. 다행히 최근에 '개방형 경로당'이라는 모델이 다양하게 실험되고 있다. 예를 들어 어린이집 아이들이 경로당에 가서 전래 놀이를 배우고 동네 텃밭에 나가 함께 작물을 가꾼다. 고등학생들이 어르신들을 위한 프로그램을 기획하고 운영하는 사례도 있다. 노년의 경륜과 지혜, 젊은이의 열정과 호기심이 시너지를 일으키는 마을을 즐겁게 상상하게 해준다.

— 김찬호, 『대면 비대면 외면』, 문학과지성사, 2022, 224쪽.

1. 소주제문과 뒷받침 문장 사이의 관계를 참고하여 아래 뒷받침 문장 중 삭제해야 하는 항목을 고르고, 그 이유에 대해 토의해 보자.

- 소주제문:

자신이 공정하게 대우받고 있다고 느끼는 것은 우리 신체에 영향을 미친다.

— 양은우, 『뇌를 알고 행복해졌다』, 비전코리아, 2021, 249~250쪽 참조.

- 뒷받침 문장:

① 뇌에서는 보상 중추인 선조체가 활성화되고 쾌감을 느끼는 신경전달물질인 도파민이 충분히 분비된다.

② 마음을 평온하고 기분 좋게 만드는 세로토닌과 긍정적이고 관계 지향적인 감정을 느끼게 만드는 옥시토신의 분비도 늘어난다.

③ 두뇌 에너지를 많이 소모해서 화가 나거나 격양된 감정을 조절하는 능력이 저하된다.

④ 감정 중추인 변연계가 평온함을 되찾아 상대방에게 신뢰감을 느끼고 호감도가 증가하는 등 기분 좋은 상태가 되며 사소한 잘못도 너그럽게 받아들일 수 있는 관대함이 생긴다.

⑤ 동료들의 업무에 관심을 기울이고 협조해 조직의 성과 창출에 기여할 가능성이 높아진다.

답:

2. 아래 예문을 두 문단으로 나누고, 문단 나누기의 기준에 대해 이야기해 보자.

1)

조선 사대부는 이덕무처럼 '식시오관'을 실천했을까? 사대부 중에 가장 건전한 식습관을 추구한 사람은 성호 이익과 다산 정약용을 꼽을 만하다. 성호는 평생 궁벽한 시골에 살면서 '애숙가(愛菽歌)'를 불렀다. 그는 콩 예찬론자였다. 다산은 유배생활 내내 채소를 몸소 가꾸었고, 두 아들에게 "맛있고 기름진 음식을 먹으려고 애써서는 결국 변소에 가서 대변 보는 일에 정력을 소비할 뿐"이라며 근검을 강조했다. 심지어 다산은 "음식이란 목숨만 이어 가면 되는 것"이라며 맛을 이성적으로 무시했고, "아무리 맛있는 고기나 생선이라도 입 안으로 들어가면 이미 더러운 물건이 되어 버린다."라며 진수성찬의 가치를 부정했다. 반면에 미식과 탐식에 빠져든 사대부도 많았다. 《홍길동전》을 쓴 허균은 음식철학에서 다산과는 정반대였다. 그는 "먹는 것과 성욕은 사람의 본성이다."라며 성리학의 심성론에 반기를 들었고, 먹을거리를 생산하는 사람을 천하게 여기는 조선 지식인의 위선을 비판했다. 그러면서 "나는 평생 먹을 것만 탐한 사람"이라고 실토했다. 그는 물산이 풍부한 고을에 부임하려고 로비를 벌였고, 부르는 곳이면 불원천리하고 달려가 후회 없이 먹었다. 그런 그를 안티(anti)들은 "천지간의 한 괴물"이라 불렀다. 그는 사대부 출신 첫 음식 칼럼니스트로서 《도문대작》을 썼다. 그 책은 조선 최초의 음식·식재료 품평서이다.

— 김정호, 『조선의 탐식가들』, 따비, 2012, 20쪽.

답:

2)

　특히 최근 인기가 높은 것은 '차박 캠핑'이다. 차박은 차에서 숙박의 줄임말로 여행할 때 차에서 잠을 자면서 머무르는 캠핑이다. 차박 캠핑은 타인과의 접촉을 최소화하면서 숙소를 따로 알아보지 않고 즉흥적으로 떠날 수 있어 캠핑에 입문한 초보인 캠린이도 쉽게 도전할 수 있는 캠핑으로 꼽힌다. 무엇보다도 차박 캠핑의 열풍에 불을 지핀 것은 자동차관리법의 개정으로 어떠한 종류의 차량도 캠핑카로 개조할 수 있게 되면서부터다. 또한, 올해 5월부터는 화물차의 차종을 변경하지 않아도 차량 적재함에 캠핑용 장비인 캠퍼를 장착할 수 있게 되었고 현대자동차의 캠핑카 포레스트 출시 등 국내 캠핑카 시장이 활성화되었다. 현대자동차는 최근 차박에 대한 소비자의 관심을 반영하여 차박체험 플랫폼인 '휠핑(Wheelping)'을 선보인다. 자동차의 휠(Wheel)과 캠핑(Camping)을 결합하여 탄생한 휠핑(Wheelping)은 고객들에게 신형SUV 차량 무료시승 기회와 함께 매력적인 차박여행 경험을 제공한다. 캠핑 전문브랜드 미니멀웍스와 제휴하여 유상으로 차박용품을 대여해주고 웰컴패키지를 제공할 계획에 있다. 자신의 취향을 반영하여 차량을 개조하거나 아기자기한 소품으로 꾸민 캠핑카로 감성캠핑을 즐기는 새로운 트렌드가 형성됐다. 이러한 트렌드는 #캠린이, #차박스타그램 관련 해시태그 증가, 차박을 주제로 한 KBS Joy 예능프로그램 '나는 차였어'의 등장, 한정판 마케팅에서의 캠핑용품 등장 등 다양한 각도에서 차박의 인기를 찾을 수 있다. 이뿐만 아니라 캠핑, 차박 관련 여행유투버의 영상도 연일 업로드 되고 있다.

— 윤지환·이소윤·김수정·김영리·이사희, 『넥스트 투어리즘』,

플랜비디자인, 2021, 118쪽~120쪽.

답:

개요 작성

학습 목표

- 개요를 작성한 후 글을 쓸 때 어떠한 장점이 있는지 생각해 보자.
- 주제 선정 및 자료 수집과 개요 작성 과정을 연결하여 실습해 보자.
- 다양한 개요의 사례를 살펴보고 적절한 개요와 부적절한 개요의 차이를 확인해 보자.

학기 초 설문 조사를 실시할 때 개요 관련 문항을 배치하는데, 개요 작성의 중요성에 대한 질문과 개요 작성 여부에 대한 질문 두 가지로 구성한다. 개요를 작성해야 한다는 답변의 비율이 압도적으로 높지만, 실제로 개요를 작성한다는 답변의 비율은 그에 미치지 못한다. 개요 작성의 중요성은 잘 알고 있지만, 이를 적극적으로 활용하지는 않는 경우다. 이 절에서는 이론과 실천 사이의 차이를 좁힐 방안을 함께 고민하고, 개요 작성 방법을 구체적으로 익혀 보자.

개요 작성 단계에서는 글 전체의 주제를 드러내는 데 가장 적합한 구성이 무엇인지 고민하면서, 글의 진행 방향을 명확히 하고 논의의 순서를 정해야 한다. 자료 조사를 통해 정리한 정보를 어떠한 순서에 따라 제시할지 결정하지 않은 채 첫 문단의 첫 문장을 쓰기 시작했다고 가정해 보자. 이때는 결론에 도달하게 되는 논리적 과정과 논의의 순서 등에 대한 세부적인 계획이 없으므로, 즉흥적이고 우연적인 판단에 따라 글을 전개하게 될 확률이 높다. 자유 연상에 따라 글을 전개한다면 글 전체의 논리성이 심각한 타격을 입게 될 것이다. 또한 글을 쓰는 도중에도 자신이 주제를 잘 표현하고 있다는 확신을 가지기 어려워, 길을 잃고 헤매는 것 같은 느낌을 경험하게 될 것이다. 개요를 작성하여 글의 순서를 정하고, 결론에 이르는 과정을 스스로 점검하면 실제 글쓰기 단계에서의 시행착오를 줄일 수 있다. 개요 작성 시 유의해야 할 사항에 대해 학습하고, 주제를 드러내는 데 적합한 글의 구성 방법을 익혀 보자.

1) 글의 구성과 개요

『표준국어대사전』에 따르면 개요(概要)는 '간결하게 추려 낸 주요 내용'을 뜻한다. 구체적으로 개요 작성은 중요한 내용을 정리하여 글의 전개 방향과 논의 순서를 설정하는 과정을 가리킨다. 한 편의 글을 완성하기 위해 먼저 글의 주제를 정하고, 자료 검색을 통해 필요한 정보 및 자료를 충분히 모은다. 개요 작성 단계는 이 자료 조사 단계와 실제 글쓰기 단계 사이에 위치한다.

개요를 짜는 가장 기초적인 방법은 글의 전체적인 흐름과 수집한 정보들 사이의 논리적 관계를 고려하여 몇 가지 항목을 만드는 것이다. 이때 하위 항목 중 함께 다룰 내용을 모아 상위 항목으로 묶어 주거나, 포괄적인 상위 항목의 내용을 정한 후 그에 적합한 정보들을 배치하여 하위 항목을 구성한다.

(1) 개요의 유형

개요는 그 내용을 구체적으로 드러낼 수 있게 구성해야 한다. 개요 작성 단계에서는 다양한 정보를 일정한 논리적 기준에 따라 나누고 묶는 작업을 해야 하고, 중요도에 걸맞게 분량도 고려해야 한다. 실제로 글을 쓰다 보면 미처 예상하지 못한 문제가 발견될 때가 적지 않다. 예를 들어 글 전체에서 논리적인 모순이 발생하거나 한데 묶일 수 없는 하위 항목의 정보들이 충돌하거나, 항목별 분량이 지나치게 불균형한 경우가 있다. 글을 직접 쓰는 단계에서 뒤늦게 이런 문제점을 발견하면, 예상했던 시간 안에 글을 완성하기 어려워진다. 따라서 실제로 글을 쓸 때 일어날 수 있는 시간과 노력의 낭비를 줄이기 위해 최대한 상세하게 개요를 작성하는 습관을 들이는 것이 좋다.

개요는 일반적으로 항목의 배열과 표현 방식에 따라 화제식 개요와 문장식 개요로 구분된다. 화제식 개요는 말 그대로 각 항목의 내용에서 핵심이 되는 어구를 중심으로 배열한 것이고, 문장식 개요는 각 항목의 중심 내용을 하나의 문장으로 제시한 것이다. 문장식 개요를 작성할 때 문장의 길이가 길어지고, 내용도 자세해지는 경향이 있다. 그러나 문장을 장황하게 작성하면 필요한 정보가 한눈에 들어오지 않으므로 주의해야 한다. 같은 내용을 각각 화제식 개요와 문장식 개요로 작성한 다음 예시에서 그 차이를 확인해 보자.

① 화제식 개요

기후 변화에 대한 세계적 협약 체결의 문제점과 개선 방안

Ⅰ. 머리말

Ⅱ. 기후 협약 체결의 문제점

   1. 온실가스 감축 목표의 구체성 결여

   2. 선진국과 개발도상국의 입장 차이

Ⅲ. 기후 협약을 둘러싼 국제적 차원의 개선 방안

   1. 온실가스 감축 방법 구체적으로 제시

   2. 선진국과 개발도상국의 상호보완적 관계 수립

Ⅳ. 맺음말

② 문장식 개요

기후 변화에 대한 세계적 협약 체결의 문제점을 검토하고 개선 방안을 찾다

Ⅰ. 기후 변화 정책을 직접 시행하는 데 문제가 있다

Ⅱ. 기후 협약 체결의 문제점을 분석한다

   1. 각국의 온실가스 감축 목표가 구체적이지 못하다

   2. 선진국과 개발도상국 사이의 입장 차이가 크다

Ⅲ. 기후 협약을 둘러싼 국제적 차원의 개선 방안을 모색한다

   1. 온실가스 감축 목표를 구체화하고 실현 가능한 방법을 제시한다

   2. 선진국과 개발도상국의 상호보완적 관계를 수립해야 한다

Ⅳ. 지구적 차원에서 기후 변화 정책을 시행하자

위 예시에서 확인할 수 있듯 화제식 개요는 명사구 형식으로, 문장식 개요는 문장 형식으로 작성한다. 화제식 개요는 각 항목의 내용을 간략한 명사구로 제시하는 형태이므로, 글의 흐름을 한눈에 파악할 수 있다. 반면 문장식 개요는 문장 형태로 제시하므로, 각 장과 절의 내용을 조금 더 구체적으로 알게 해 준다.

정해진 시간 안에 글을 써야 할 때, 개요 작성 단계를 건너뛰고 바로 글쓰기로 넘어가면 오히려 시간을 절약할 것이라고 기대할 수 있다. 그러나 개요 작성을 생략하고 글을 쓰는 경우는 지도 없이 복잡한 길을 찾아가야 하는 여행자의 상황과 다르지 않다. 개요는 수집한 자료를 체계적으로 정리하고 배열하는 데 도움을 주며, 실제 글을 쓰는 과정에서의 여러 시행착오를 줄이는 데도 도움이 된다. 작성한 개요를 통해 글의 전반적인 흐름과 구성을 살피고, 누락된 항목이나 중복된 항목을 보완하거나 삭제하여 짜임새 있는 글을 구성하도록 점검하는 훈련을 해 보자. 이 연습 과정을 통해 개요 작성의 중요성과 효용성을 확인할 수 있을 것이다.

(2) 개요의 형식과 작성 방법

논문, 보고서 등 학술적인 글은 대체로 비슷한 형태로 구성된다. 이 공통적인 특성을 이해하여 개요 작성 단계에서부터 이를 반영할 필요가 있다. 개요의 몇 가지 형식을 살펴보면 먼저 장절(章節) 개요의 형식이 있다. 상위 항목에서 하위 항목으로 내려가는 단계는 '장-절-항-목'의 순서로 배치한다. 수문(數文) 개요에서는 숫자와 문자를 사용하고, 수(數) 개요에서는 숫자를 사용한다. 이때 한 편의 글에서는 개요의 형식을 통일해야 한다는 점에 주의하자. 즉 장절 개요, 수문 개요, 수 개요를 각 장별로 사용하는 것이 아니라, 한 편의 글 안에서는 한 가지 형식만을 사용해야 한다.

① 개요의 형식

장절 개요	수문 개요	수 개요
제1장	제1장	I.
제1절	1)	1.1.
제1항	(1)	1.1.1.
제2항	(2)	1.1.2.
제2절	2)	1.2.
제1항	(1)	1.2.1.
제2항	(2)	1.2.2.
제2장	제2장	II.
제1절	1)	2.1.
제1항	(1)	2.1.1.
제2항	(2)	2.1.2.
제2절	2)	2.2.
제1항	(1)	2.2.1.
제2항	(2)	2.2.2.
……	……	……

② 개요 작성 방법

 책 전체의 제목, 또는 글의 제목은 가장 넓은 범위의 내용을 포괄한다. 각 장의 제목은 절 제목을 포괄할 수 있어야 하며, 같은 원리로 절 제목은 항 제목을 포괄해야 한다. 달리 말하면 항 제목은 절 제목에 포함되어야 하고, 절 제목은 장 제목에, 그리고 장 제목은 글 전체 제목이나 책 전체 제목에 포함되어야 한다. 지역적 범위를 기준으로 작성한 개요의 예시를 보자.

 예: 책 제목: 대한민국의 야생화 분포 〉
     장 제목: 강원도의 야생화 분포 〉
     절 제목: 영월군의 야생화 분포

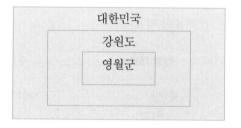

 개요를 작성할 때는 각 장과 절 사이의 층위를 고려해야 한다. 아래 예시에서와 같이 문제점 1과 문제점 2를 묶어서 Ⅱ장을 구성하고, 해결 방안 1과 해결 방안 2를 묶어서 Ⅲ장을 구성할 때, 장 제목은 절 제목을 포괄해야 한다. 즉 Ⅱ장의 제목은 문제점 1과 문제점 2의 내용을 담아야 하고, Ⅲ장의 제목 역시 해결 방안 1과 해결 방안 2의 내용을 담고 있어야 한다. 또 Ⅱ장의 문제점 1과 Ⅲ장의 해결 방안 1, Ⅱ장의 문제점 2와 Ⅲ장의 해결 방안 2는 서로 대응되게 작성한다. 만약 Ⅱ장에서는 문제점 1을 먼저 언급하고, Ⅲ장에서는 해결 방안 2를 먼저 언급하면 각 장과 절 사이의 논리적 연관 관계에 문제가 발생한다. 이는 독자에게 혼란을 주고, 글의 논리성을 떨어뜨리는 결과를 낳는다. 내용을 제시하는 순서에 규칙을 부여하여 각 절을 배치해야 한다는 것을 기억하자.

```
Ⅱ. 문제점
   1. 문제점 1
   2. 문제점 2

Ⅲ. 해결 방안
   1. 해결 방안 1
   2. 해결 방안 2
```

개요를 짤 때는 각 절 사이의 층위를 고려해야 하고, 또 각 장과 절 사이의 균형에도 유의해야 한다. 각 장, 절의 분량은 최대한 비슷하게 구성하는 것이 좋다. 아래 예시에서 볼 수 있듯 문제점 1과 문제점 2, 해결 방안 1과 해결 방안 2의 절 각각을 대등하게 구성할 경우, 그 분량도 균등하게 구성해야 한다. 각 절의 분량이 지나치게 불균형하면 각 절의 내용상 중요도에서도 차이가 생겨나게 된다. 만일 문제점 1이 문제점 2의 분량에 비해 두 배로 많을 것이라 예상된다면, 문제점 1과 문제점 2로 나누기보다 문제점 1을 다시 두 개의 절로 나누어 서술하는 것이 더 좋을 것이다. 이처럼 각 절과 장의 분량을 고려하여 논의의 범주를 조정해야 한다는 점에 유의하자.

개요를 구성할 때는 추상적이거나 포괄적인 용어 대신 구체적이고 명확한 용어를 제시해야 한다. 장 제목과 절 제목에는 핵심어가 포함되어야 한다. 아래 예시의 경우 전체 제목을 통해 '오버투어리즘(Overtourism)'이 분석 대상임을 알 수 있다. 시의성을 고려하여, 연구 범위를 제주도의 사례로 좁혔다는 사실도 확인할 수 있다. 또한 '문제점'과 '해결 방안'이라는 명사구를 제시하여 글 전체의 주제와 논의 순서 등을 보여 준다. 독자는 개요를 통해 이 글의 목표가 '과잉관광(Overtourism)'의 문제점을 확인하고 이를 해결하는 방안을 모색하는 데 있다는 것을 알 수 있다.

예시 1에서는 문제점을 본론의 첫 번째 장으로 묶고, 해결 방안을 본론의 두 번째 장으로 묶어서 구성했다. 예시 2에서는 교통 불편의 문제점과 그 해결 방안을 본론의 첫 번째 장으로 묶고, 소음으로 인한 문제점과 그 해결 방안을 본론의 두 번째 장으로 묶어서 구성했다.

예시 1

'오버투어리즘(Overtourism)'의 문제점과 해결 방안
– 제주도의 사례를 중심으로

1. 서론

2. 지역 주민과 관광객이 겪는 불편 사항

　1) 교통 체증 및 무분별한 주차로 인한 혼란

　2) 소음 공해의 발생으로 인한 생활 환경 위협

3. 지역 주민과 관광객의 갈등 해결 방안

　1) 차량 진입 제한 및 주차 단속의 강화

　2) 관광객이 지켜야 할 규범 공유 및 홍보

4. 결론

예시 2

'오버투어리즘(Overtourism)'의 문제점과 해결 방안
– 제주도의 사례를 중심으로

1. 서론

2. 지역 주민과 관광객이 겪는 교통 불편 사항과 해결 방안

  1) 교통 체증 및 무분별한 주차로 인한 혼란

  2) 차량 진입 제한 및 주차 단속의 강화

3. 지역 주민과 관광객 사이의 소음 갈등 문제와 해결 방안

  1) 소음 공해의 발생으로 인한 생활 환경 위협

  2) 관광객이 지켜야 할 규범 공유 및 홍보

4. 결론

2) 개요 작성의 실제

전체 글의 흐름을 고려할 때 '처음 – 중간 – 끝'의 3단 구성은 가장 일반적이고 안정적인 형태이다. 학위 논문이나 소논문의 경우 글의 처음 부분과 끝 부분에 각각 '서론'과 '결론'이라는 장 제목을 붙인다. 조금 더 적은 분량의 글이나 가벼운 글에는 '서론'과 '결론' 대신 '들어가며', '나가며' 혹은 '머리말'과 '맺음말'을 쓸 수 있다. 다만 한 편의 글 안에서는 '서론'과 '결론', '들어가며'와 '나가며', '머리말'과 '맺음말'을 하나의 묶음으로 함께 사용해야 한다. 예컨대 '서론'으로 시작했다면 '맺음말'보다 '결론'이라는 표현이 더 적합하다.

(1) 병렬 구조

한국 영화에 나타난 주요 여성상 논의

1. 들어가며

2. 1930년대: 기생

3. 1940년대: 현모양처

4. 1950년대: 자유부인

5. 1960년대: 미혼모

6. 1970년대: 공장 노동자

7. 1980년대: 중산층 주부

8. 나가며

병렬 구조는 다양한 방향에서 분석 대상에 접근하려 할 때 사용한다. 주로 시대, 대상 등 관점에 따라 분석 결과가 달라지는 글을 쓸 때 병렬 구조를 활용한다. 위 예시에서와 같이 본론의 각 장은 1930년대에서 1980년대에 이르기까지 한국 영화에 나타난 주요 여성상을 시대별로 논의하고 있다. 이와 같이 분석 대상에 접근하는 기준을 명확히 제시하고 각각의 측면을 대등하게 배치할 때는 병렬 구조를 활용한다.

(2) 원인 분석 구조

로봇 청소기의 대중화 성공 요인과 미래 전망

1. 머리말

2. 대중화 성공 요인

  1) 편리함을 추구하는 사용자 증가

  2) 새로운 가전제품에 대한 호기심 충족

3. 미래 전망

  1) 기술 발전 예측

  2) 가격 인하 가능성

4. 맺음말

원인을 분석하는 것이 글의 주제라면, 현황이나 결과에 대한 언급이 선행되어야 한다. 위 예시와 같이 '로봇 청소기'의 대중화 요인을 밝히고자 한다면 먼저 로봇 청소기가 널리 보급되어 있다는 사실이 전제되어야 한다.

1장 머리말에서는 로봇 청소기로 인해 한국의 청소 문화가 변모하고 있다는 점에 주목하고, 사용자 현황을 수치로 제시한다. 구체적으로 맞벌이 가정, 청소가 어려운 노약자가 있는 가정, 반려동물을 키우는 가정 등에서 로봇 청소기를 주로 사용하고 있다는 내용을 들 수 있다. 2장의 1절에서는 가사 노동의 부담을 줄이고, 편리함을 추구하려는 소비자의 수요가 증가하였고, 이러한 수요가 로봇 청소기의 구매로 이어지고 있다는 점을 분석한다. 2장의 2절에서는 초기의 로봇 청소기에는 흡입 기능만 있었으나, 물걸레가 탑재되는 단계를 거쳐 최근에는 두 기능이 결합된 제품이 출시되고 있다는 점에 주목한다. 그리고 이러한 로봇 청소기가 새로운 기능을 지닌 가전제품에 대한 소비자의 호기심을 충족시키고 있다는 점을 밝힌다. 3장의 1절에서는 로봇 청소기가 기술적으로 어떻게 발전해 나갈 것인지 예측한다. 3장의 2절에서는 가격 인하 가능성을 타진하여 로봇 청소기 시장의 지속적인 확대 가능성을 검토한다. 4장 맺음말에서는 이상의 내용을 요약하고, 로봇 청소기가 향후 한국의 청소 문화를 어떻게 변화시킬지에 대한 전망을 제시하고 글을 마무리한다.

(3) 문제 해결식 구조

'가짜뉴스'의 폐해와 해결 방안

1. 서론

2. '가짜뉴스'의 문제점
   1) 타인의 인격권 침해
   2) 사회 혼란 야기

3. 법률 측면 및 국가적 차원의 개선
   1) 국가의 공적 개입과 관련 법률 제정
   2) 생산 및 유포에 대한 처벌

4. 플랫폼 기업의 규제 노력 요청
   1) 규제하지 않을 경우 광고 제한하기
   2) 알고리즘을 개선해 가짜뉴스의 진입 막기

5. 이용자의 '가짜뉴스'와 '진짜 뉴스' 구별 능력 향상
   1) 사실 확인을 위한 노력 경주
   2) 뉴스에 대한 이용자의 판별 능력

6. 결론

문제 해결식 구조는 현황에 대한 분석을 기반으로 문제점을 포착하는 데서 출발한다. 위 예시에서는 현재 세계적으로 문제가 되고 있는 '가짜뉴스'를 주제로 선정하였다.

2장의 1절에서는 '가짜뉴스'의 문제점 중 먼저 타인의 인격권을 침해하는 지점을, 2장의 2절에서는 '가짜뉴스'의 문제점 중 사회 혼란을 야기하는 지점을 지적한다. 3장, 4장, 5장은 '가짜뉴스' 문제를 해결할 수 있는 각각의 주체를 기준으로 나누고 있다. 먼저 3장에서는 법률, 사회, 국가적 차원의 개선 방안을 살피는데, 1절에서는 법률을 제정하는 국가의 공적 개입을 촉구하고 2절에서는 생산 및 유포에 대해 처벌해야 한다는 주장을 제시한다. 4장에서는 '가짜뉴스'를 유통하는 플랫폼도 이 문제에 책임 있는 자세를 지녀야 한다는 점에 주목한다. 1절에서는 광고를 제한하여 규제할 것을 권유하고, 2절에서는 알고리즘 개선으로 '가짜뉴스'의 진입을 막는 것을 제안한다. 5장에서는 뉴스를 소비하는 독자가 '가짜뉴스'와 '진짜 뉴스'를 구별할 수 있는 판별력을 지녀야 한다는 측면을 다루고 있다. 1절에서는 다양한 방법으로 사실 확인을 진행할 것을 제안하고, 2장에서는 이용자가 뉴스를 비판적으로 수용할 수 있는 능력을 신장해야 한다고 주장한다. 6장에서는 위 내용을 요약하고, '가짜뉴스'가 사라질 한국의 미래 사회를 전망한다.

개요를 작성할 때 ChatGPT를 활용할 수 있다. 수업 중 발표를 위해 ChatGPT에 질문하는 상황을 가정해 보자. 기후 위기가 심각해지고 있는 현재, 한국에서는 전기차를 대중화해야 한다는 논의가 진행되고 있다. 이러한 발표 주제와 관련된 핵심어를 중심으로 명령어를 입력한다.

HK "기후 위기 사태, 한국의 전기차 대중화에 맞서 풀어야 할 문제
: 가격, 보조금 그리고 인프라."

위의 주제로 발표문을 쓰려고 해. 개요를 자세하게 써 봐.

 기후 위기 사태, 한국의 전기차 대중화에 맞서 풀어야 할 문제
: 가격, 보조금 그리고 인프라.

1. 서론

   기후 위기의 현실성 및 긴박성

   전기차 대중화의 중요성

2. 기후 위기와 대중화의 연결점

   환경 친화적인 교통 수단의 필요성

   전기차의 환경적 장점

3. 현재 한국의 전기차 시장 현황

   전기차 판매량 및 보급률

   다른 국가와의 비교

4. 가격 문제

   전기차의 생산 및 유통 가격 분석

   전기차의 가격이 대중화에 미치는 영향

5. 보조금의 중요성 및 현황

   현재의 보조금 제도 및 그 효과

   다른 국가의 보조금 정책 비교

   보조금의 한계 및 향후 방향

---

6. 충전 인프라의 중요성

   현재의 전기차 충전 인프라 상황

   충전 인프라 확충의 필요성

7. 향후 전기차 대중화를 위한 제언

   가격 인하 전략

   보조금 정책의 재검토

   충전 인프라 확대 및 혁신

8. 결론

   전기차 대중화의 중요성 재확인

   한국이 기후 위기에 성공적으로 대응하기 위한 방향 제시

   이렇게 목차를 구성해 볼 수 있습니다. 내용에 따라 세부적인 소제목을 추가하거나 수정할 수 있습니다.

위와 같은 답변을 얻었으나 이 개요를 발표문에 그대로 쓸 수는 없다. 발표를 준비하는 학생은 전기차를 대중화하는 과정에서 나타나는 문제점과 이를 해결할 수 있는 구체적인 방안을 기대했을 것이다. 그러나 ChatGPT의 답변은 주제를 명확하게 드러내지 못했다. 주제와 긴밀하게 연관된 답변이라기보다 질문에서 제시한 핵심어를 나열하는 데 그친 것이다. 이 개요를 무비판적으로 받아들여 글을 쓴다면 해당 정보들 사이의 관계가 분명하지 않은 글이 될 확률이 높다. 따라서 ChatGPT에 다시 질문을 던질 수 있다.

HK "기후 위기 사태, 한국의 전기차 대중화에 맞서 풀어야 할 문제

: 가격, 보조금 그리고 인프라."

발표문을 쓰려고 해. 개요를 네가 써주기는 했는데 주제와 좀 긴밀하게 다시 써

봐. 그리고 너무 일반론적으로 접근하지 말고, 상세하게 기술해 봐.

 기후 위기 사태, 한국의 전기차 대중화에 맞서 풀어야 할 문제

: 가격, 보조금 그리고 인프라.

1. 서론

기후 위기의 직면: 한국의 현재 기후 상황 분석

한국의 탄소 배출량 및 전기차 대중화의 중요성 강조

2. 한국에서의 전기차의 경제적 부담

전기차의 평균 판매 가격 및 일반 자동차와의 가격 비교

소비자의 가격 인식 및 구매 의사 결정 과정 분석

3. 현재의 보조금 제도 소개 및 분석

한국에서 제공되는 전기차 구매 보조금 및 장려금의 세부 내역

보조금의 혜택 대비 전기차 판매 증가율 분석

4. 충전 인프라의 현실적 문제점

현재 전기차 충전소의 지역별 분포 및 접근성 분석

충전 시간, 충전 대기 시간 및 이에 따른 사용자 불편 사례 조사

5. 다른 국가의 전기차 정책 비교 및 참조점

선진국에서의 전기차 보조금 및 인프라 정책 사례 연구

한국의 상황에 적합한 해외 정책 사례 도출 및 보조금 개선 방안 제시

전기차 제조비용 절감 방안 및 소비자 부담 감소 전략

보조금 분배의 공정성 및 효율성 향상 방안

7. 충전 인프라 확장 및 효율화 방안

지역별 충전소 설치 계획 및 우선순위 설정

고속 충전기 및 다기능 충전기 도입 제안

8. 결론

한국의 전기차 대중화를 위한 총체적 전략 및 앞으로의 방향성 제시

이렇게 목차를 구체적으로 구성해보았습니다. 주제와 관련하여 한국의 현실적 상황을 중심으로 접근하였습니다.

두 번째 명령어에서는 주제와 더 긴밀한 정보를 제시할 것, 일반론적으로 접근하는 것을 피하고, 상세하게 기술할 것을 요청하였다. 그렇게 받은 두 번째 답변은 첫 번째 답변에 비해 한국의 현실에 더욱 집중하고 있다는 것을 알 수 있다. 보다 구체적인 정보를 제시하고 있는 것이다.

예컨대 첫 번째 답변의 서론에서는 "전기차 대중화의 중요성"을 언급하는 데 그쳤다면, 두 번째 답변에서는 "한국의 탄소 배출량 및 전기차 대중화의 중요성 강조"와 같이 '탄소 배출량'을 둘러싼 논의를 추가했다. 첫 번째 답변의 4장은 "가격 문제"와 같이 간략하게 언급했지만 두 번째 답변의 2장은 "한국에서의 전기차의 경제적 부담"과 같이 글의 방향성을 조금 더 분명하게 제시한다. 또 첫 번째 답변에서는 5장의 하위 항목에 "현재의 보조금 제도 및 그 효과"라는 넓은 범주의 논의를 제시했으나 두 번째 답변에서는 3장의 하위 항목에 "한국에서 제공되는 전기차 구매 보조금 및 장려금의 세부 내역"과 같이 논의의 범주를 좁혔다. '한국'에서의 상황으로 한정하고, '구매 보조금'과 '장려금', '세부 내역'이라는 구체적인 정보에

집중한 것이다.

한편 첫 번째 답변의 6장 제목인 "충전 인프라의 중요성"은 '문제점'과 그 '해결 방안'이라는 이 글의 주제와 직접적으로 연관되지 않는다. 반면 두 번째 답변의 4장 제목인 "충전 인프라의 현실적 문제점"은 이 글의 주제인 '문제점'에 초점을 맞추고 있다.

이렇게 ChatGPT에 명령어를 입력하고 그 대답을 확인하는 과정을 한 차례만 실시하기보다는 여러 차례 반복함으로써 글의 주제에 적합한 답변을 찾아 나갈 수 있다. 그러나 ChatGPT의 답변을 무조건적으로 받아들여서는 안 된다. 글의 주제를 더 잘 드러내는 개요를 짜기 위해 검토하는 방식으로 활용하는 것이 좋다. 또 답변에서 제시된 정보가 사실인지, 그리고 충분히 구체적인지 등도 확인해야 한다.

살펴본 바와 같이 개요를 짤 때 ChatGPT를 참고할 수 있다. 주의할 점은 ChatGPT의 답변을 그대로 자신의 글에 옮겨서는 안 된다는 것이다. 그 내용을 참고하여 자신의 생각이 담긴 결과물을 직접 작성하고 만들어 내야 하며, 그 결과물에는 ChatGPT를 활용했다는 사실을 반드시 밝혀야 한다.

1. 아래 개요의 빈칸을 채워 보자.

사형 집행의 필요성

1. 서론

2. _____
   1) 피해자의 생명권을 우선적으로 고려
   2) 강력 범죄를 예방하는 효과적인 방안으로 기능
   3) 국민의 법 감정에 대한 조사 및 수용

3. 결론

답:

2. 경기도 안성시를 소개하는 기획안을 준비하는 과정에서 ChatGPT에 글의 개요를 질문했다. 답변을 검토하는 방향으로 적절하지 않은 것을 골라 보자.

HK 경기도 안성시를 소개하는 글의 개요를 짜고 싶어. 유명한 것 중심으로 정리해 줘.

 경기도 안성시를 소개하는 글의 개요를 아래와 같이 정리해 드릴 수 있습니다. 이 개요를 바탕으로 글을 작성하면, 안성시의 주요 특징과 매력을 효과적으로 소개할 수 있을 것입니다.

제목: 안성시 - 경기도의 매력 속에 빛나는 보석

1. 역사와 전통
   - 안성시는 근대사와 전통이 만나는 곳으로, 오랜 역사를 자랑합니다.
   - 고려, 조선, 일제 강점기와 관련된 역사적 유적들이 풍부하게 보존되어 있습니다.

2. 한국 말바닥 마을(Korean Horse Town)
   - 안성시는 대한민국의 말의 중심지로서, 한국 말바닥 마을로도 유명합니다.
   - 전통적인 말문화와 한국 말 경주가 흥미로운 관광 명소로 자리잡고 있습니다.

3. 안성 농촌 체험마을
   - 시골 풍경을 즐기고 싶다면, 안성 농촌 체험마을을 방문해보세요.
   - 농업 경험, 농산물 수확, 전통 음식 체험 등 다양한 활동이 가능합니다.

4. 안성맞춤 양조장
   - 한국의 전통주인 막걸리와 소주를 만드는 안성의 양조장을 탐방해보세요.
   - 한국 전통주의 맛과 제조과정을 배울 수 있는 좋은 기회입니다.

5. 안성목장과 가족 휴양지
   - 안성목장은 아기자기한 동물원과 푸른 잔디밭이 매력적인 가족 휴양지입니다.
   - 자연과 동물을 만나며 가족 모임을 즐길 수 있습니다.

6. 문화와 예술
   - 안성시는 다양한 문화 행사와 예술 행사를 개최하는 곳으로, 예술과 엔터테인먼트를 즐길 수 있습니다.
   - 예술가와 예술 애호가에게 매력적인 장소입니다.

7. 음식과 먹거리
- 안성시는 전통 음식부터 현대적인 레스토랑까지 다양한 맛집이 있습니다.
- 특히, 안성 고추장 닭갈비와 같은 현지 음식은 꼭 맛보아야 할 대표적인 메뉴입니다.

이러한 주요 요소를 중심으로 안성시의 다양한 매력을 소개하는 글을 작성하면, 독자들에게 이 지역의 다양한 경험과 매력을 효과적으로 전달할 수 있을 것입니다.

① 안성목장과 안성팜랜드가 같은 곳인지 확인이 필요해.
② 주제가 잘 드러나 있으니까 제목은 그대로 써도 되겠어.
③ 안성시의 어떤 면을 소개할지 주제를 좁혀서 다시 질문해야겠네.
④ 안성양조장에서 전통주를 만들어 보는 체험을 할 수 있는지 검색해야지.
⑤ 예술가와 예술 애호가에게 매력적이라는 설명은 너무 일반적인 이야기니까 더 구체적인 정보를 찾아봐야겠어.

3. 아래 개요의 수정 방향으로 적절하지 않은 것을 골라 보자.

'가스라이팅(Gaslighting)' 용어의 유행과 사회적 혼란

1. 머리말

2. 용어의 유래 및 정의
  1) 개념 도입 배경

3. '가스라이팅' 용어 유행의 문제점

　　　　1) 정의의 모호성
　　　　나) 학문적 엄격성을 확보하지 못했다

　　　4. 개선 방향
　　　　1) 전문가 개입의 최소화
　　　　2) 대체어로 바꾸어 부르기

　　　5. 결론

① '머리말'을 기준으로 '결론'을 '맺음말'로 바꾸거나, '결론'을 기준으로 '머리말'을 '서론'으로 바꾼다.
② 하나의 장은 반드시 여러 개의 절로 나뉘어야 한다.
③ 3장의 1절과 4장의 1절, 3장의 2절과 4장의 2절 사이의 층위를 고려해야 한다. 논리성을 고려하여 4장의 1절과 2절의 순서를 바꾼다.
④ 3장의 '나)'를 '2)'로 변경한다.
⑤ 4장의 "전문가 개입의 최소화"를 "전문가 개입의 촉구 및 연구 활성화"로 변경한다. 학문적 엄격성을 확보하지 못한 것이 문제점이라면, 전문가의 연구를 독려하는 것을 개선 방향으로 제시할 수 있다.

답:

6장

효과적인
전달

이 장에서는 자신의 생각을 독자에게 효과적으로 전달하는 방법에 대해 학습한다. 아무리 좋은 내용을 다룬다 해도 읽는 사람에게 제대로 전해지지 않으면 그 글은 결코 좋은 글이라 할 수 없다. 따라서 말하기와 글쓰기의 경우 체계적인 사고와 함께 정확한 전달이 이루어질 때 비로소 최종 목표가 완성되는 것이다. 이를 위해 본 장은 크게 두 개의 절로 구성되어 있다. 먼저 1절에서는 독자 중심의 제목 선정에 대한 유용한 방법을 배우게 된다. 글에 알맞은 제목을 제시하여 독자에게 글의 내용을 보다 효과적으로 전달할 수 있도록 학습한다. 2절에서는 독자를 설득하는 데 필요한 글쓰기 방법을 다양한 예문을 통해 익힌다. 이 과정에서 자신의 의견이나 주장을 독자가 이해하기 쉽게 논증하는 방법을 실습한다. 이는 자신의 논지를 명확하고 효율적으로 전달하는 의사전달 능력을 체득하도록 하며, 나아가 의사소통 역량을 높여 줄 것이다.

제목의 선정

제목은 글의 얼굴이자 경우에 따라 작품이나 상품을 선택하는 기준이 된다는 점에서 매우 중요하다. 이 절에서는 한 편의 글에서 제목이 갖는 의미를 이해하고, 다양한 사례를 통해 구체적인 제목을 선정하는 방법을 알아본다. 특히 제목 짓기의 중요성을 이해하고, 다양한 제목 짓기 방법을 확인해 볼 것이다. 이를 통해 글의 형식과 목적에 잘 부합하는 제목을 선정하는 능력을 길러 보자.

1) 제목의 중요성

글의 제목은 마치 가게의 간판이나 상품의 이름과 같아서, 맨 앞에서 독자에게 그 글에 대한 첫인상을 전하는 역할을 담당한다. 고객이 상품의 가치를 생각할 때 좋은 브랜드가 큰 영향을 미치는 것과 마찬가지로, 글의 제목이 독자에게 미치는 영향은 적지 않다. 따라서 제목을 선정할 때는 무엇보다 신중해야 하고 전체 내용에 대한 정보를 압축적으로 담아, 제목만 보아도 그 글에 대한 흥미나 기대를 불러일으킬 수 있어야 한다.

하지만 학생들이 실제로 글을 쓸 때는 종종 제목의 중요성을 간과한다. 예를 들어 자신이 수강하는 과목명을 그대로 제목으로 내세우거나, 무책임하게 보고서나 감상문이라는 글의 형식을 그대로 제목에 사용하기도 한다. 심지어 제목 없이 이름과 학번만 적어 제출하는 경우도 있다.

쓰려고 하는 대상의 명칭을 그대로 사용하는 제목도 가급적 피해야 한다. 앞의 사례보다는 낫지만 독자의 관심을 끌기는 어렵기 때문이다. 학생들의 글에서 자주 보이는 사례로는 '~을 읽고', '~을 보고' 등과 같은 제목을 들 수 있다. 가령 영화 〈기생충〉을 관람하고 감상평에 대한 글을 써야 할 때, 아무런 문제의식 없이 그저 '〈기생충〉을 보고', 또는 '〈기생충〉에 대한 감상' 정도로 제목을 붙이는 것이다.

이러한 제목 짓기는 적절하지 않다. 이보다는 '〈기생충〉에 담긴 계층적 차이의 의미'나, '〈기생충〉에 등장하는 인물들의 성격 유형 고찰', '혐오란 무엇인가 - 영화 〈기생충〉을 보고'와 같은 제목이 더 바람직하다. 전자와 같은 제목은 대부분 학생들이 제목의 중요성을 간과했을 때 짓는 제목이다. 그러나 스스로 글을 쓰는 목적을 명확하게 인지하고 있다면, 자기가 중점을 두고 쓸 내용을 명확히 전달하는 제목을 충분히 떠올릴 수 있다.

그렇다면 좋은 제목이란 어떤 것일까? 무엇보다 제목을 통해 글의 성격이나 전체 내용을 어느 정도 예측할 수 있어야 한다. 하지만 어떤 제목이 좋은 제목인지 정해진 답은 없다. 다만 좋은 제목에 이르는 지름길은 독자에게 자신의 논제를 효과적으로 제시할 수 있도록 충분히 고민하고 선택하는 과정에서만 찾을 수 있을 것이다.

2) 제목 선정의 방법

제목은 한 편의 완성된 글에서 필수적인 구성 요소이며, 독자에게 글의 주제를 가장 효과적으로 제시하는 지표임을 확인하였다. 그렇다면 어떻게 제목을 선정하는 것이 가장 좋을지, 효과적인 방법은 무엇일지 알아보자.

글의 주제나 내용에 따라 제목 선정의 방법은 당연히 달라질 수 있으며, 그만큼 유형도 매우 다양하다. 따라서 실제 글에서 자주 사용하는 방법을 몇 가지 살펴보면서 좋은 제목을 작성하는 데 필요한 조건을 우리 스스로 찾아보는 것이 중요하다.

우선 서술한 내용을 압축적으로 제시하거나 비유적으로 암시하는 방법이 있다. 또 논제를 잘 나타내면서도 독자의 관심을 끌 만한 핵심어를 사용할 수도 있다. 아울러 때로는 직접적으로 논지의 핵심을 담아 문제를 제기하는 의문형의 제목도 효과적이다.

다음의 예시문을 읽고 어떤 제목을 붙이는 것이 좋을지 생각해 보자.

( )

SF영화에서나 볼 법한 낯선 풍경의 재난이 펼쳐졌다. 전대미문의 사태이다. 코로나 바이러스라 불리는 극미한 존재가 인간 사회를 이처럼 심층적으로 바꿔나가리라는 사실을 예측한 사람은 거의 없다. 2019년 12월에 중국 우한시에서 최초 보고된 코로나19는 2022년 8월 26일 현재 세계적으로 모두 5억 7천400만 명 이상의 확진자를 낳았고, 한국에서는 2천280여만 명의 확진자와 2만 6천413명의 사망자를 낳았다.

재난이 일어나면 어떤 일이 발생하는가? 우리는 사유를 강제당한다. 우리는 생각하게 되고, 생각하지 않을 수 없는 상황으로 밀린다. 이 과정에서 재난은 그 이전에는 우리가 미처 인지하지 못했던 특정 존재의 역량을 집합적으로 식별하는 계기를 준다. 더 구체적으로 말하자면 재난을 일으킨 행위자를 찾고, 이름을 붙이고, 그

것을 통치하는 방법을 모색한다.

재난이란 무엇인가? 사유와의 관계에서 그것은 들뢰즈가 말하듯이 "사유하도록 강제하는 것과의 마주침"이다. 우리는 재난 속에서 무언가와 만나고, 그것의 정체를 사고하고, 그것과의 관계를 모색한다. 21세기 분자생물학자는 인간이 바이러스를 이해할 수 있다고 말한다. 왜냐하면, 바이러스가 '선택'하고 '선호'하고 '학습'하고 '기억'하기 때문이다. 바이러스에게 모종의 '지성'이 있다는 얘기다.

생물학자 니컬러스 머니는 인간뿐 아닌 모든 생명체가 생존에 필요한 지성을 소유하고 있다고 말한다. 그에 의하면 곤충들도 사고하고 판단하며, 두뇌도 신경세포도 없는 곰팡이 역시 양분을 얻는 과정에서 학습능력을 보여준다. 단세포 조류나 균류 군집 역시 화학적으로 소통할 수 있다. 그에 의하면 모든 생물은 느끼고, 생각하고, 소통한다.

진화생물학자 린 마굴리스 역시 인간중심주의와 데카르트적 기계론을 비판하면서, 미생물이 어떻게 감각하고 미래를 선택하는지를 보여준다. 미생물은 열을 감지할 수 있고, 빛을 식별해 이에 반응한다. 자기장을 탐지하기도 한다. 세균에게도 의식이 존재한다. 가장 원시적인 생명체 역시 "감각, 선택, 마음"의 능력이 갖춰져 있다.

스튜어트 카우프만 또한 행위 능력을 인간에게 고유한 것으로 보는 관점을 거부하고, 좀 더 원형적인 생명 속에서 행위능력의 기초적 양상들을 찾아낸다. 그에 의하면, 세균에게도 행위 능력이 있다.

포스트휴먼 관점은 "인간과 비인간의 구분을 당연한 것으로 받아들이지 않겠다는 것"에서 시작된다. 그것은 인간과 비인간의 차이를 부정하는 것이 아니라, 인간적인 것으로 세계를 보는 기준을 삼지 않고, 세계에 가득 차 있는 저 무수한 행위자들을 인정하고, 그들을 진지하게, 인간과 함께 존재하는 행위자로 승인하는 태도다. (…)

— 김홍중, 「세균도 생각한다 … 코로나19가 가져다 준 포스트휴먼의 시선」,
『교수신문』, 2022.12.07.

이 글은 인간과 비인간의 관계를 새로운 관점에서 설명한다. 기존의 관점으로 본다면 인간 이외의 모든 존재는 인간의 통치를 그냥 수동적으로 받아들이기만 하는 존재에 지나지 않는다. 하지만 그 존재들에게도 모종의 '지성'이 있다는 점에 주목하면, 결국 인간도 그 존재들과 새로운 관계를 설정해야만 한다는 것을 알 수 있다.

여기서 이 글의 제목을 어떻게 정해서 괄호 안에 넣으면 좋을지 생각해 보자. 내용을 압축적으로 제시하는 일반적인 방법으로 '세균의 인지 능력 존재 가능성'이라고 하거나, '세균과 인간의 새로운 관계 설정에 대하여' 등과 같은 제목을 선택할 수도 있을 것이다. 그런데 필자가 선택한 제목은 '세균도 생각한다'이다. 코로나19 바이러스에 대한 몇몇 학자들의 연구 결과에서 따온 것인데, 제목 자체가 하나의 광고 카피처럼 신선하고 인상적인 느낌을 준다. 논제의 핵심을 제시하면서 독자의 관심을 유도하는 좋은 제목의 사례이다. 하지만 다시 한번 상기해야 할 것은 좋은 제목의 정답이 따로 없다는 점이다. 따라서 자신의 생각을 충실히 반영하고 독자에게 잘 전달할 수 있는 더 나은 제목을 찾는 노력이 필요하다. 반면에 지나치게 감각적인 제목만을 추구하다 보면 실제 글의 내용과 거리가 멀어질 수도 있으므로 조심해야 한다.

위의 예에 비하여 다소 평범해 보이지만 핵심 키워드를 제목으로 내세우는 방법도 자주 사용된다. 강한 인상을 주는 데 포인트를 두기보다는 구체적으로 정확하게 논제를 전달하려 할 때 유효하다. 다음 예시문에서 구체적으로 확인해 보자.

기후안보

전 세계 24개국 78명의 과학자로 이루어진 연구팀은 문헌정보, 역사사료, 나이테 분석, 빙하시추 등 다양한 분석기법을 통합하여 마야문명의 붕괴 시기가 중앙아메리카 지역에서 발생한 심각한 가뭄의 도래 시기와 일치함을 밝혀냈다. 이뿐만 아니라 2018년 영국과 미국의 지질학자-기후학자-고고학자 등 다양한 분야의 연구

진으로 구성된 연구팀은 마야문명이 번성했던 지역의 호수 속 침전물 분석을 통해 기온 상승과 강수량이 줄어드는 현상이 있었다는 것을 밝혀냈다. 즉 급격한 기온의 상승과 강수량 감소에 따라 수자원이 부족해지면서 심각한 가뭄이 발생하고 이로 인해 마야문명은 식량위기를 맞이했을 것으로 추정한 것이다.

물론 아직 이러한 가뭄이 마야문명을 붕괴시킨 절대적 원인이라고 100% 단정할 수는 없다. 하지만 최근 들어 발표되고 있는 다양한 분야의 후속 연구결과들 대부분이 기후변화를 마야문명 붕괴의 주범으로 지목하고 있다. (…)

결국 기후변화는 화려한 마야문명을 현실 세계가 아닌 세계사 책 속으로 가두어 버렸다. 인류가 겪은 무시무시한 전쟁 세계 1차 대전 그리고 2차 대전 당시 인간이 발명한 가장 무서운 무기라 불리는 원자폭탄의 투하에도 문명이 사라지진 않았지만 기후변화는 달랐다. 물론 총칼을 앞세운 전쟁이 돌이킬 수 없는 피해를 만들지 않는 것은 아니다. 그렇지만 지금의 문명을 송두리째 앗아가진 않을 것이다. 그래서 어쩌면 지금 우리가 걱정해야 할 가장 큰 위협 요인은 기후변화의 피해가 유발할 수 있는 또 다른 리스크, 기후안보일지 모른다.

기후안보에 있어서 우리가 심각하게 고민해야 할 점은 한국이 겪는 기후변화 피해만이 내가 사는 한국의 안보 위협이 될 것이라는 우물 안 개구리 같은 생각이다. 한국의 사회, 경제, 문화는 단순히 한국의 국내정세에만 의존하는 것이 아니다. 예를 들어 한국은 전 세계에서 7번째로 많은 양의 식량을 수입하여 식량자급률이 OECD 38개 국가 중 최하위에 있다. 식량안보가 매우 취약한 상황이다. 다른 국가에서 발생한 기후변화 피해로 인한 농작물 생산량 감소는 한국의 밥상물가에 막대한 영향을 끼쳐 경제안보에까지 영향을 끼칠 것이다. 에너지도 마찬가지이다. 한국은 막대한 양의 에너지를 해외에서 사들이고 있다. 러시아·우크라이나 전쟁을 통해 나타난 에너지 수급 문제를 살펴봤을 때 에너지 공급 국가의 기후변화 피해로 인한 정책 변화는 한국의 에너지안보를 흔들어버릴 수 있다.

사실 여러 가지 더 많은 안보 위협 요인이 도사리고 있지만 가장 심각하게 바라봐야 할 점은 국방문제다. 한국은 분단국가이기에 국경을 맞댄 다른 국가의 기후변화 피해는 그곳의 사회, 경제, 정치 문제를 야기하여 한국에 위협을 초래할 수 있는 국방안보의 위협 요인이 될 것이다. 이러한 문제는 미국 바이든 정부 초창기 발표된 보고서에도 잘 나타나 있다. 기후변화 적응 능력이 취약하기 때문에 그곳에서 발생하는 기후변화 피해는 기존의 정치, 사회, 경제적 약점을 강화하여 그 국가의 체제 안정에 위협을 가할 것이라는 전망이다. 그리고 이러한 위협은 반드시 우리가 경계해야 할 실존적 위협이 될 수 있다.

— 정수종, 「기후안보, 총칼보다 강한 위협에 대처하라」, 『경향신문』, 2023.10.23.

현대 사회에서 기후변화가 우리 환경에 미치는 영향을 논제로, 그 피해가 국가 안보에 대한 새로운 형태의 위협이 될 수 있다는 내용을 담은 글이다. 필자는 이 내용의 핵심어인 '기후변화'와 '국가 안보'에서 '기후안보'라는 새로운 용어를 조합하여 제목으로 선정했다. 새로운 용어를 만들어 제시하는 것은 독자에게 낯선 느낌을 주므로 신중해야 하지만, 위 예시문처럼 충분하고 적절한 논거가 함께 제시된다면 매우 효과적인 제목이 될 수 있다.

의문문을 사용하여 문제를 제기하는 제목도 자주 사용된다. 다음 예시문에서 살펴보자.

하느님·세종대왕의 MBTI는?

얼마 전 한 소셜미디어에서 하느님의 MBTI는 J(Judging·판단형)이라는 게시글을 보고 '현실 웃음'을 터뜨렸다. 천지창조를 하셨으니, 과연 계획을 세우고 그에 따라 실행한다는 J 성향과 딱 맞아떨어진다며 끄덕였다. 친구와 나머지 하느님의 MBTI 알파벳을 추론했는데, 우리 둘 다 몇 초도 안 돼 'ENTJ'라는 같은 답을 내놓았다.

활발히(?) 세상의 일에 개입하고(E·외향형), 선이라는 의미를 추구(?)하고(N·직관형), 개인별 상황보다는 진실에 초점을 맞춘다(T)는 해석이었다. 친구와 나는 이런 식으로 세종대왕이나 태종 이방원의 MBTI를 추론하며 한참 키득거렸다.

이렇게 정치·사회·역사 인물의 MBTI를 추론하는 일이 웃긴 건 이들을 사적 성향으로 납작하게 만드는 데서 오는 간극 때문이다. 한편으로 이렇게 초시간·초공간적인 인물들도 MBTI를 단번에 추론이 가능한 건, MBTI가 일종의 '심리 해부학' 역할을 하기 때문이다. 근대 서구 해부학의 발전은 인간의 몸을 기계화·객관화하며 문화권별 몸의 신비와 사상을 해체했다. 이처럼 MBTI는 나와 사람들의 정신을 생물학 교과서에서 외웠던 근골격계, 심혈관계, 뇌신경계처럼 훤히 객관화하는 효과가 있다. 심지어 (살이 없어서 혈액형으로는 분류할 수 없었던) 초인간인 하느님조차 MBTI 분류가 가능하게 됐다.

그래서 한편으로는 웃기지 않다. MBTI는 신조차 끼워 맞출 수 있는 강력한 성격 대본이 되어버렸단 뜻이니까. MBTI를 비판하는 주장들의 결론부는 항상 'MBTI에 과몰입하지 말고 고유한 영역에 주목해야 한다'지만, 출근길 버스에서 나를 밀치고 내리는 구체적인 옆 시민에게조차 인내심을 발휘하기 힘든 세상에서, MBTI 외에 타인들의 다양한 면모를 지속적으로 발견하려는 일이 사치처럼 느껴지는 분위기다. 심지어 요즘처럼 이상 동기 칼부림이 발발하는 시국에서는 T/F 성향을 따지는 것조차 사치이고 "적이냐 아군이냐"라는 질문만 남게 된 것 같다. (…)

어떤 성향과 정체성이든 '-충'이라는 접미사를 붙여버리는 사회에서, MBTI 말고 다른 성격 유형 검사가 대안으로 떠오르더라도 사회적 존중이 마련되지 않으면 결국 또 '성격 갈라치기'로 변모할 것이다. 누리꾼들이 T/F의 이분법에 한계와 불합리함을 느꼈듯 다른 성향과 정체성에 대한 갈라치기 대본도 마찬가지로 재고해야 한다. 성별, 야당과 여당, 피해자와 가해자, 교권과 학생권, 장애인과 비장애인, 자가냐 전세냐, 정규직이냐 비정규직이냐, 서울이냐 지방이냐, 정신질환자냐 비정신질환자냐… 네 편과 내 편을 가르는 '공감 집단'을 넘어 어떤 성향이든 존중받을 수 있는 사회적 서사가 절실하다.

— 도우리, 「하느님·세종대왕의 MBTI는?」, 『한겨레21』 1479호, 2023.09.11.

이 글은 현재 우리 사회에 만연하는 '갈라치기' 풍조를 MBTI 성격 유형 검사 유행을 통해 주시하고, 그 해결 방안을 찾는 데 함께 노력해야 한다는 내용을 주장하고 있다. 내용을 압축적으로 제시하는 제목이나 핵심 키워드를 조합하는 제목 대신에 필자는 '하느님·세종대왕의 MBTI는?'이라는 의문형 문장을 제목으로 내세웠다. 자신이 주장하는 메시지를 강조하는 의문문을 사용하여 문제를 제기하거나 환기하는 방식으로, 이는 자주 사용되는 제목 선정 방법 중 하나이다. 의문문의 특성상 그 자체로도 독자의 궁금증이나 호기심을 유발할 수 있다는 것은 큰 장점이 된다. 하지만 주제의 강조점을 고려하여 적절하게 사용하지 않으면 그저 그런 식상한 문제 제기로 그칠 수도 있으니 유의해야 한다.

1. 다음 글에 적절한 제목을 붙이고, 선정한 이유를 적어 보자.

어떤 사람들은 둘 이상의 언어를 마치 하나의 언어처럼 구사한다. 이러한 다중(多重)언어 능력을 선망한 나머지 어린아이를 영어유치원에 보내고 외국어 조기교육에 열을 올리는 부모들이 적지 않다. 하지만 성공하는 경우는 극히 드물다. 특별히 그에 적합한 유전자를 가진 아이가 부모와 전문가의 보살핌을 받으면서 복수의 언어에 일상적으로 노출되는 경우에만 그렇게 될 수 있다. 영어유치원에 보낸다고 무조건 다중언어 능력자가 되는 게 아니다. 오히려 원하지 않는 부작용이 생길 가능성이 훨씬 크다.

문명이 생긴 이후 인간이 생물학적으로 진화했다는 증거는 없다. 우리의 몸, 우리의 뇌, 우리의 유전자는 문명이 생기기 이전인 수렵·채집 시대에 만들어졌다. 수십만 년 동안 인간은 몇십 명이 넘지 않는 혈연집단을 이루고 살았다. 둘 이상의 언어에 노출되는 경우는 거의 없었다. 이것은 우리의 뇌가 하나의 언어를 사용하는 데 최적화되어 있다는 것을 의미한다. 이런 뇌를 가지고 세계화 시대를 살아야 하니 현대인의 삶은 고달플 수밖에 없다. 만약 우리의 뇌가 복수의 언어를 사용하는 데 최적화되어 있다면 외국어를 배우려고 그 많은 시간과 돈을 쓰지 않아도 될 것이다.

아기의 뇌가 빠르게 성장하는 동안 모국어를 다루는 뇌신경세포가 먼저 자리를 잡는다. 외국어를 처리하는 뇌신경세포는 인접한 곳에 터를 잡고 모국어를 담당하는 영역과 교신하는 통로를 만든다. 우리는 보통 모국어로 생각하기 때문에 외국어를 담당하는 뇌 영역은 모국어를 처리하는 영역에 기대지 않을 수 없다. 두 영역 사이에 정보를 교류하는 통로가 넓게 형성되고 교신이 원활하게 이루어질수록 외국어를 더 유창하게 할 수 있다. 통로가 아주 넓어져서 두 영역이 아예 한 덩어리처럼 되면 복수의 언어를 하나의 언어처럼 다룰 수 있다. 다중언어 능력자의 뇌는 그렇게 되어 있다. 그래서 단순히 복수의 언어를 구사하는 게 아니라, 생각하고 느끼는 것도 여러 언어로 자유롭게 할 수 있는 것이다.

그런데 모국어의 기득권이 확고부동한 것은 아니다. 어린 나이에 다른 언어에 더 많이 노출되면 먼저 자리를 잡았던 모국어가 밀려나기도 한다. 외국에서 오래 산 유학생이나 교민 자녀 중에는 우리말을 제대로 하지 못하는 경우가 많다. 한국에서 태어나 우리말을 제대로 배운 후에 부모를 따라 외국으로 간 아이들도 현지 유치원에 다니면 얼마 지나지 않아 우리말이 흔들린다. 가정에서 부모와 한국어로 대화를 나누는 시간보다 유치원에서 현지어로 의사소통하는 시간이 훨씬 길어지기 때문이다. 두 언어 모두 잘하는 아이도 있지만, 둘 모두 엉망이 되는 경우도 드물지 않다.

— 유시민, 『유시민의 글쓰기 특강』, 생각의길, 2015, 105~107쪽.

제목:

선정 이유:

2. 영화, 드라마, 대중가요, 웹소설, 웹툰, 유튜브 채널 등 대중문화 콘텐츠 중 인상에 남는 제목을 하나 이상 고르고 그 제목을 선정한 이유를 적어 보자.

제목:

선정 이유:

제목:

선정 이유:

설득의 전략

학습 목표

- 설득하는 글쓰기의 의미를 생각해 보자.
- 논증의 개념을 알아보고 그 범위와 내용을 파악해 보자.
- 논증의 방법을 연습문제를 통해 학습해 보자.

 나에 대해 잘 모르는 상대방에게 지식이나 정보를 이해시키는 것은 쉽지 않은 일이다. 더구나 자신의 의견이나 주장을 받아들이고 동조하도록 하는 설득의 단계에 이르게 만드는 것은 더욱더 어려운 일이 아닐 수 없다. 하지만 우리가 일상생활에서 말과 글을 통해 타인과 소통하며 살 수밖에 없는 이상, 설득은 매우 중요한 의미를 갖는다. 물론 설득이 이루어지지 않는 경우가 더 많다고 하더라도 그 과정에서 기본적 소통과 교감이 이루어질 수 있기 때문이다.

 그렇다면 설득은 어떻게 해야 하는 것일까. 내 생각을 설득하려면 반드시 근거를 제시해야 한다. 상대방에게 내 생각을 강요하는 것이 아니라 다양한 근거를 통해 증명하는 것이 필요하다. 이것을 '논증'이라고 하며, 글로 작성하면 논증적 글쓰기가 된다.

 논증적 글쓰기는 어떤 문제에 대한 자기의 주장을 논리적으로 증명하여 독자를 설득하는 글이다. 사실 논증적 글쓰기의 범위는 매우 넓다. 대표적인 예로 의견이나 주장을 말하여 다른 사람을 설득하는 연설문이나 신문 사설, 학술적 연구를 통해 얻은 새로운 사실을 보고하는 논문이나 보고서, 남의 이론이나 작품에 대하여 자신의 주관적인 시각을 밝힌 비평문, 시사 문제나 최근 이슈 등을 논평한 평론이 모두 여기에 속한다. 우리 주위에는 자신의 생각을 설득하는 글이 생각보다 다양하고 많다는 것을 알 수 있다.

이 절에서는 논증적 글쓰기의 핵심이 되는 논증의 개념과 형식에 대해 살펴본다. 실제 논증에 대한 연구는 주로 철학의 논리학 분야에서 다루어지며, 매우 광범위하고 복잡한 이론으로 구성된다. 하지만 대학생의 말하기와 글쓰기에서 논증의 다양한 이론에 대한 이해가 반드시 필요한 것은 아니다. 복잡하고 난해한 논증 이론은 오히려 글쓰기에 장애가 될 우려가 있다. 논증에 대한 기본적인 개념과 방법을 이해하는 것만으로도 충분히 효과적으로 의사를 전달할 수 있다.

1) 논증의 개념과 방법

논증적인 글을 작성하려면 우선 논증이란 무엇인지부터 이해해야 한다. 어떤 판단의 옳고 그름의 이유를 논리적으로 분명히 증명하는 일을 논증(論證)이라고 한다. 그리고 논증의 구성 요소로서 증명해야 할 주장이나 의견을 명제(命題)라 하고, 그 이유로 선택되는 판단의 근거를 논거(論據)라고 한다. 논증의 핵심적인 특징은 명제를 뒷받침하는 논거로 이루어진 진술이라는 점이다. 따라서 논증한다는 것은 적절한 논거를 제시하여 상대방이 자신의 의견을 이해하고 받아들이도록 설득을 시도하는 과정이라 할 수 있다.

명제와 논거는 논증의 구성 요소이다. 여기에 이 둘을 연결하는 추론(推論)을 더하면 논증의 3요소가 갖추어진다. 추론은 명제와 논거의 연결에 대한 논리적 인과 관계를 해명하는 과정이다. 따라서 논증은 추론 과정을 통해 이루어진다. 형사나 탐정이 주인공인 추리소설에는 주인공이 사건을 조사하며 범인이 누구인지 밝혀

가는 과정이 많이 나온다. 그는 여러 가지 증거를 찾아가는 과정을 통해 누가 범인인지 증명해 나가는데, 이 과정은 논증의 추론 방법과 매우 유사하다.

논증적 글쓰기에서 사용하는 대표적인 추론의 방법으로는 유추(유비추리), 연역적 방법(연역법), 귀납적 방법(귀납법) 등을 들 수 있다.

(1) 유추(유비추리)

유추는 기본적인 추론 방법의 하나로, 유비추리의 줄임말이다. 하나의 대상을 유사성이 있는 다른 사물을 들어 견주어 추리하는 방식을 말한다. 보다 구체적으로 말하면 기본 속성이나 관계, 구조, 기능 등에서 유사하거나 같은 것을 근거로 삼아 비교하면서 추리하는 것이다. 언젠가 사랑을 유추의 방법으로 설명하라는 글쓰기 문제에 "사랑은 얄미운 나비이다."라는 문장으로 시작하는 답안이 있었다. 이 문장만 보면 무슨 말을 하려는지 언뜻 잘 이해가 가지 않는다. 이때 그 이유에 대해 유사성을 갖는 적절한 근거로 추리해 내지 못하면 아무런 설득력 없는 글에 지나지 않게 된다. 여기서 설명하려는 대상은 사랑이고, 유추의 근거로 사용한 것이 얄미운 나비다. 일단 설명의 대상은 추상적인 관념이고, 근거는 구체적인 사물이라는 점에 유의해야 할 것이다. 유추는 눈에 보이지 않는 관념을 눈에 보이는 사물과 연관하여 설명하는 데 유용하다. 그러나 근거로 삼은 사물이 참신해야 한다는 점에 유의해야 한다.

잘 알려진 예문으로 "인생은 마라톤이다."라는 말이 있다. 이 문장을 보는 순간 대부분의 독자에게는 바로 떠오르는 생각이 있을 것이다. 인생에는 마라톤처럼 오르막과 내리막이 모두 있다거나, 인생에도 반환점 같은 것이 있다 등의 생각이 그것이다. 물론 그런 말도 틀리지는 않지만, 한눈에 유사성을 짐작하게 하는 사물을 근거로 하면 진부한 유추가 되고 만다.

다시 앞의 예문으로 돌아가자. 사랑과 얄미운 나비는 어떤 유사성으로 추리할 수 있을까. 꽃의 입장에서 나비의 속성을 생각해 보면 나비는 분명 얄미운 존재다.

나비가 날아와 꽃의 꿀을 빠는 과정에서 종자식물의 꽃가루가 나비에게 붙고, 다른 꽃으로 이동하여 꿀을 빨 때 그 꽃가루가 암술머리에 붙는 수분이 이루어지고, 새로운 씨앗이 만들어진다. 그런데 나비는 꽃이 원할 때 오는 것이 아니라 제 마음대로 왔다가 가 버린다는 점에서 얄밉다. 사랑도 그와 유사한 점이 있다. 나비와 같이, 자신이 원할 때 딱 맞추어 오는 경우가 드물다. 어느 순간에 문득 찾아오기도 하고, 또 그냥 떠나가기도 한다. 이러한 유추 과정에서 독자는 사랑에 대해 새롭게 생각해 볼 수 있게 되고, 나아가 이해의 폭을 넓히는 계기를 얻을 수도 있다.

(2) 연역적 방법(연역법)

연역적 방법은 일반적인 현상이나 사실에서 출발하여 개별적인 사실과 연계하며 논리를 전개하고 결론에 도달하는 추론 방식이다. 즉, 대전제와 소전제의 관련성을 설명하고 이로부터 하나의 결론을 얻는 방법으로, 대표적인 연역적 방법으로는 삼단논법이 있다.

다음 예시는 연역적 방법의 간단한 사례다.

> 대전제: 사람은 모두 죽는다.(일반적인 현상이나 사실)
>
> 소전제: 소크라테스는 사람이다.(개별적인 사실)
>
> 결   론: 따라서 소크라테스는 죽는다.

이 방법에서는 대전제가 결론을 이끄는 데 가장 중요한 역할을 하며, 결론은 전제 속에 이미 포함된 내용으로 도출된다. 위의 예시에서 '소크라테스는 죽는다'는 결론은 대전제와 소전제에 들어 있는 내용을 종합한 결과다. 따라서 연역적 방법은 새로운 지식이나 개념의 원리를 도출하는 것보다는 논리적 일관성과 체계성을 바탕으로 전제들에 포함된 정보 중 하나를 해명하는 데 더 유용하다. 예를 들어 일정한 법규나 제도가 통용하는 사회에서 법적 판단이 필요한 경우나 수학 분야에서 특정한 값을 구하는 경우 등에서 연역적 방법은 가장 적절한 추론 방법이다.

실제 글쓰기에서 연역적 방법을 사용할 때는 세 단계가 서로 긴밀하게 관련되어야 한다는 점이 중요하다. 다음은 연역적 방법으로 논리를 전개한 예이다.

> 대전제: 독점규제법은 자유롭고 공정한 경쟁을 촉진하고 자원 배분의 효율성 증대 내지 소비자 후생의 증진을 목적으로 한다.
> 소전제: 특정 사업체의 독점은 시장지배적 지위의 남용과 과도한 경제력의 집중을 유발하여 독점규제법의 목적에 반한다.
> 결　론: 그러므로 독점하는 사업체의 부당한 공동행위 및 불공정거래행위를 지속적으로 감시하고 규제해야 한다.

위에서 보듯 연역적 방법은 순서에 따라 하나의 논리 흐름으로 연결되는 것을 알 수 있다. 특히 문제 해결 방식의 논제를 다룰 때 생각을 명료하게 구성하기 쉬우므로 일반적으로 많이 사용되는 논리 전개 유형이기도 하다. 하지만 이처럼 추론의 단계를 모두 서술하면 자칫 글이 지루해질 수 있다는 점도 염두에 두어야 한다.

(3) 귀납적 방법(귀납법)

귀납적 방법은 연역적 방법과는 반대로 개별적인 현상이나 특수한 사실에서 출발하여 일반적인 결론을 도출해 내는 추론 방식이다. 이것은 원래 영국의 경험론에서 나온 철학적 방법론인데, 어떤 현상이나 사실에 대해 다양한 관찰과 실험을 하고, 이를 종합하여 보편적인 원리를 끌어내는 과정을 거친다.

다음 예시는 귀납적 방법의 간단한 사례다.

사실 1: 태평양의 바닷물은 짜다.

사실 2: 대서양의 바닷물은 짜다.

사실 3: 인도양의 바닷물은 짜다.

결 론: 따라서 세계의 모든 바닷물은 짜다.

이 추론 방법은 개별적인 사실이 일반적인 경우에도 동일하게 적용된다는 개연성에 의존하기 때문에, 연역적 방법처럼 논리적 필연성을 지니는 것은 아니다. 하지만 연역적 방법에 비해 새로운 지식이나 이론의 발견과 확장의 가능성을 높이는 추론 방법이며, 실험이나 통계 자료를 폭넓게 활용해야 하는 자연과학이나 사회과학 분야에서 흔히 사용된다.

실제 글쓰기에서 귀납적 방법을 사용할 때는, 명제를 몇 가지 관련되는 그룹으로 나누어 서술해야 한다는 점이 중요하다. 다음은 귀납적 방법으로 논리를 전개한 예이다.

사실 1: 전문인력으로 팀을 편성하면 효율적이다.

사실 2: 작업량을 적절하게 배분하면 효율적이다.

사실 3: 현장에 작업량을 정확하게 전달하면 효율적이다.

결 론: 따라서 효율성의 극대화를 위해서는 현장의 전문인력 팀에게 작업량을 정확하고 적절히 배분하는 시스템 마련이 필요하다.

위의 예시에서 보듯 귀납적 방법에는 유의할 점이 두 가지 있다. 우선 결론에 관한 여러 가지 생각이나 사실들을 분류하여 생각해야 한다는 것이다. 그리고 같이 분류된 것 중에서 적절한 것을 선별해야 한다는 점도 있다. 이 방법은 연역적 방법에 비해 지루하지 않게 효과적으로 전달이 가능하다는 것이 장점이다. 그러나 창의적인 사고 과정이 요구되므로 더욱 어려운 논증 방법이라는 점도 반드시 고려해야 한다.

1. 다음의 주제 중 하나를 골라 독자를 설득하는 글을 써 보자.

- 우리 사회의 세대 갈등을 해결하는 방법
- 내가 생각하는 좋은 직업의 의미

_____

_____

_____

_____

_____

_____

2. 다음 예문에서 사용된 추론 방식을 각각 찾아보자.

① 성적장학금을 받은 대학생 100명을 대상으로 설문 조사를 했더니, 모두 연애와 결혼에 관심이 없다고 답했다. 따라서 성적이 우수한 학생은 모두 독신주의자이다.
(   )

② 강아지 뽀삐에게 커피 섞은 사료를 먹였더니 변비가 개선되었다. 그래서 변비가 심한 고양이 키티에게도 커피를 먹이기로 했다.
(   )

③ 모든 크레타 사람은 거짓말쟁이이다. 그런데 이 말을 하는 나는 크레타 사람이다. 따라서 나는 거짓말쟁이이다.
(   )

3. 다음 예문은 조선 시대 전래 설화인 '오성과 한음'의 일부를 각색한 것이다. 예문을 읽고 오성과 한음이 사용한 유추 방식을 설명해 보자.

> "대감님, 지금 이 팔이 누구 팔입니까?"
> "그야 네 팔이지, 누구 팔이겠느냐?"
> "어째서 그렇습니까? 지금 이 팔은 방 안에 들어가 있지 않습니까?"
> "아무리 방 안에 들어와 있다 해도, 그건 너의 몸에 붙었으니까 너의 팔이지."
>
> 권 판서는 어처구니가 없었지만, 오성의 당돌한 질문에 호기심을 느꼈다.
>
> "그렇다면 한 말씀 여쭙겠습니다. 저 담 너머에서 뻗어 나온 감나무 가지는 누구네 것입니까?"
> "음……. 그야 너희 것이지."
> "그렇다면 왜 대감 댁 하인들이 저희 하인들에게 감을 못 따게 합니까?"
>
> 오성은 정중하게 항의했다. 이미 오성이 따지는 이유를 알아챈 권 판서는 웃음이 나왔으나 짐짓 내색하지 않고 대답했다.
>
> "그런 일이 있었더냐? 하인들의 일이라 나는 잘 몰랐구나."
>
> 그러나 이번에는 옆에 있던 한음이 나서며 또 여쭈었다.
>
> "저는 항복의 친구 덕형이옵니다. 저도 한 말씀 여쭙겠습니다. 대감님의 손이 무엇을 잘못했으면, 그것은 손이 한 일이지 대감님이 한 일이 아니라고 하겠습니까?"

① 오성 이항복의 유추(대상: 오성의 팔과 감나무 가지)

② 한음 이덕형의 유추(대상: 권 대감의 손과 권 대감의 하인)

2부

PBL을 활용한
말하기와 글쓰기

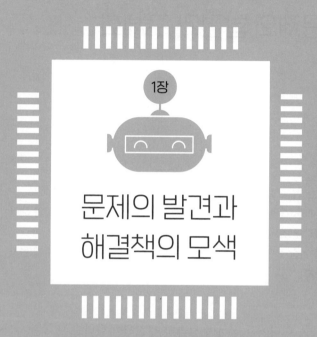

1장

문제의 발견과
해결책의 모색

이 장에서는 팀 프로젝트를 통한 문제의 발견과 해결 과정을 다룬다. 개인적으로 관심 있는 문제에 대해 조사하고 탐구하는 것도 가능하지만, 문제 해결 과정에서 타인과 협업할 때 더욱 창의적인 아이디어를 만들어 낼 수 있을 것이다. 소그룹을 만들어 팀원들과 함께 우리의 삶에 영향을 미치는 다양한 요소를 감안하고, 이 중 가장 문제적인 사안이라 생각하는 것을 이야기해 보자. 이후 문제와 관련된 자료를 수집하고 분석하는 과정을 거쳐 함께 대안도 도출해 보자. 많은 학생들이 팀 작업을 선호하지 않지만 문제를 함께 생각하고 그 해결 방안을 고민하는 경험 속에서 팀 작업의 묘미를 느끼게 될 것이다.

문제의 발견과 구체화

- 요즘 SNS상에서 가장 논란이 되는 사안을 찾아보고 논란이 되는 이유와 해결 가능성을 생각해 보자.
- 현재 자신을 가장 불편하게 하는 문제를 떠올려 보고 어떻게 해결할 수 있을지 이야기해 보자.

일상생활 속에서, 또는 미디어를 접하며 시급히 해결해야 한다고 느끼는 사안이 있을 것이다. 혹은 전공 공부를 하면서 좀 더 진지하게 탐구해야겠다고 생각하는 문제가 있을 것이다. 그렇다면, 최근에 본인이 관심을 가지고 있는 문제나 사안은 무엇인가.

이 단원에서는 문제 경험을 토대로 하는 PBL(Problem Based Learning, 문제 기반 학습) 수업을 진행한다. 여기서 'P'는 문제를 의미하는 Problem, 또는 연구나 사업 계획을 지칭하는 Project를 가리킨다. 우리 대학에서 PBL은 "학생들이 팀을 이루어 문제 경험(문제 설정, 가설 수립, 가설 검토를 위한 자료 수집, 자료 분석, 자료 종합, 그리고 문제 해결로 이어지는 일련의 과정)을 토대로 학습 내용과 사고 기능을 습득하는 교수 학습 방법"을 의미한다. PBL은 1960년대 캐나다의 의과대학 교수들이 기존의 암기 위주의 교육을 탈피하려는 과정에서 개발한 교수법이다.

프로젝트 수업의 방향성을 설계한 존 라머에 따르면, PBL은 다음과 같은 특징을 지닌다. 첫 번째, 주어진 문제들은 실생활에서 겪는 문제 유형과 흡사하여 명백한 답이나 해결 절차가 없다. 두 번째, 소그룹을 구성해 구성원들이 협력해 문제를 해결한다. 이 과정에서 구성원은 학습하는 방법뿐만 아니라 협력하는 방법도 배운다. 세 번째, 학생은 동료, 담당 교수와 함께 학습 과정 전체를 성찰하고, 서로의 생각을 공유하게 된다(존 라머 외, 2017, 31~33쪽).

이를 통해 확인할 수 있는 PBL 수업의 조건은 다음과 같다. 첫째, 문제에 대한 명확한 해답이 없다. 둘째, 수업 중 구성원 사이의 협력 과정을 중요하게 간주한다. 셋째, 동료 및 담당 교수와 함께 학습 과정 전반에 대한 다각적인 피드백을 진행한다. 앞서 우리는 말과 글의 윤리, 바른 언어 습관을 통해 참고문헌과 각주 달기, 한글맞춤법 등을 습득했다. PBL 수업은 이러한 이론 중심 수업과 변별된다. 전자의 경우 정답이 있고, 교수는 주어진 시간에 학생들에게 관련 지식을 전수하는 것을 목표로 한다. 후자의 경우 수업의 주체는 학생이 되며, 교수의 역할은 수업에 대략의 방향성을 제시한 뒤 학생들의 활동이 이루어지도록 돕는 조력자로 제한된다.

이상의 규정을 토대로, 말하기와 글쓰기 수업에서 PBL은 문제 기반 학습과 프로젝트 기반 학습을 동시에 의미한다. 학생들은 소그룹을 구성하여 실생활의 문제 해결, 디자인 챌린지, 조사 연구, 시사적 쟁점에 대한 입장을 취하는 다양한 프로젝트를 진행할 수 있다. PBL 수업은 팀별로 관심 있는 사안을 확정해 자료 조사 과정에서 팀별로 대안(방향성, 해결책)을 찾고, 프레젠테이션을 진행한 뒤 개인별, 팀별 평가를 진행하는 일련의 과정을 포함한다. 이를 정리하면 다음과 같다.

문제 설정	가설 설정	자료 수집, 취사 선택	발표 자료 작성	프레젠테이션	상호 피드백

〈PBL 수업의 진행 절차〉

1) 문제 설정하기

프로젝트를 시작할 때는 먼저 어떤 문제에 대한 프로젝트를 진행할지 선정하는 절차가 필요하다. 말과 글은 무엇에 대해 말할 것인가, 무엇에 대해 쓸 것인가를 지정하는 것에서부터 출발한다. 팀 작업을 할 때 개인적으로 프로젝트를 진행하는 것보다 유리한 점은 문제 설정 과정에서 동료와 논의하며 다각도로 고민할 수 있다는 점이다. 이제 어떤 문제에 대해 어떠한 방향으로 프로젝트를 진행할지 고민해 보자.

일상생활 속 문제와 관련한 프로젝트를 진행한다면 'ChatGPT가 가져온 편리함과 폐해', '지역 상권의 붕괴', '교내 흡연자와 비흡연자의 갈등', 'SNS를 파고드는 악성 댓글' 등 최근 미디어에서 자주 거론되는 문제들을 고려해 볼 수 있을 것이다.

다음으로 실질적인 결과물을 산출하는 설계 프로젝트를 진행한다면 '대학생의 역사의식 확립을 위한 포스터 제작', '우리 지역의 알려지지 않은 맛집 홍보 방송 제작', '한경국립대학교의 정체성을 보여 주는 상품 제작 및 홍보' 등도 생각할 수 있다. 이는 실생활의 문제의식(예: 우리 지역의 정체성을 보여 주는 가게들이 위기를 겪고 있다)을 토대로 실질적인 해결 방안(예: 우리 지역의 알려지지 않은 맛집을 유튜브에 홍보한다)까지 모색한다는 점에서, 더 심화된 프로젝트라고 볼 수 있다.

경우에 따라서는 정밀한 자료 수집과 조사를 통해 진행해야 하는 프로젝트도 있다. '대학 내 자율전공제 확대의 의의와 한계', '무장애(배리어프리) 문화 체험을 위한 제도적 해결 방안', 'AI가 주도하는 면접의 방향성' 등 해당 분야에 대한 전문적 지식이 필요할 때는 인터넷 검색을 넘어 관련 논문이나 저서 등을 폭넓게 검토해야 한다. 명확하게 구분하기는 어렵지만, 학생들이 진행할 수 있는 프로젝트의 방향을 제시하면 다음과 같다.

팀 프로젝트의 방향	• 실생활과 관련된 문제의 해결안 제시
	• 유형, 무형의 결과물을 산출하는 설계
	• 자료 수집, 분석에 입각한 연구

〈팀 프로젝트의 여러 방향〉

다음은 학생들이 팀을 이루어 프로젝트의 방향성을 논의하고 산출한 결과물이다.

사례 ①은 안성시 1인 가구 증가와 관련해 안성시 지원책의 문제점을 지적하고, 해결 방안을 모색하기 위해 제작한 포스터다. 해당 팀은 포스터 안에 QR코드를 삽입해 시민들의 관심을 고취하고, 안성시 1인 가구 증가와 관련한 문제점을 각인시키려 했다. 또 포스터에는 가급적 문구를 줄이고 주요 키워드를 부각하는 방식을 택했다. ②는 디지털 성범죄에 대해 대중의 경각심을 고취하는 것을 목표로 진행한 프로젝트의 결과물이다. 해당 팀은 사안의 심각성을 환기하는 과정에서 디지털 성범죄 근절을 위한 캠페인이 시급하다고 파악하여 카드 뉴스를 제작했다. 이상의 사례는 실생활과 관련된 문제를 해결하는 과정에서 학생들이 만들어 낸 결과물로, 학생이 주도하는 PBL 수업의 취지를 잘 살린 사례이다.

〈학생 팀 프로젝트 결과물 ①-안성시 1인 가구 지원책 관련 포스터〉

〈학생 팀 프로젝트 결과물 ②-디지털 성범죄 근절을 위한 카드뉴스〉

　팀 프로젝트의 방향이 언제나 명확히 구분되는 것은 아니다. 실생활과 관련된 문제라도 얼마든지 자료 조사를 심화할 수 있으며, 어떠한 사안이라도 방향성만 제시하는 것을 넘어 유무형의 결과물을 함께 제출할 수 있다. 다만 프로젝트의 방향을 고민하는 과정에서 팀의 궁극적 목표에 대해 논의하는 과정은 필요하다.

　이와 함께 문제를 설정할 때 염두에 두어야 할 것은 무엇에 대한 프로젝트를 진행할 것인지이다. 일반적으로는 해당 사안에 대한 흥미성과 시의성, 구체성 등을 고민하게 된다. 구성원들은 이런 요건을 함께 고려하여 수용자(독자, 청중, 관객, 시청자 등)의 눈높이에 맞춰 문제를 정하는 것이 좋다.

　흥미성은 수용자의 관심사를 고려하는 것이다. 해당 팀은 구성원이 관심 있는 사안과 함께 예상되는 수용자가 관심을 갖고 있을 만한 사안을 함께 고려해야 한다. 이 과정에서 구성원 간 논의가 필요하다.

　다음으로 시의성을 감안할 수 있다. 시의성은 해당 문제가 동시대인의 관심사와 결부되어 있는지를 기준으로 판단한다. 이미 종결된 사안을 지금 논의하는 것은 큰 의미가 없다. 팀에서 설정한 문제가 시의성을 지니고 있는지 확인하려면 최근 뉴스와 SNS 등을 검색해 보자. 과거에 종결된 사안이라도 현재의 이슈와 관련이 된다면 지금 시점에서 다시 논의할 수도 있다. 예를 들어 '대형마트 의무 휴업'은 2012년에 신설된 조항이며 이미 법안으로 상정되어 있지만, 최근 '대형마트 새벽

배송'과 관련한 형평성 논란이 제기되고 있다는 점에서 다시금 이야기할 수 있는 사안이다. 이는 학생들이 실생활에서 느끼는 불편함과도 관련되는 문제이므로, 지금 시점에서 함께 해결 방안을 모색해 볼 수 있다.

　마지막으로 구체성을 고려해야 한다. 팀 작업을 진행할 때 염두에 두어야 할 것은 현실적인 여건(시간, 인력 등)을 고려하여 실질적인 연구 결과를 제시할 수 있는 사안을 문제로 설정했느냐이다. 실례로 출생률 저하의 해결 방안, 한국 사회의 세대 갈등, 대한민국의 입시 제도, 남북 관계의 방향, 한미(韓美) 관계 등은 전문가가 단행본 한 권 분량으로도 논의하기 힘든 사안이다. 그러므로 현실적 수준에서 접근할 수 있으면서 구체적인 문제를 선택하도록 한다. '한국의 부동산 문제'보다는 '오늘날 대한민국의 20~30대가 소액 부동산으로 눈을 돌린 이유'를 논의하는 것이 더 현실적이며, 거대한 정치·사회 문제가 아니라 일상생활에서 느끼는 불편함을 문제 설정의 첫 단계로 두는 것도 충분히 의미가 있다. 예를 들어 대학 내 도서관에서 검색을 할 때, 확인한 위치에 찾으려는 책이 놓여 있지 않은 경우가 반복된다면 왜 이런 문제가 발생하며, 해결 방법은 무엇인지 모색하는 것 역시 충분히 의미 있는 작업이 될 수 있다.

2) 문제의식의 심화

　문제를 정했다면 이제 문제를 심화시켜 나가는 작업을 진행한다. 이때 시나리오를 작성해 보면서 문제의식을 심화시킬 수 있다. 문제 시나리오에는 문제에 대한 현황, 문제의 핵심, 프로젝트의 목적과 기대 효과 등을 적어 나가고, 시나리오 작성 과정에서 교수자와 협의히여 재정리할 수 있다. 시나리오 작성 시 유의할 점은 문제에 대한 현황을 비롯해 해당 사안이 왜 문제인지 설명해야 하고, 프로젝트의 정확한 목적과 함께 이 프로젝트를 수행했을 때 기대되는 효과 및 결과물의 활용 방안까지 서술해야 한다는 점이다.

또한 문제와 관련해 해당 팀의 생각(Ideas)과 객관적인 사실(Facts), 문제 해결책을 도출하는 과정에서 학습해야 할 학습 과제(Learning Issues), 마지막으로 팀 내 구성원의 역할과 관련한 실천 계획(Action Plans)을 구분하여 정리하면서 문제의식을 구체화해 나가는 것이 가능하다. 이때 주의할 점은 가설이나 추측에 기반한 '생각'과 구체적인 수치 및 사례를 통한 '사실'을 구분하여 적어야 한다는 점이다.

아래는 대체 빨대 사용 문제와 관련해 한 팀이 서술한 문제 개발지다.

문제 개발지

학습 목표	팀을 구성하여 학과, 학생 자치집단, 학교, 지역 사회 등 자신을 둘러싼 공동체에 대한 문제의식을 교환한다.
문제 시나리오	〈문제: 플라스틱 빨대 금지와 대체 빨대 사용 문제〉 오는 11월 24일부터 모든 카페 매장에서 일회용 플라스틱 빨대 및 폴리에틸렌 등으로 코팅된 종이 빨대의 사용이 전면 금지된다. 하지만 이러한 정부 지침이 발의되는 과정에서 소비자와 소상공인들의 불편이 접수되고 있다. 먼저 소비자는 종이 빨대의 편의성에 대해 가장 많이 불만을 쏟고 있다. 펄프 종이 빨대의 경우, 음료의 맛에 큰 영향을 주며, 금방 물에 불어서 휘어진다는 단점이 있다. 소상공인들은 정부가 플라스틱 빨대의 대체재를 지정하지 않고 무작정 대책을 시행한다는 의견을 보이기도 했다. 카페 사장들은 시장에 다양하게 나와 있는 대체 빨대들 중 어떤 제품을 사용해야 하는지도 고민이라고 한다. 또한, 가장 보편적으로 사용되는 100% 펄프 종이 빨대는 내구성이 좋지 않아 기존의 플라스틱 빨대보다 많은 양을 사용하게 되기도 한다는 효용성 문제도 있다. 이 같은 점을 감안해 대체 빨대의 활용 방안에 대해 이야기하려 한다.

- 생각(Ideas): 문제의 원인, 결과, 가능한 해결안에 관한 학습자의 가설이나 추측 검토
- 사실(Facts): 문제에 제시된 사실과 학습자가 알고 있는 문제 해결과 관련된 사실 확인
- 학습 과제(Learning Issues): 문제를 해결하기 위해 학습해야 할 필요가 있는 학습 내용을 선정
- 실천 계획(Action Plans): 문제를 해결하기 위해 학습자가 이후에 해야 할 일 또는 실천 계획

생각 (Ideas)	• 종이 빨대가 플라스틱 빨대를 완전히 대체하기는 어려울 것이다. • 대체재 제시 없이 대책을 진행하면 사업주들에게 혼란을 일으킬 것이다. • 시장에 너무 다양한 빨대가 판매되고 있어, 사업주들과 시민들의 선택에 어려움이 있을 것이다.
사실 (Facts)	• 현재 종이 빨대를 사용해 본 소비자들의 불만이 높아지고 있다. • 플라스틱 빨대를 종이 빨대로 완전히 대체하기엔 아직 준비가 되지 않았다. • 종이 빨대가 항상 플라스틱 빨대보다 친환경적이라고 보기엔 어렵다.
학습 과제 (Learning Issues)	• 대체 빨대의 종류와 시장 조사 필요 • 현재 카페들은 어떤 종류의 빨대를 사용하고 있는지 조사 필요
실천 계획 (Action Plans)	• 강○○-정책 조사 및 분석, 소개 글 쓰기 • 김○○-대체 빨대의 특징 및 장단점 조사, 인터넷 리뷰와 단가 조사 • 박○○-종이 빨대의 단점 조사(맛, 향, 내구성, 환경 부담 중심으로) • 송○○-PPT 자료 및 정보 포스터 제작, 대체 빨대들의 실사용 의견 제공 • 이○○-발표, 기타 추가 자료 및 대체 빨대에 대한 여론조사

해당 팀은 2022년 환경 보호 차원에서 진행된 정부의 플라스틱 빨대 금지와 관련해 정부 지침이 소비자 및 점주에게 주는 피해를 논의한다. 다만 이 정책의 문제를 지적하기보다는, 대체 빨대의 필요성은 인지하며 환경 보호 차원에서 기존에 사용되던 종이 빨대 대신 어떤 친환경 빨대가 존재하고 이를 활용할 수 있는 방안이 무엇인지 알아보고 있다. 이 과정에서 선정한 문제와 관련한 현황, 문제의 핵심을 비롯해 프로젝트의 목적과 기대 효과를 서술한다. 또한 문제와 관련한 생각, 사실, 학습 과제, 실천 계획 등을 세분화하여 논의하며 문제의식을 심화해 가고 있다.

1. 팀 구성원들과 함께 각자 관심 있는 사안에 대해 이야기해 보자. 이 중 흥미성, 시의성, 구체성을 감안하여 탐구할 문제를 선정하자.

구성원	관심 있는 사안

탐구할 문제:

2. 위에서 선정한 문제를 기반으로 다음 문제 개발지를 작성해 보자.

문제 개발지	
학습 목표	
문제 시나리오	

- 생각(Ideas): 문제의 원인, 결과, 가능한 해결안에 관한 학습자의 가설이나 추측 검토
- 사실(Facts): 문제에 제시된 사실과 학습자가 알고 있는 문제 해결과 관련된 사실 확인
- 학습 과제(Learning Issues): 문제를 해결하기 위해 학습해야 할 학습 내용을 선정
- 실천 계획(Action Plans): 문제를 해결하기 위해 학습자가 이후에 해야 할 일 또는 실천 계획

생각 (Ideas)	
사실 (Facts)	
학습 과제 (Learning Issues)	
실천 계획 (Action Plans)	

자료 수집과 대안 찾기

학습 목표

- 평소 자료를 어디에서 수집하는지 이야기해 보고 신뢰할 수 있는 자료를 찾는 방법을 알아보자.
- 수집한 정보와 자료를 토대로 문제에 대한 해결 방향을 찾아보자.
- 팀에서 찾은 해결책의 실효성에 대해 생각해 보자.

1) 자료 수집하기

문제의식을 심화하는 데까지 마쳤다면, 이제 도출된 주제문을 토대로 자료 수집을 시작한다. 자료는 대개 1차 자료와 2차 자료로 구분된다. 1차 자료는 연구 대상이 되는 자료다. 팀에서 발견한 문제가 자연 현상을 관찰하거나 실험하는 것에 해당할 경우, 자연 현상이나 실험이 1차 자료가 된다. 또한 문제가 책이나 영화 또는 사회 현상과 관련될 경우, 책이나 영화 텍스트, 해당 사회 현상 자체가 1차 자료가 된다. 2차 자료는 1차 자료를 분석, 평가, 해석하기 위해 활용하는 자료이다. 여기에는 학위 논문, 학술지에 수록된 논문, 저서, 인터넷 문서, 신문이나 잡지 기사, 네티즌 댓글 등 모든 범주의 글이 포함된다. 예를 들어 '우리 대학의 기숙사 이용 양상'을 문제로 설정했다면 1차 자료는 학내 기숙사 이용 방식이 되고, 2차 자료는

1차 자료와 관련한 설문 조사, 인터뷰, 다른 대학 기숙사 이용 실태 등이 된다.

발표 준비에 필요한 2차 자료에는 여러 가지 유형이 있다. 먼저 사전을 활용할 수 있다. 백과사전은 특정 분야나 주제에 대한 기초 지식을 구하고자 할 때 필요하다. 각종 어학사전을 비롯해 주제별 사전, 인명사전, 용어사전 등을 잘 활용하면 개념과 역사를 정리하는 데 큰 도움이 된다. 최근에는 인터넷으로 각종 사전의 내용을 검색할 수 있는 만큼, 대학 도서관이나 각종 포털사이트에서 제공하는 사전 목록을 확인하는 것이 좋다. 염두에 둘 점은 1부 3장에서 배운 것처럼, 인터넷 사전을 활용할 때도 출처를 정확히 명시해야 한다는 것이다.

다음으로 통계 자료에서 근거를 찾을 수 있다. 통계란 어떠한 현상을 알아보기 쉽게 일정한 체계에 따라 숫자로 나타낸 자료다. 해결하려는 문제, 곧 발표의 키워드와 관련한 각종 기사나 논문에 수록된 통계 자료를 활용하는 것뿐 아니라 국가통계포털사이트(kosis.kr)에 접속하여 관련 통계를 직접 찾아볼 수 있다.

뉴스 기사 역시 중요하게 참고할 수 있는 자료이다. 뉴스의 경우 시의성을 담보로 한다는 점에서 해당 문제와 관련한 가장 최근의 소식을 전달한다. 선정한 문제와 관련해 다양한 매체가 전달하는 최신 뉴스와 주로 신문이나 잡지에 실리는 칼럼을 검색하여, 필요한 자료를 취사선택하자. 칼럼은 보통 개인적 의견이나 언론사의 입장을 대변하지만, 문제에 대한 심도 있는 견해를 확인할 수 있으므로 참고할 만하다.

단행본과 논문도 자주 활용하는 2차 자료이다. 학위 논문은 한국교육학술정보원에서 운영하는 데이터베이스인 KERIS(http://riss.kr/index.do#null)에서, 국내 학술지에 실린 논문은 한국연구재단이 운영하는 한국학술지인용색인(https://www.kci.go.kr/kciportal/main.kci)에서 확인할 수 있다. 두 서비스를 통해 찾을 수 없는 자료는 다른 온라인 데이터베이스에서 찾도록 한다. 각 대학 도서관은 재학생들을 위해 무료로 온라인 데이터베이스를 이용할 수 있는 혜택을 제공한다. 한경국립대학교 재학생도 도서관 홈페이지에서 로그인만 하면 무료로 각종 데이터베이스를 이용할 수 있다.

다음은 한경국립대학교 도서관 홈페이지에서 활용한 자료 검색의 예다. 절차를 확인하고, 제기하고 싶은 문제와 관련해 자료를 취사선택하는 과정에 활용하도록 하자.

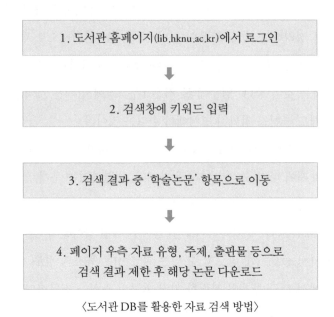

1. 도서관 홈페이지(lib.hknu.ac.kr)에서 로그인

2. 검색창에 키워드 입력

3. 검색 결과 중 '학술논문' 항목으로 이동

4. 페이지 우측 자료 유형, 주제, 출판물 등으로 검색 결과 제한 후 해당 논문 다운로드

〈도서관 DB를 활용한 자료 검색 방법〉

사전, 통계 자료, 단행본과 논문 외에 인터뷰나 설문 조사도 중요한 2차 자료로 활용될 수 있다. 예를 들어 '유튜브 댓글 규제 강화의 필요성'에 대해 논의한다면, 세대와 성별 등으로 구분하여 설문 조사를 진행할 수 있다. 특히 최근에는 '구글 폼' 등을 이용하여 손쉽게 많은 인원을 대상으로 설문 조사를 시행할 수 있다. 인터뷰 역시 중요한 근거 자료가 된다. '우리 대학 학생들의 기숙사 이용 실태와 개선 방안'에 대한 연구를 진행한다면, 선후배나 동기 인터뷰가 중요한 자료가 될 것이다. 웹 콘텐츠, 게임, 영화 등에 대해 논의한다면 각각 관련 댓글과 이용자 및 관객 반응이 2차 자료가 된다. 염두에 둘 점은 설문 조사와 인터뷰 시에는 객관적 태도를 지켜야 하고, 조사 과정과 결과를 명시해야 한다는 점이다.

최근에는 ChatGPT를 활용하는 일도 늘고 있다. 이 책 1부 2장에서 인공지능을 활용한 글쓰기에 대해 소개했다. ChatGPT는 짧은 시간 안에 다량의 정보를 체계적으로 정리해 보여 주며, 유료 버전에서는 텍스트로 이미지를 생성하거나 이미지 분석까지 진행하는 등 역할이 확대되고 있다. 그러나 현재 상태에서 인공지능 프로그램이 제공하는 정보는 정확하지 않기 때문에 재검토가 필요하며, 사안이나 텍스트를 분석하기보다는 여러 정보를 조합해 체계적으로 정리하는 단계에 머물고 있다. 그렇기 때문에 ChatGPT를 비롯한 인공지능 프로그램이 제공하는 정보를 참조하더라도, 해당 내용이 정확한지 반드시 검토한 후 자신의 관점과 분석 안에서 제한적으로 활용해야 한다.

이처럼 다양한 2차 자료를 활용해 연구팀의 입장이 더 높은 설득력을 지닐 수 있도록 하자. 2차 자료는 프로젝트의 결과물을 설득력 있게 만드는 데 중요한 역할을 할 것이다.

2) 자료 취사선택하기

수집한 자료를 모두 활용하는 것은 불가능하다. 자료 수집을 마쳤다면, 이제 그 자료를 취사선택하는 과정을 거쳐야 한다. 이때는 문제와의 상관성, 자료의 공신력 등을 감안해야 한다.

자료 선택의 첫 번째 기준은 해당 문제와 면밀한 관련이 있는지 아닌지의 여부이다. 해당 팀이 '오늘날 대학생의 건강관리 방향'에 대해 탐구한다면, 자료 검색 시 '대학생', '여가', '건강', '운동' 등의 키워드를 넣고, 설문 조사나 인터뷰 등을 진행할 수 있다. 이때 같은 키워드를 공유하더라도 대학생의 학업 성취도나 1960년대 대학생의 레저 문화는 팀에서 연구하는 문제와 별다른 상관성이 없다. 데이터베이스에 접속하여 검색창에 발표와 관련된 키워드를 넣으면 여러 연구 결과를 확인할 수 있다. 그러므로 검색 결과가 너무 많을 때는 추가 키워드를 입력하거나 발표 시점, 인기순 및 학문 분야 등으로 검색 조건을 한정하여 필요한 결과만 수집하도록 한다.

다음 선택 기준은 자료를 신뢰할 수 있느냐는 것이다. 일반적으로 백과사전이나 통계청 제공 자료 및 저자의 이름과 소속을 명시한 단행본, 저서 등은 신뢰성을 가질 수 있다. 반면 특정 포털사이트 내 지식인 서비스의 경우, 불확실한 정보가 난무하며 광고로 점철된 경우가 많기 때문에 공신력을 가질 수 없다. 학생들이 많이 이용하는 '나무위키(namu.wiki)'의 경우 업데이트가 빠르고 네티즌이 함께하면서 개념을 규정하고 이에 대해 평가해 나간다는 점에서 의미가 있다. 그러나 비전문가가 제공하는 정보는 주관적인 부분이 많으므로 반드시 다시 확인해야만 한다. 그러므로 이를 참조할 수는 있지만 맹신하는 것은 적절하지 않다.

앞에서 댓글이나 관객 반응도 2차 자료로 활용할 수 있다고 했다. 문제의 성격에 따라서는 베스트 댓글이나 실제 관람자 반응을 참고할 수 있다. 그러나 이 경우에도 다른 2차 자료와 함께 비교해 보면서 신빙성 있는 근거로 삼을 수 있는지 등을 면밀히 검토한 뒤에 사용하도록 한다.

수집한 자료를 모두 사용하는 것은 불가능하다. 자료를 조사하는 이유는 연구팀의 주장, 입장을 뒷받침하기 위해서이다. 자료를 나열할 경우 설명문에 가까워지고, 연구팀의 입장도 불명확해진다. 따라서 주제와 주제문을 명확하게 설정하고, 자료 취택 단계에서는 이와 밀접하게 관련이 있으며 공신력 있는 자료를 주로 사용하도록 하자. 특히 자료를 사용할 때는 이를 그대로 가져오는 것이 아니라, 반드시 본인들의 용어로 재정리하는 작업이 필요하다는 것을 잊지 말자. 1부 3장에서 배운 것처럼, 다른 사람의 말이나 글을 그대로 가져올 때는 반드시 직접 인용을 해야 한다.

3) 현실적인 대안 찾기

문제의식을 심화하고 자료 조사까지 마쳤다면, 이제 대안을 모색하는 작업을 진행해야 한다. 앞에서 현실적인 여건을 고려하여 결과를 제시할 수 있는 구체적 사안을 문제로 선정하는 것이 좋다고 설명했다. 지구 온난화나 북핵 문제처럼 전문가도 대안을 제시하기 어려운 사안을 선택하는 것은 좋은 출발점이 될 수 없으며, 결과적으로 연구팀만의 대안을 찾는 것도 쉽지 않다.

대학생인 여러분이 문제에 대한 완벽한 대안을 제시할 필요는 없다. 법적 조항을 면밀히 검토하고 다양한 사례를 모두 확인하면 좋겠지만, 현실적인 여건이 뒷받침되지 않을 것이다. 그러므로 대학생의 수준에서, 실현 가능해 보이는 대안을 제시하는 것만으로도 충분하다. 결과물을 산출하는 프로젝트를 진행할 때도 완벽한 행사 기획이나 포스터, 영상물을 제시하지 않아도 무방하다.

이 수업에서 진행하는 프로젝트는 동료들과 협력해 보다 나은 방향성을 모색하고자 한다. 그러므로 다양한 자료를 근거로 활용하여 현실적인 대안이나 방향성을 찾아보도록 하자. 예를 들어 '대학 내 흡연자와 비흡연자의 갈등'을 문제로 삼았다면, 다른 대학의 사례를 조사해 우리 대학의 상황에 맞게 재조정할 수 있다. '책을 읽지 않는 대학생'을 문제로 설정했다면 학생들의 의견을 조사하고 학교, 교내 도서관 차원에서 책 읽기를 독려할 만한 방향을 생각해 볼 수도 있다. 사회적 약자를 배제하는 '노키즈존'의 문제점과 해결 방안을 문제로 삼았다면, 이용자 가족 입장과 가게 업주의 입장을 모두 고려하여 대안을 모색해 봐야 할 것이다.

1부 5장 '체계적인 사고'에서 개요 작성에 대해 배웠다. 연구팀이 제시한 해결책 및 방향성은 본론의 핵심 내용으로 개요에 삽입된다. 아래 예시를 살펴보고 문제 해결식 구조의 특징을 확인해 보자.

개요 예시 1

문제: 노키즈존의 문제와 대안

1. 들어가며
   1.1. 노키즈존의 정의
   1.2. 노키즈존에 대한 찬반 입장
2. 노키즈존의 문제점
   2.1. 공공장소에서의 예절 학습 기회 차단
   2.2. 부모와 아이가 함께하는 공간 축소
   2.3. 사회적 약자에 대한 배제의 정당화
3. 노키즈존의 해결 방안
   3.1. '노키즈 타임' 제도의 활용
   3.2. 공익 광고를 통한 인식 개선
4. 나가며
참고문헌

개요 예시 2

문제: 안성 재래시장의 활성화

1. 서론: 안성 재래시장의 현재
2. 안성 재래시장 활성화를 위한 제안
   2.1. 수요 조사를 바탕으로 한 시설과 경영의 현대화
   2.2. 대학생이 참여하는 SNS 판촉 활동
   2.3. 지역 특산 상품의 할인을 통한 온라인 홍보 효과
   2.4. 안성 테마 축제와의 연계
3. 결론
참고문헌

〈문제 해결형 개요의 예시〉

해결책과 대안을 모색할 때 유의할 점은 그 대안의 실효성일 것이다. 그러므로 연구팀이 제안한 대안이 현실적이고 실효성 있게 보이도록, 즉 산출한 결과물이 의미 있게 보일 수 있도록 청중·독자를 설득해야 한다. 이때 2차 자료를 근거로 활용할 수 있으며, 대안을 찾아가는 과정에서 그룹 내 토의와 구성원 간 협력이 필수적이라는 것을 잊지 않도록 하자.

1. 팀에서 선정한 문제에 대한 자료를 어떻게 확보할 것인지 논의해 보자.

	자료의 성격	자료의 출처
문제:	사전	- -
	통계	- -
	기사	- -
	논문	- -
	책	- -
	인공지능 검색 시스템	- -
	설문 조사	
	기타	

2. **팀 프로젝트 진행 과정을 아래 보고서 양식에 기록하고, 매 수업 시간의 논의 사항과 다음 수업 시 논의 사항을 정리해 보자.**

팀 활동 보고서				

문제명				
팀명		날짜		
참석자				
회의 목표				

미팅 개요	일시			
	참석자			
	본 미팅의 주요 활동			
진행 사항	구분	활동 내용		조치 사항
	이번 미팅에서 한 일			
	논의 사항			
추후 계획	구분	활동 내용	역할 분담	추진 일정
	다음 미팅에서 해야 할 일			
	기타			
피드백	교수님의 피드백 사항			

팀 프로젝트와
협력적 의사소통

이 장에서는 문제 해결 과정에서 프레젠테이션 자료를 만들고, 이를 효과적으로 청중들 앞에서 발표하는 방법을 배운다. 이어 연구팀에서 다루는 문제에 대해 청중과 생산적인 토의를 진행한 후, 마지막으로 서로 피드백하는 절차까지를 논의할 것이다. 즉 자료 준비 및 작성에서 멈추지 않고 현장에서 프레젠테이션을 진행하고 교수와 학생, 학생과 학생 간 피드백을 진행하면서 청중 앞에서 설득력 있게 말하는 방법을 습득하도록 한다. 이후 담당 교수와 동료들의 피드백을 수렴하는 과정을 거치다 보면 다음에는 더욱 향상된 실력으로 프레젠테이션을 진행할 수 있을 것이다.

프레젠테이션 자료 구성

학창 시절에 오프라인 혹은 온라인으로 소위 '명강사'라 불리는 이들의 강의를 들어 본 적이 있을 것이다. 그들의 스피치가 갖는 특징이 무엇이었는지 생각해 보자. 우선 발표 태도를 생각해 보면, 명강사라는 이들은 자신이 하는 이야기에 강한 확신을 가지고 있고, 때로는 약간의 연기력을 발휘하여 청중이 몰입할 수 있는 여건을 만든다. 내용 면에서는 청중이 듣고 싶어 하는 핵심을 정확하게 설명하고, 발표에 일정한 흐름이 있으며, 듣는 이들이 공감할 만한 에피소드를 예시로 든다. 이에 더해 핵심 내용을 집약해 청중의 주목도를 높이는 시각 자료를 동원하는 경우도 있다.

이 장에서는 프레젠테이션 자료를 구성하는 방법을 습득해 보자. 문제의식의 심화와 자료 조사, 해결책 도출까지 마쳤다면, 이제 그 내용을 바탕으로 프레젠테이션 자료를 제작해야 한다. 경우에 따라 팀 내 구성원 중 한 사람이 자료 작성을 도맡는 경우가 있는데, 이는 역할 분담 시 가장 지양해야 하는 일 중 하나다. 물론 파워포인트(PowerPoint)나 프레지(Prezi) 프로그램 활용에 능숙한 구성원도 있겠지만, 자료 삽입 및 배치를 포함하여 전체 구성은 팀 내 협의를 통해 이루어져야 한다.

1) 프레젠테이션의 스토리텔링

일반적인 보고서나 논문, 칼럼 등은 서론, 본론, 결론 등 3단 구성을 따른다. 우리가 즐겨 보는 영화나 TV 드라마, 웹콘텐츠 등에는 기(起), 승(承), 전(轉), 결(結)의 일정한 흐름이 있다. 성격은 다르지만, 프레젠테이션 역시 이 같은 구성을 취하고 있어야 한다. 대개 프레젠테이션은 보고서나 논문처럼 3단 구성을 취하지만, 청중에게 효과적으로 메시지를 전달하기 위해서 원활하게 내용이 진행될 수 있는 흐름을 갖추어야 한다.

일반적으로 프레젠테이션 자료는 3단 구성에 입각하며, 목차(개요)도 이를 감안하여 작성한다. 서론에서는 연구팀이 해당 문제에 주목하는 이유를 강조한다. 이 단계에서는 연구 배경과 연구 목적 등을 설명한다. 본론에서는 팀의 주장과 근거, 해결책과 타당성, 문제 해결의 방향성 등 핵심 내용을 논의한다. 이 단계에서 기대효과 등을 설명하기도 한다. 마지막으로 결론에서 연구팀의 입장을 요약하여 제시하며, 프로젝트에 대한 자체 평가를 삽입할 수도 있다.

프레젠테이션 자료를 만들 때 염두에 두어야 할 점은 다음과 같다.

가장 중요한 것은 발표 내용 전체를 PPT나 Prezi 안에 담지 않는다는 점이다. 발표 자료에는 요점만 압축적으로 선별해 넣고, 내용은 문장형으로 길게 풀어 쓰지 않으며, 중심 키워드가 잘 부각되게 내용을 배치한다. 발표 자료에서 내용 못지않게 중요한 것은 가독성이다. 3단 구성에 입각하여 개요와 내용이 잘 각인될 수 있도록 내용을 배치해야 한다.

다음은 학생들이 수업 시간에 진행한 팀 프로젝트의 PPT이다. 해당 연구팀이 어떻게 발표 자료를 구성했는지 살펴보자.

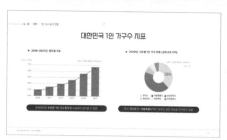

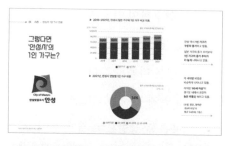

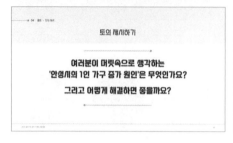

 이 자료는 수업에서 진행된 프로젝트의 결과물이다. 해당 팀은 안성시 1인 가구 증가의 현황과 현재 사안을 둘러싼 문제점, 그리고 해결 방안을 다각적으로 모색하였다. 특히 1인 가구의 개념 및 현황에서 출발해 본론의 문제점에서는 연령대별로 느끼는 문제점을 각 연령층의 인터뷰를 통해 제시하고, 지자체 지원 정책의 한계를 요약한 후 안성시 내 1인 가구 문제에 대한 인식이 부족하다는 점을 지적했다. 이어 이에 대한 대안으로 다른 시의 사례를 토대로 맞춤형 복지제도, 아동형 시설과 고령자 시설을 아우르는 유로(幼老) 복지시설 활성화, 1인 가구 맞춤형 복지 카드, 마지막으로 인식 개선을 위한 캠페인 등을 마련해야 한다는 다각적인 방향을 모색하였다. 결론에서는 서론과 본론에서 제시한 내용을 요약한 후 청중에게 토의 거리를 제시하면서 마무리했다. 해당 결과물은 안성시 1인 가구 증가라는 문제에 초점을 맞추고, 연령별로 겪는 문제점과 지원제도의 한계, 인식 부족 등을 논의하며 다양한 해결 방안을 제시했다는 점에서 긍정적이다.

열심히 고민하고 다양한 자료를 조사하여 제시한 결과물이지만, 다음과 같은 부분은 개선되어야 한다. 먼저 서론에서는 연구 방법을 간단하게 제시하면 좋다. 연구 방법은 인터뷰, 설문 조사, 문헌 조사, 타 기관 사례 조사 등 프로젝트 팀의 주요 연구 방법을 설명하는 것이다. 이 팀의 경우 타 지자체 사례를 중점적으로 조사하고 인터뷰를 진행했으므로 이를 서론에서 언급하면 더 효율적이다. 또한 문제점에 실제 시민이 느끼는 불편함, 지원 정책 부족, 인식 문제 등을 언급했는데, 실제 시민이 느끼는 불편함은 본론보다는 연구 배경 및 필요성과 관련하여 서론에서 설명한 후 본론에서는 제도와 인식으로 문제를 구분하여 설명하는 것이 더 체계적이다. 관련 해결 방안 역시 정책과 인식 개선으로 구분하여 논의하면 더 정리된 발표라는 인상을 줄 수 있다.

이와 같은 단계에 입각하여 프레젠테이션 자료를 구성해도, 실제 현장에서는 이야기를 좀 더 효과적으로 전달하기 위해 다음과 같이 단계를 세분화하기도 한다. 우선 첫 번째 단계에서는 문제와 관련한 제반 상황을 청중에게 인식시킨다. 이어 두 번째 단계로 상황과 관련한 핵심을 다시 한번 강조하여, 지금 이 자리에서 이 문제를 논의해야 할 필요성을 상기하도록 한다. 세 번째 단계는 본론에 해당하며 주장에 대한 근거, 문제에 대한 대안, 해결의 방향성 등을 상세하게 논의한다. 이어 네 번째 단계에서는 연구팀의 성과에 대한 기대 효과를 추가한다. 발표 자료에는 기대 효과를 포함하지 않더라도, 실제로 프레젠테이션을 할 때는 이를 강조하여 입장에 대한 확신을 보여 주도록 한다. 마지막 단계에서는 팀의 주장과 핵심 입장을 요약하는 것을 넘어, 연구 성과에 대한 객관적 자체 평가를 진행한다면 청중은 이 프레젠테이션을 더욱 공신력 있게 느낄 것이다. 이를 정리하면 다음과 같다.

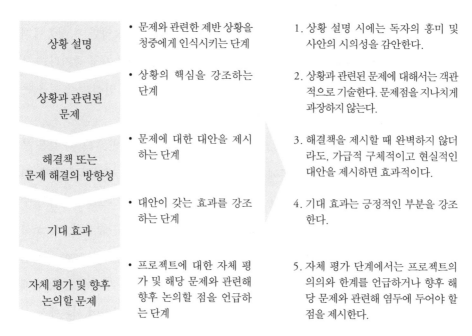

<프레젠테이션의 스토리텔링과 단계별 유의점>

이상의 흐름과 관련해 각 단계에서 감안해야 할 점은 다음과 같다. 먼저 상황 설명 단계에서는 문제와 관련해 시의성을 강조한다. 팀에서 선택한 문제가 어떤 점에서 논란이 되고, 어떻게 청중의 일상과 관련이 있는지 설명한다. 문제 설명 단계에서는 상황과 관련된 문제에 대해 강조하는데, 이때 문제점을 적시하는 것은 좋지만 지나치게 과장하여 신뢰성을 떨어뜨리지 않도록 한다.

해결책이나 방향성을 제시하는 단계에서는 가급적 청중이 체감할 수 있는 현실적인 대안을 제시하거나 연구팀만의 해결 방안을 제시하면 좋다. 창의적인 해결책을 제시하는 것이 어렵다면, 청중과 독자 차원에서 함께 실행해 볼 만한 대안을 제안해 본다. 기대 효과를 설명하는 단계에서는 이 같은 해결책이나 방향성, 연구팀의 논의가 갖는 긍정적인 부분을 설명한다. 다만 이때 자화자찬하지 않도록 유의

한다. 마지막으로 자체 평가 단계에서는 프로젝트의 성과가 객관적으로 보일 수 있도록 그 의의와 한계를 언급하면 도움이 된다. 또한 해당 문제와 관련해 연구팀과 청중이 염두에 두어야 할 사항을 언급하면 인상적으로 프레젠테이션을 마무리할 수 있다.

프레젠테이션 진행 시 유의 사항은 다음과 같다. 첫 번째는 주어진 시간을 준수해야 한다는 점이다. 수업에서의 프레젠테이션 외에도 면접장이나 발표장에서 가장 먼저 고려해야 하는 것은 정해진 시간을 준수하는 것이다. 보통 20분이라는 시간이 주어졌다면 1분 정도를 남겨 두고 끝마치는 것이 좋다. 1분 동안 자기소개를 할 시간이 주어진다면 5∼10초는 남겨 두고 말을 끝내는 것이 적절하다. 미처 말하지 못한 부분은 향후 청중·심사자와의 대화를 통해 채워 갈 수 있도록, 질문을 이끌어 낼 여지를 남긴다. 그러기 위해서는 준비 단계에서부터 단계별로 시간을 배정해야 한다. 질의와 응답을 포함해 30분의 시간이 주어진다면, 프레젠테이션은 20분 안에 끝내고 프레젠테이션의 절반 이상은 본론, 곧 프로젝트의 성과를 소개하는 데 할애하도록 한다.

두 번째, 실제 프레젠테이션을 진행할 때는 청중의 집중력을 감안해 발표 목적, 문제의 핵심을 거듭 상기시킬 필요도 있다. 청중의 집중력은 예상하는 것보다 훨씬 낮다. 한 편의 글에서 같은 내용을 반복하는 것은 간결성을 저해하지만, 발표의 경우에는 문제 상황과 연구 목적을 상기하여 주목도를 높여야 한다. 이때 청중 한두 명을 지목하여 견해를 묻거나 대답을 이끌어 내는 것도 유용한 방식이다.

이제까지 프레젠테이션 자료 구성 및 스토리 구성에 대해 이야기했다. 이 같은 발표 자료 외에도, 발표에 대한 요약문을 함께 배포하면 청중의 이목을 끄는 데 유리하다. 특히 비대면으로 프레젠테이션을 진행하는 일이 잦은 최근의 상황에서는, 발표 요지를 정리한 요약문을 함께 배부하면 청중의 집중력을 더 높일 수 있다.

2) 발표 요약문 구성

발표 요약문은 일종의 회의 자료로, 발표 후 활발한 토의가 이루어질 수 있도록 청중에게 나누어 주는 자료다. 요약문을 반드시 배부할 필요는 없지만, 청중의 주의력은 생각보다 높지 않다는 점을 감안해야 한다. 따라서 발표의 제목과 전체 흐름, 토론할 거리를 삽입한 요약문을 배포한다면, 이후 청중과의 토의 과정에서 보다 생산적인 논의를 이끌어 갈 수 있다. 그러므로 발표 자료를 압축한 요약문을 만드는 작업을 하면서 미리 회의 자료를 만드는 것도 연습해 보자.

다음은 학생들의 발표 자료를 토대로 만든 요약문이다. 발표 요약문에는 다음과 같은 항목을 담을 수 있다.

프로젝트명: 기숙사 쓰레기 처리에 대한 문제점

기획 의도: 기숙사 내 학생들의 분리수거 의식을 높이고, 교내 쓰레기 처리 문제에 대한 해결책을 모색한다.

팀명: 분리수거하삼조

팀원: 임○○(팀장), 박○○, 양○○, 박○○, 조○○

목차

I. 서론
   1. 기숙사 쓰레기 처리에 대한 문제 배경
   2. 문제 상황과 문제 원인

II. 기숙사 쓰레기 처리의 문제점
   1. 기숙사 거주 학생 및 교내 학생들이 겪는 문제
   2. 기숙사 쓰레기 처리에 대한 학교 측의 입장

III. 쓰레기 처리 방식 개선 방안
   1. 학생들의 실천안 – 캠페인 활동
   2. 학교 측의 자구책 – 제도 마련

---

1. 분리배출 의식 함양 캠페인의 방향에 대해 생각해 봅시다.
2. 학생들의 분리수거 참여 의식을 높이는 방법에는 무엇이 있는지 이야기해 봅시다.
3. 타 대학과 우리 학교 쓰레기 처리 방식의 장단점을 비교해 봅시다.

위 요약문은 프로젝트 제목과 간단한 기획 의도, 목차, 토의 거리를 제시하여 청중과의 활발한 소통을 이끌어 내고자 했다. 1쪽 분량으로 작성한 간단한 자료이지만, PBL 수업의 취지에 부합하여 수업 현장에서 학생들이 함께 해결책을 모색하려 할 때 활용할 수 있다. 이외에도 이 요약문에는 빠져 있지만, 간단한 목차 외에 연구 방법 등을 추가로 제시하여 설득력을 높일 수도 있다. 발표 자료와 요약문 작성까지 마쳤다면, 이제 발표 현장에서 어떻게 프레젠테이션을 진행할지 알아보자.

1. 프레젠테이션의 스토리텔링에 입각해, 스토리텔링의 각 단계에서 해당 프로젝트의 어떤 내용을 다룰 것인지 정리해 보자.

프레젠테이션의 스토리텔링

상황 설명	• 연구 주제인 _____와 관련하여 최근 제기된 _____ 등의 이슈를 언급한다.
상황과 관련된 문제	• 연구 주제인 _____와 관련하여 논란의 핵심에 놓여 있는 _____에 대해 설명한다.
해결책 또는 문제 해결의 방향성	• 연구 주제인 _____와 관련하여 _____ 등의 해결책 (방향성)을 제안한다.
기대 효과	• 연구 주제인 _____와 관련하여 연구팀이 제안한 해결책이 _____와 같은 점에서 실효성이 있음을 설명한다.
자체 평가 및 향후 논의할 문제	• 연구 주제인 _____와 관련하여 해당 프로젝트가 _____ 면에서 각각 의의와 한계를 갖는지 밝힌다. 이에 대해 앞으로 _____에 주목해야 하는지 덧붙인다.

2. 팀에서 제작한 발표 자료를 바탕으로 발표 요약문에 들어갈 내용을 정리해 보자.

프로젝트명:

기획 의도:

팀명:　　　　팀원: ○○○(팀장), ○○○, ○○○, ○○○, ○○○

연구 방법:

목차

토의 거리

1:

2:

생산적 토의와 객관적 평가

학습목표

• 다른 팀의 프로젝트 결과물을 평가하고, 개선 방안을 제시해 보자.
• 프로젝트 수행 과정에서의 문제점을 자체적으로 파악하고, 팀 안에서 스스로의 역할을 점검해 보자.

　프로젝트 성과를 발표한 다음, 연구팀은 청중과 문제에 대해 논의하는 시간을 갖는다. 청중은 발표 자료 및 요약문에 입각해 질의를 하고, 발표자(발표팀)는 그 질의에 성심성의껏 대답한다. 일반적으로 찬반 입장이 명확하게 구분되고 상대방을 설득하기 위해 진행되는 토론과 달리, 발표자와 청중이 함께 생산적인 대안을 모색해 가는 토의는 큰 잡음 없이 진행될 수 있다. 그렇지만 아직 말하기가 익숙지 않은 신입생들은 본인의 의견을 정확하게 피력하지 못하거나, 의도치 않게 상대방의 기분을 상하게 할 수 있다. 이 같은 점을 감안하여 토의 시 발표자와 청중의 자세에 대해 생각해 보고, 어떻게 발표장 안에서 집단 내 다양한 문제 해결의 방향성을 찾아갈지 고민해 보자.

　PBL 수업은 상호평가로 마무리된다. 담당 교수는 모든 연구팀의 프레젠테이션과 토의가 마무리된 다음, 상호 피드백을 주고받을 수 있도록 유도한다. PBL 수업의 담당 교수는 수업 현장의 보조자로 자리하여 학생들의 의견을 경청하고 이를 평가 준거로 삼게 된다. 이를 위해 팀별로 프로젝트의 의의와 한계를 점검하면서 다른 연구팀의 프로젝트를 평가하고, 이어 개인별로 팀 내에서 본인의 역할을 되짚어 보는 절차를 진행한다. 이는 PBL 수업이 프로젝트 진행 과정에서 자체적으로 학생들이 문제점을 점검할 수 있도록 유도하기 때문이다. 그러므로 객관적인 평가를 통해 유종의 미를 거두는 수업이 될 수 있도록 하자.

1) 청중과 함께 해결책 찾기

프로젝트 준비 과정이 팀원과의 대화였다면, 토의는 청중과 대화하는 단계이다. 이때 연구팀은 관심사를 공유하고 있는 청중과 함께 문제에 대한 정보와 의견을 교환하며 가장 실질적이고 합리적인 대안을 찾아 가게 된다. 토론의 목적이 서로의 입장 차를 확인하고 설득하는 것이라면, 토의는 의견의 일치를 위해 함께 합일점을 찾아가는 것이 목적이라는 점에서 구분된다.

앞서 프로젝트의 문제를 설정하는 과정에서 흥미성, 시의성, 구체성을 고려해야 한다고 강조했다. 문제 설정 단계에서 청중의 관심사와 동시대의 화두를 감안했다면, 청중은 적극적으로 토의 과정에 참여할 것이다. 또한 구체적으로 문제를 설정하고 다양한 방향성을 모색했다면, 청중은 이에 대해 적극적으로 의견을 제시할 것이다. 다만 집단의 성격에 따라 청중의 반응이 소극적일 수 있다는 것도 감안해야 한다. 그럴 때는 원활한 질의와 응답을 이끌어 내기 위해 발표의 문제의식과 관련된 뉴스 기사나 관련 동영상을 준비해 공감을 끌어낼 수 있다. 시각 자료를 선택할 때 주의할 점은 자료의 내용이 발표의 문제의식과 직접적으로 연결되어야 한다는 점이다. 흥미로운 시각 자료라도 연구팀의 입장과 대비되거나 문제의 핵심과 상관이 없다면 삭제해야 한다.

청중을 활동(토의)에 참여하게 하는 것은 생산적인 토의로 나아가는 지름길이다. 이때 미리 토의 거리를 준비해 청중에게 제시할 수 있다. 만일 청중의 반응이 없다면 발표자가 한두 사람을 지목해 견해를 물으며 토의 과정에 참여하도록 할수 있다. 이때 토의 거리는 문제와 직결되지만, 청중이 부담스럽지 않게 대답할 수있는 것으로 구성한다. 다음은 프레젠테이션 이후 청중과의 대화를 위해 연구팀이제시한 토의 거리다.

문제 – AI 로봇이 지원자를 뽑는 시대의 명암

토의 거리

1. 고전적 면접 과정에 문제가 있었다고 생각합니까? 있었다면 무엇이 문제라고 생각합니까?
2. 면접자의 주관성은 평가 과정에서 문제가 될 수 있을까요? AI 로봇이 인간보다 효율적이고 객관적으로 지원자를 평가할 수 있을까요?
3. AI 로봇이 참여하는 면접이 공정한 면접이 될 수 있을까요? 그렇다면 AI 로봇이 할 수 있는 역할에 대해 이야기해 봅시다.

문제 – 사회적 약자의 키오스크 사용 문제

토의 거리

1. 최저임금 상승과 키오스크 상용화의 관련성에 대한 생각을 말해 봅시다.
2. 패스트푸드점, 커피전문점 등 키오스크 사용 과정에서 느낀 불편함이 있다면 말해 봅시다.
3. 약자를 위한 배리어프리 키오스크를 상용화하는 방안에 대해 이야기해 봅시다.
4. '디지털 소외' 개념을 검색해 보고, 이 문제와 관련한 우리 사회의 현주소에 대해 의견을 제시해 봅시다.

두 연구팀은 흥미성과 시의성을 고려해 문제를 설정했고, 프레젠테이션 후 청중과의 대화를 위해 토의 거리를 제시했다. 그런데 프레젠테이션 후 반드시 정해진 토의 거리와 관련해서만 대화할 필요는 없다. 발표팀은 청중의 자발적인 질의에 먼저 응답한 후, 남은 시간을 감안하여 토의 거리 중 일부를 선별하여 청중에게 질문할 수 있다. 특히 청중의 반응이 적극적이지 않다면, 토의 거리와 관련한 의견을 듣고 이에 대답하는 방식으로 청중과 함께 해결책을 찾아 나설 수 있다.

토의의 경우 청중의 참여가 필수적이라는 점을 잊지 말고, 발표 현장에서 문제와 관련된 시각 자료를 제시하거나 청중이 참여할 수 있는 간단한 활동을 진행하자. 그러면 청중은 더 집중하게 될 것이며, 더 적극적으로 문제에 대한 대화에 참여할 수 있을 것이다.

2) 상호 피드백과 자체 피드백

프로젝트에 대한 토의가 마무리되었으면, 이제 서면 피드백을 진행한다. 질의와 응답으로 이루어지는 토의가 대면 피드백이라면, 프레젠테이션에 대한 평가서 작성은 서면 피드백에 해당한다. 서면 피드백은 다시 팀별 평가서와 개별 평가서로 구분할 수 있고, 이는 프로젝트에 대한 평가 근거이자 향후 팀별 프로젝트를 진행할 때 교수는 물론 당사자인 학생에게도 유용한 참고자료가 된다. 특히 학생 참여를 중시하는 문제 해결형 프로젝트 수업은 객관적인 자체 평가를 통해 완성된다는 것을 염두에 두도록 하자.

자체 피드백은 연구팀이 프로젝트 수행 과정의 의의와 한계를 점검하는 과정이다. 이는 프로젝트를 마무리하는 단계이자 다음 프로젝트를 준비하는 기반이 된다. 먼저 팀별 평가 단계에서는 연구팀이 프로젝트 수행 과정에서 느낀 성취와 난관을 구체적으로 서술하고, 수업 중 진행된 다른 그룹의 프로젝트도 전반적으로 점검할 수 있다. PBL 수업은 교수와 학생이 함께 만들어 가는 수업인 만큼, 평가서 항목도 수업 중에 학생과 협의하여 자율적으로 조정할 수 있다. 프로젝트 종료 후 제출하는 자체 평가서는 팀별로 제출하거나 개인별로도 제출할 수 있다.

팀별 평가서는 본인 팀을 제외한 다른 팀에 대한 평가서로, 모든 팀의 프로젝트가 끝난 뒤 팀에서 협의하여 결정한다. 교수자는 프로젝트 결과물 평가 시 학생들의 팀별 평가서 결과를 감안할 수 있다.

다음으로 팀 안에서 자신을 제외한 다른 팀원을 평가하는 개별 평가서를 함께 작성할 수도 있다. 개별 평가서는 개인적으로 작성하므로 프로젝트 내에서 자신의 역할을 점검하는 방편이 된다. 또한 이는 팀 프로젝트에 무임 승차하는 팀원을 가려내는 근거 자료가 될 수도 있다. 개별 평가서를 작성할 때 유의할 점은 자신과 다른 팀원의 역할을 객관적으로 점검해야 한다는 것이다. 그룹 내 각자의 역할을 반추해 보며, 향후 프로젝트를 진행할 때 더 합리적으로 자신의 역할과 각자의 역할을 분담하는 방향을 찾아 갈 수 있을 것이다.

마지막으로 개인적으로 문제 해결의 과정을 성찰하는 기록을 남길 수도 있다. 팀별 평가서와 개별 평가서가 점수화된 평가서라면, 성찰 일지는 팀 프로젝트 과정 전반에 대한 점검이다. 아래는 한 학생이 제출한 성찰 일지의 일부다. 내용을 보고 프로젝트를 통해 얻은 것을 정리해 보자.

성찰 일지			
전공 및 학번		이름	

1. 문제 해결 과정에서 무엇을 배웠습니까?

우리 사회 주변 문제에 대해 탐구하기 위해 어떠한 과정을 거치고 어떻게 하면 논리적이고 다른 사람에게 영향을 끼칠 수 있을지 배웠다. 논리적이고 창의적으로 문제를 해결하는 과정이 무엇인지 고민하고 수정하는 과정을 통해 접근하였다. 주장의 근거가 합당하고 부족하지는 않은지에 대해 고찰하며 프로젝트를 진행했다.

2. 문제를 해결하기 위해 어떤 방식으로 접근하였습니까?

평소에는 깨닫지 못했는데 사회적 약자를 위한 키오스크 문제를 다루며 일상생활 속에서 접하는 많은 기계들이 사회적 약자를 배려하지 않는 것을 느꼈다. 문제를 해결하기 위해 배경지식을 찾아보면서 정확한 문제점을 파악했고, 논문이나 뉴스 기사 및 인터뷰를 통해 해결 방법을 찾아 나갔다. 특히 학교 주변 키오스크를 사용하는 가게들을 돌아다니며, 소비자를 상대로 직접 인터뷰를 진행하며 실질적인 문제점을 파악했다.

3. 문제를 통해 배운 것을 나의 생활에 어떻게 적용할 수 있습니까?

문제 해결 과정을 통해 배운 것은 다른 구성원들과 합일점을 맞춰 가는 것이었다. 문제 해결 과정에서 서로의 생각을 공유하고 타인의 생각을 이해하고 정리하는 데 큰 도움이 됐다. 이를 통해 문제를 해결하는 방법에는 명확한 해답이 없다는 것을 느꼈다. 문제 해결을 위한 PBL 팀 프로젝트를 통해 일상생활에서 책을 읽거나 뉴스를 볼 때 전과 다르게 '왜'라는 시각을 가지고 문제를 볼 수 있었다. 나아가 해결해야 할 문제가 생기거나 고민이 있을 때 주변 사람들과 많은 이야기를 나누는 것이 도움이 될 것이라 느꼈고, 일상의 다양한 문제를 좀 더 넓은 시야로 바라보고 깊이 생각할 수 있는 사람이 돼야겠다고 생각했다.

4. 문제를 해결하기 위한 다른 대안(방향/내용)은 무엇이라고 생각합니까?

초점은 다르지만, 인건비 절감을 위한 키오스크 활용의 문제점에 대해서도 고민해 볼 필요가 있다. 현재로서는 이용자의 불편함에 입각해 배리어프리 키오스크의 설계 부분의 개선점을 주로 논의했으나, 다른 시각에서 기계 혹은 AI가 인간을 대체해 갈 때의 문제점을 '디지털 소외'라는 측면과 관련해 고민해 볼 수 있다.

5. 기타 느낀 점을 자유롭게 기술하세요.

프로젝트를 진행하며 가까이에 있는 문제에 대해 자세히 파악하고 문제에 맞는 해결 방안을 찾았다. 현재 많은 곳에서 행해지는 통계와 설문 조사가 의미 없다고 여겼는데, 프로젝트를 통해 문제 해결 과정에서 그 중요성을 알게 되었다. 고등학교 때까지는 정해진 문제 상황과 이미 제시된 해결 방안에 대해 조사했는데, 프로젝트를 진행하며 직접 문제 상황을 파악하고 해결 방안을 찾아볼 수 있어 뿌듯했다.

〈문제 해결 프로젝트에 대한 성찰 일지〉

1. 다음 양식에 맞춰 팀별로 다른 팀의 연구 성과를 평가해 보자(담당 교수는 학생들의 의견을 수렴하여 항목을 변경할 수 있음).

팀별 평가서(본인 팀 제외 다른 팀 평가)

- 평가자는 평가를 하는 팀으로, 다른 팀의 평가지를 작성하는 팀을 의미합니다.
- 피평가자는 평가를 받는 팀으로, 본인 팀을 제외한 다른 팀을 의미합니다.
- 평가 내용(준거)에 따라 해당 점수를 작성해 주시기 바랍니다.
  ※ 상=5점, 중=3점, 하=1점

평가자(팀)_____		팀명(피평가자)				
	내용	점수(각 1~5점, 만점 50점)				
1	시의성, 흥미성, 구체성을 고려해 탐구 문제를 설정했다.					
2	결과물(PPT 등)의 제목이 적절했다.					
3	결과물(PPT 등)의 구성이 논리적이었다.					
4	창의적이고 구체적인 문제 해결안을 제시했다.					
5	자료를 다양하게 활용했다.					
6	결과물의 출처를 정확하게 밝혔다.					
7	흥미성, 가독성 등 청중의 입장을 고려해 발표 자료를 제작했다.					
8	발표를 매끄럽게 진행했다.					
9	토의 과정에서 질문에 적절하게 대답했다.					
10	프로젝트 수행 시 협동이 잘 됐다.					
	점수 합계					

2. 다음 양식에 맞춰 개별적으로 팀 내 전체 구성원의 역할을 객관적으로 점검해 보자 (담당 교수는 학생들의 의견을 수렴하여 항목을 변경할 수 있음).

개인 평가서(팀 내 본인 팀원 평가)

- 평가자는 평가를 하는 사람으로, 팀 활동 평가지를 작성하는 학생 본인을 의미합니다.
- 피평가자는 평가를 받는 사람으로, 본인을 제외한 팀원을 의미합니다.
- 평가 내용(준거)에 따라 해당 점수를 작성해 주시기 바랍니다.
  ※ 상=5점, 중=3점, 하=1점

평가자 학번/이름_____	팀원 이름(피평가자)			
내용	점수(각 1~5점, 만점 50점)			
1 문제에 대해 관심을 갖고 다양한 분야의 정보 (참고자료)를 찾아보았다.				
2 문제의 해결안을 도출하는 과정에서 다양한 관점의 의견을 제시했다.				
3 다른 사람의 의견을 경청했다.				
4 다른 사람의 의견에 대해 자신의 의견을 논리적으로 전달했다.				
5 과제 수행 과정에서 의견 조정 절차를 거쳤다.				
6 팀 내 입장 차이가 있을 때 이를 합리적으로 해결하고자 했다.				
7 다른 구성원을 칭찬하고 격려했다.				
8 구성원들과 협력하며 소속감을 보여 주었다.				
9 선정한 문제와 관련해 공동체에 대한 책임 의식을 발휘했다.				
10 문제에 대해 탐구하고 해결하려는 의지를 보여 주었다.				
점수 합계				

3장

효과 만점
실용문

PBL 활동의 주요 목표 중 하나는 현장 중심의 문제 해결 능력을 기르는 데 있다. 즉 탁상에 올려진 이론적인 문제에 대해 고정된 해답을 습득하기보다는, 현실에서 맞닥뜨릴 수 있는 실질적인 문제를 놓고 창의적인 해법을 강구하는 데 학습의 본질이 있다. 그러한 취지에 비추어보면 실용문 작성은 PBL이 추구하는 문제(혹은 프로젝트)의 성격에 가장 잘 부합하는 활동일 것이다. 실용문의 성격과 대표적인 양식에 대해 알아보고 실습 활동에 활용해 보자.

기획안 작성 요령

학습 목표
- 실용적인 글과 문학적인 글의 차이점에 대해 알아보자.
- 기획안의 작성법을 파악하자.

우리가 평생에 걸쳐 가장 많이 쓰게 될 글은 어떠한 종류의 것일까? 문학적인 글? 논리적인 글? 학술적인 글? 물론 개인의 입장에 따라 그 답은 천차만별일 것이다. 시인이 되고자 하는 학생은 문학적인 글을 가장 많이 쓸 것이고, 교수를 지망하는 학생은 학술적인 글에 파묻혀 살 테니. 하지만 일반적으로 대학을 졸업한 대다수의 사람들이 직장생활을 하는 현실을 감안하면 답은 자명해진다. 바로 실용적인 글이다.

실용적인 글은 자아 성찰이나 학문적 소통과 같은 추상적이고 교육적인 목적이 아니라, 비즈니스나 실생활에 활용할 목적으로 쓰는 문서이다. 가령 편지·이메일·청구서와 같은 생활 서식(生活書式), 이력서·자기소개서 같은 취업 지원서, 광고 카피와 홍보 문안, 언론 기사 같은 공보문(公報文), 기업 내 품의서·제안서·사업계획서와 같은 기획안, 그리고 졸업식 축사, 결혼식 주례사, 연설문 같은 의식문(儀式文) 등이 모두 실용적인 글의 범주에 포함된다.

실용적인 글은 다른 글과 구별되는 몇 가지 특징을 가진다. 첫째, 효용성이 강조되는 글이다. 다시 말해, 실용적 요구를 글에 담아내어 이를 최대한 충족시킬 목적으로 작성된다. 가령 입사지원서는 구직을 위해, 홍보문은 상품 판촉을 위해 작성되며, 이러한 실용적 요구가 관철되었을 때 비로소 의미를 가진다. 그런 점에서 실용적인 글은 글쓰기 행위 자체의 순수한 즐거움과 성찰을 위해 쓰는 에세이나 문학작품 등과 근본적으로 다르다. 둘째, 즉시성이 중시되는 글이다. 실용문은 내 글을 읽고 상대방이 내 요구에 즉각적으로 응답할 것을 전제로 작성된다. 따라서 대개 그 접수 결과가 빠른 시간 내에 결정되는 경향이 있다. 가령 입사지원서의 경우 당락의 결과가 즉시 발표되며, 광고 문안은 빠른 시일 내에 판촉 효과가 드러난다. 시공을 초월해 읽히며 장기적인 피드백을 추구하는 논문이나 문학과는 구별된다. 셋째, 정형화된 성격의 글이다. 실용적 글은 대개 작성 형식이 일정하게 정해져 있으며, 레디메이드의 형식에 맞추어 작성되는 경향이 강하다. 효용성을 전제로 한 글이므로 형식의 창의성보다는 내용의 창의성이 더 중시된다. 따라서 과도하게 기존의 틀을 깨는 형식 실험은 금물이다. 요컨대, 좋은 실용문이 되려면 실용적 요구가 분명하면서도 독자의 즉각적인 반응을 유도할 수 있도록, 그리고 정해진 장르적 규약에 맞게 작성되어야 한다.

이 절에서는 학생들이 졸업 후 직장생활을 할 때 가장 자주 작성하게 될 대표적인 문서인 기획안과 자기소개서를 중심으로 실용적인 글쓰기의 요령과 실제에 대해 학습한다. 실용문에 담아낼 주요 콘텐츠는 무엇이고 어떠한 방식으로 작성할지 살펴본 후, 실제 상황을 가정하여 자신만의 아이디어와 개성이 살아 있는 실용문을 작성해 보기로 한다.

1) 기획의 개념과 절차

"박 대리, 다음 주까지 이번 신상품 마케팅 기획안 작성해서 결재 올리세요."

"이 작가, 가을 개편 때 출품할 방송 프로그램 기획안 어떻게 되어 가요?"

직장생활을 하면 일상적으로 듣게 되는 말이다. 그런데 상사로부터 이러한 지시를 받았을 때 정작 기획안이 무엇이고, 어떻게 써야 할지 알지 못하면 난감할 수밖에 없다. 기획안을 작성하기 위해서는 우선 기획이란 무엇인지부터 이해해야 한다. 기획이란 '업무 아이디어의 제안과 설계'이다. 자신의 업무와 관련하여 새로운 제안(상품이나 사업 등)을 하거나 어떠한 문제점에 대한 대안을 강구하는 것을 가리킨다. 그런 아이디어의 내용과 실행 계획을 구체적으로 밝힌 문서가 기획안이다.

기획안도 분야나 업무의 성격에 따라 다양한 종류로 분류될 수 있다. 새로운 사업에 대한 구상과 개요를 제시하는 사업계획서, 방송영상 분야의 새로운 콘텐츠를 발굴하는 프로그램 기획안, 업무와 관련한 실태나 문제점을 진단하고 해결책을 제안하는 제안서 등이 그것이다. 형태가 어떠하든, 소관 업무와 관련한 시급한 현안에 대해 혁신적인 내용을 담아 조직의 발전에 기여할 수 있는 문서라면 모두 기획안의 범주에 포함될 수 있다. 기획안 작성 요령에 대해 살펴보기로 하자.

(1) 기본 윤곽(Concept) 잡기

기획의 첫 단계는 흔히 '콘셉트'라 불리는 기본 윤곽을 잡는 것이다. 기획안을 쓰려면 우선 어떤 문제를 다룰지, 어떠한 관점과 방법으로 접근할지, 문제에 대한 나의 핵심 생각은 무엇인지를 정리해야 한다. 이렇게 기획의 근간이 되는 아이디어를 발굴하는 것이 곧 콘셉트 잡기이다. 일단 회사로부터 특정한 문제 상황에 대해 기획안 작성을 주문받았다면 그와 관련해 떠오르는 아이디어를 자유롭게 기록한다. 그런 다음, 일정한 기준을 세워 그 기준에 가장 잘 부합하는 아이디어를 골라 기획안의 골격으로 삼으면 된다.

기본 아이디어를 채택할 때는 다음 기준을 고려하는 것이 좋다.

첫째, 얼마나 새로운가. 좋은 기획이 되려면 우선 기존의 업무와는 차별화되는,

뭔가 신선한 시도가 있어야 한다. 따라서 가급적 기존에 다루어지지 않은 새로운 내용이나 접근법을 시도하는 것이 좋고, 만약 그렇지 않다면 기존의 유사 동종 사례와 비교해 어떤 점이 다른지 따져 봐야 한다.

둘째, 얼마나 유익한가. 기획은 효용성을 지녀야 한다. 따라서 나의 기획이 소비자(수용자)에게 얼마나 유익한지 따져 봐야 한다. 그러려면 소비자들의 요구(Needs)를 잘 파악해 여기에 맞추어야지, 이와 동떨어진 내용을 다루어서는 곤란하다. 즉 나의 개인적 관심사가 아닌 소비자의 '공적 관심사' 차원에서 접근해야 성공할 수 있다.

셋째, 실현 가능한가. 자신의 능력으로 감당할 수 있는지 저울질해 봐야 한다. 기획은 단지 구상으로 끝나는 것이 아니라 반드시 실행되어야 한다. 기획을 실행하려면 시간과 비용이 소요된다. 따라서 그 기획을 현실화할 충분한 역량과 시간과 예산을 확보할 수 있는지 따져 봐야 한다.

(2) 자료 조사와 분석

기본 윤곽을 정했으면, 다음으로 자료 조사와 분석이 이루어져야 한다. 이는 아이디어의 신빙성을 확보하기 위해서이다. 아무리 획기적이고 혁신적인 아이디어라 해도 그 타당성을 보증해 줄 만한 객관적 근거가 동반되지 않으면 동료들의 폭넓은 동의를 얻기 어렵다. 나의 기획안을 설득하는 데 사용할 무기를 만들기 위해서는 자료 조사와 분석이 반드시 필요하다.

우선 기사, 논문, 통계 자료 등 관련 자료들을 수집하여 검토하고, 기획안 작성 시 참고하거나 인용해야 할 부분들을 따로 발췌해 둔다. 하지만 이러한 자료들만으로는 부족하다. 기존 자료들은 이미 일반에 공개되어 더 이상 새로울 것 없는 내용을 담고 있기 십상이다. 이 때문에 새로운 제안을 담아야 하는 기획안에 활용하기에는 한계가 있다. 새로운 정보를 얻기 위해서는 기존 자료에 의존하기보다 직접 자료를 생성하려는 노력이 필요하다. 대표적인 방법으로 현장 취재 및 인터뷰,

설문 조사 등이 있다. 현장이나 매장을 직접 답사하여 실태를 파악하고, 관계자들을 만나 증언이나 조언을 들을 수 있다. 또한 표본집단을 선정한 후 설문 조사를 진행하여 그 결과를 분석함으로써 새로운 정보를 귀납적으로 도출할 수도 있다.

자료 조사 못지않게 중요한 것이 조사 결과에 대한 분석이다. 조사의 결과는 어지러운 데이터 뭉치에 불과하다. 이것이 의미를 가지려면 분석과 해석의 과정을 거쳐야 한다. 분석이란 전체를 부분으로 잘게 쪼개어 들여다보는 것이고, 해석은 잘게 쪼개어진 부분적 의미를 결합하여 대상의 총체적인 질서나 의미망을 규명하는 것이다. 기획자는 자신이 얻어 낸 자료를 면밀히 뜯어보고 그 속에 숨은 법칙성을 찾아내 기획에 활용할 수 있어야 한다.

분석의 기법으로는 흔히 벤치마킹(Benchmarking)이나 스왓(SWOT) 분석이 활용된다. 특히 상품 기획의 경우 벤치마킹을 강조하는 경향이 있다. 시장조사를 통해 경쟁사의 유사 동종 제품 현황을 파악한 뒤, 경쟁사와 자사의 상품을 비교 분석하는 것이다. 이를 통해 신상품의 장단점과 보완할 점을 점검하고, 타사와의 차별화 전략을 수립하게 된다. 스왓 분석은 벤치마킹 기법을 보다 발전시킨 것으로, 여러 아이템에 대해 강점(Strength), 약점(Weakness), 기회(Opportunity), 위협(Threat)의 요소를 비교 분석하여 최적의 방안을 선별하거나 향후 사업 전략을 수립하는 데 참고하는 방법이다. 효과적인 분석을 위해서는 조사 단계에서부터 미리 벤치마킹이나 스왓 분석을 염두에 둘 필요가 있다.

(3) 기획안에 들어갈 항목

어느 정도 조사와 분석이 이루어지면 이를 바탕으로 본격적인 기획안 작성에 돌입하게 된다. 기획안은 분야별, 직장별로 그 양식이 천차만별이다. 때문에 만인이 동의할 수 있는 통일된 양식을 제시하기 어렵다. 다만 기획안에 반드시 담겨야 할 필수 항목은 어느 정도 정해져 있으며 그것은 제목, 기획 의도, 기획 개요, 세부 진행 계획, 예산 집행 계획, 기대 효과 등 여섯 가지로 정리할 수 있다.

먼저 기획안의 제목을 제시해야 한다. 제목은 기획의 성격을 한마디로 축약하여 표현한 것으로, 간판이나 마찬가지다. 독자는 헤드라인을 보고 글을 계속 읽을지 말지 결정한다. 따라서 독자가 기획의 성격을 한눈에 알아보고 호기심을 느낄 수 있도록 명료하고도 함축적으로 설정해야 한다. 가령 '직장인을 위한 점심시간 깜짝 콘서트 제안', '화상회의 방식을 활용한 랜선 공연 계획' 등이 좋은 예라 할 만하다.

다음으로는 기획 의도를 밝힌다. 즉 '기획의 배경, 목적, 의의'를 언급해야 한다. 이 아이템을 기획하게 된 사회적 배경이 무엇이고 추구하는 핵심 목표가 무엇인지, 어떠한 중요한 의의가 있는지 등을 설명한다. 이어 기획의 개요에 대해 서술한다. 가령 신상품 개발이라면, 아이템이 어떠한 것이고, 타깃으로 삼은 소비자층은 누구인지, 기존 상품(혹은 실태)과 비교했을 때 어떠한 특장점이 있는지, 이를 개발하려면 어떠한 공정이 뒤따라야 하는지, 개발을 실현할 특수한 방법이나 비결이 있다면 무엇인지 등의 내용을 순차적으로 소개한다.

이후 개요에 입각해 세부 진행 계획을 구체적으로 설명한다. 기간을 구분하여 단계별 일정과 주요 업무 내역, 소요 인력이나 준비물, 협력업체 등에 대해 서술한다. 예산 집행 계획에서는 품목별로 예상 지출액을 산정해서 제시한다. 마지막으로 기획의 결과로 얻게 될 기대 효과에 대해 기술한다. '기획 의도'란의 내용을 참조하되, 자사 수익의 측면과 소비자 만족도 측면, 사회 공익적 측면 등을 골고루 거론하며 예상되는 핵심 성과를 제시한다.

1. 다음 예문을 읽고 기획안의 요지를 항목별로 정리해 보자.

신설 글로컬역량 교과목 「내혜홀 해외탐방」 기획안

임준서(한경대학교 초빙교원)

1. 기획의 목적

「내혜홀 해외탐방」은 국립대학의 공공재 역할을 강화하기 위한 차원에서 해외 지역에서의 견학 및 지원 활동을 목적으로 하는 교양교과목이다. 방학 기간 중의 특별학기제를 통해 운영되며, 지정된 탐방 루트와 콘텐츠에 입각해 학생들이 해외 현지를 직접 탐방하여 다양한 체험 활동을 수행토록 설계되었다.

2. 기획의 배경 및 필요성

• 글로벌 시대에 부합하는 인재 양성의 필요

21세기는 글로벌 시대이다. 수많은 외국인 노동자와 결혼 이민자, 유학생들이 국내로 쏟아져 들어오고, 취업을 위해 해외로 눈을 돌리는 청년들도 폭발적으로 증가하고 있다. IT 기반의 통신 네트워크를 통해 지구 반대편에 사는 외국인들과의 교류가 일상화된 지 오래다. 이러한 초연결 시대에 학생들이 적응해 성공의 기회를 창출하기 위해서는 세계시민으로서의 자질과 역량을 기르고 국제사회의 공동선 추구에 동참할 수 있는 덕성을 갖출 필요가 있다.

이러한 점에서 해외탐방 프로그램은 유익하다. 현장 학습을 통해 학생들은 다양하고 이질적인 문화를 포용할 수 있는 개방적인 국제 감각과, 소외된 지역민들을 도와 인류애의 가치를 실천할 수 있는 봉사 정신을 체득하게 될 것이다. 졸업 후의 해외 진출에 있어서도 이러한 경험은 귀중한 자산이 될 수 있다.

• 지역사회 국제화 선도를 위한 국립대학 책무 이행의 필요

　본교 소재지인 안성시는 현재 뚜렷한 산업 기반이 없어 경기 침체를 겪고 있다. 때문에 지역경제의 활로를 찾기 위해 최근 관내의 수출 중소기업들로 구성된 '동남아 시장개척단'을 파견하는 등 기업의 해외시장 개척을 적극적으로 지원하고 있는 실정이다. 이에 시에서는 양질의 교육, 산업 혁신과 인프라, 지속가능한 도시와 공동체, 문화예술 도시, 글로벌 파트너십 강화 등을 골자로 한 '지속가능발전목표'를 수립, 2030년까지 달성하겠다고 천명한 바 있다(안성시지속가능발전협의회 홈페이지 '2030안성시지속가능발전목표' 참조).

　국립대학으로서의 공공재 역할을 강화하기 위해서는 지역사회가 직면해 있는 이러한 현안들에 대해 본교 학생들이 함께 고민하고 해법을 모색하려는 노력이 요구된다. 그 일환으로 지역사회 국제화를 위한 참조 사례 견학의 차원에서 해외탐방이 필요하다.

• 본교 대외 이미지 제고 및 홍보의 필요

　최근 여러 차례 시행한 현황 분석 자료에 의하면, 본교의 가장 큰 취약점은 '대외 인지도 부족'에 있다. 경기도 유일의 국립대학이자, 상대적으로 교육비 부담이 낮고, 지역산업과 연계한 우수한 산학연계 프로그램을 보유하고 있다는 점에서 본교는 매우 경쟁력 있는 대학이다. 그럼에도 학교를 특성화하여 브랜드화하는 데 실패함으로써 대외 인지도가 매우 낮은 것이 아킬레스건.

본교 환경 SWOT 분석
(출처: 한경대학교, 「한경대학교 중장기발전계획」, 2019.02., 255쪽)

기회(Opportunity)		강점(Strength)	
O 01	국공립대의 사회적 책무 강조 및 지원 확대	S 01	경기도 유일 국립종합대
O 02	ICT 산업의 꾸준한 호황 유지	S 02	상대적으로 낮은 교육비
O 03	성인 학습자 직업 교육 및 재직자 재교육 필요성 증대	S 03	양질의 입학 관련 행정 서비스

O 04	전자, 서비스, 여가, 보건 레저 산업의 활성화 기대	S 04	산학협력 프로그램의 우수한 품질
O 05	공학 및 보건의료 계열 인력 부족 현상 유지	S 05	지역산업과 연계한 특성화 분야 보유

위협(Threat)		약점(Weakness)	
T 01	4차 산업혁명에 대응할 수 있는 유연한 학과 운영 필요	W 01	학생 자원 확보를 위한 대학 경쟁력 및 브랜드 개선 필요
T 02	국내 경제성장률 정체 및 상대적으로 높은 수도권 실업률	W 02	학생 및 교직원의 학교에 대한 자부심 저하
T 03	학령인구 감소에 따른 입학 자원 감소 및 대학 경쟁 심화	W 03	현장 실습, 캡스톤 디자인 등 산업 연계 교육 실적 저조
T 04	시대적 흐름에 따른 대학 역할 확대 필요	W 04	전임교원 확보율 감소 추세, 상대적으로 낮음
T 05	융·복합 교육과정 개발 및 융합 인재 양성 요구 증대	W 05	경쟁 대학 대비 낮은 교외 연구 수주

이에 본교 학생들이 해외탐방을 통해 펼치게 될 다양한 견학 및 지원 활동은 현지 사회와 우호 친선 관계를 맺는 계기로 작용할 수 있으며, 나아가 그 활동상이 매스컴에 보도될 가능성도 무시할 수 없다. 그 결과, 본교의 이름이 자연스럽게 대내외에 알려지는 효과를 얻게 될 것.

3. 교과목 운영 개요

• (교과목 특징) 글로컬 역량 강화를 목적으로 한 해외탐방 과목. '내혜홀'은 안성의 옛 지명으로, 안성 지역과의 상생 발전을 도모한다는 목적에서 과목명으로 채택되었다. 유연학기제(Refresh학기)를 통해 운영되며, 사전 심사를 거쳐 선발된 학생들에 대해 여비를 지원하고 사후에 학점을 일괄 인정하는 방식이다.

• (교과 내용) 테마기행의 형식을 취한 견학 활동 위주로 구성된다. 안성 지역 현안과 결부된 테마 및 도시를 선정해 관련 강의를 진행한 후 탐방지의 특색 있는 문화자원(의식주, 인프라, 환경 등)을 돌아보고 지역사회 발전에 응용할 수 있는 아이디어를 발굴하는 데 초점이 맞추어진다.

• (개설 시기 및 횟수) 하계 혹은 동계 방학 Refresh학기 중 연 1회

• (학점 및 시수) 2학점, 주당 이론 1시간/실습 2시간, 총 45시간

• (수강료) 수강료는 없고, 탐방 소요 비용은 장학금 형태로 지원

• (평가 방식) P/F 방식 채택. 평가기준은 참여도, 과제 성취도 등

• (사후 활용) 결과보고서 발표 후 우수자를 선정하여 포상하고, 관련 자료 집 발간과 전시회 개최를 통해 성과 공유 및 확산 시도

4. 세부 운영 계획

■ 2020년도 기본계획

• 탐방 시기: 2020년 7~8월 중 (※ 코로나19 확산 추이에 따라 취소될 수 있음)

• 탐방 테마 및 지역: 아래 4가지 방안 중 택일

– (1안) 프랑스 아비뇽의 축제 문화 탐방

지역 축제 활성화 방안을 모색하기 위한 탐방. 안성시의 대표적 문화 브랜드로 '바우덕이 축제'가 있으나, 콘텐츠 및 홍보 부족으로 인해 침체 상태. 세계적 공연 축제인 프랑스의 아비뇽 페스티벌에 참가해 우수한 문화를 접하고 응용 가능한 대안적 아이디어 발굴.
▶ 일정: 아비뇽 페스티벌 조직위원회 방문, 참가작 관람, 아비뇽 예술대학 방문 등 (* 페스티벌 기간: 2020. 7. 3.~7. 23.)

- (2안) 미국의 실리콘밸리 기업문화 탐방

청년 취창업 생태계 조성을 위한 탐방. 안성 관내에 다수의 산업단지가 위치해 있으나 조립금속 등 2차산업 위주여서 청년들의 외면을 받는 실정. 최첨단 IT기업 위주의 미국 실리콘밸리를 방문해 4차 산업혁명의 동향 및 선진화된 기업문화를 돌아봄으로써 진취적인 기업가정신을 배우고 안성의 미래 먹거리 산업을 발굴.
▶ 일정:애플 파크, 페이스북 본사, 구글 캠퍼스, 스탠포드 대학 방문 등 투어 / 1월 라스베이거스 CES(세계가전박람회) 참가도 고려

- (3안) 영국의 대학 도시 케임브리지 탐방

대학과 지역 상권 간의 상생 방안을 찾기 위한 탐방. 현재 안성 관내에는 본교 및 중앙대, 동아방송대 등 여러 대학이 있으나, 주변 상권이 발달하지 못해 지역경제 기여도가 낮은 실정. 대표적 대학 도시인 영국의 케임브리지를 찾아 대학과 도시 간의 상생 문화를 체험하고 본교 주변 상권 활성화 방안을 모색.
▶ 일정: 케임브리지 시청 방문 지원정책 현황 청취, 케임브리지대 홍보 투어 참가, 대학가 상권 운영 실태 체험 등

- (4안) 인도네시아 바우바우시의 한글 문화 탐방

한글 문화의 해외 전파 및 지원을 위한 탐방. '한글 수출 1호' 사례로 유명한 인도네시아 부톤 섬 바우바우 시의 찌아찌아족 학교를 방문하여 봉사활동을 수행하고, 현지의 한글 보급 실태를 점검하여 향후 어떠한 도움이 필요할지 지방정부 차원의 지원 대책을 강구(향후 안성시와 바우바우 시 간 자매결연 타진)
▶ 일정: 바우바우 시청 방문, 관내 초등학교 방문하여 봉사활동, 관내 한글 사용 실태 조사 등

• 선발 규모: 10명 내외

■ 지원 자격

- 본교 재학생(휴학생, 직전 학기 학사 경고자 제외)

■ 선발 및 이수 절차

- 수강 절차

- 신청서 접수 기간: 2020. 4. 13. ~ 4. 27. 17:00

- 접수 방법: 이메일 접수 혹은 교양교육지원센터 방문 접수

- 선발 방법: 1차 서류 전형, 2차 면접

- 심사 기준
  - 서류 심사: 테마 이해도 20, 활동경력 20, 활동계획 40, 최근 성적 20
  - 면접: 참여 의지 30, 과제 수행 능력 40, 의사소통 능력 30

- 수강신청: 선발된 학생들만을 대상으로 자동 수강 처리

- 결과보고서 작성, 발표: 탐방 종료 후 10일 이내. 별도 공지
  - 우수자 선정해 포상(200,000원), 학교 홍보에 활용

- 성적 부여: P/F 방식으로 평가
  - (평가 기준) 참여도, 과제 성취도 등. 탐방 성실 참가, 결과보고서 제출
    및 발표 마친 학생은 Pass. 탐방 불참, 중도 포기, 무단 이탈, 결과보고
    서 누락 시 Fail로 평가. 교직원 현지 동행 예정

- 성과 공유 및 확산 – 비교과 활동
  - (자료집 제작) 수강생들이 제출한 결과보고서 및 기타 자료 취합하여
    자료집 제작

: 2020년 2학기 중

- (전시회 개최) 탐방 현지에서 촬영한 사진 자료 및 기타 입수 자료 취합하여 교내 전시

: 2020년 2학기 중

5. 소요 예산 및 집행 계획

• (예산 규모) 총 (　　　　)원

항목	구분	단가	인원	금액	비고
여비	학생 여비(장학금)				
	교직원 해외 여비				
	현지 가이드 비용				
인건비	교수자 인건비				
	특강 강사료				
운영비	발표 우수자 포상금				
	자료 구입비				
	자료집 제작비				
	전시회 운영비				
	회의, 심사비				
합계					

6. 기대 효과

• 세계시민으로서의 국제 감각과 의사소통 능력, 봉사 정신 함양
• 현장 실습과 견학을 통한 실용적 문제 해결 능력 연마
• 현지 기관과의 친선 관계 수립을 통한 본교 국제교류 활성화
• 지역사회 발전에 기여함으로써 본교 대외 이미지 제고

_____

_____

_____

_____

_____

_____

_____

_____

_____

_____

2. 다음 주제 중 택일하여 기획안을 작성해 보자.

• **신설 동아리 운영 계획서 쓰기**

대학에 입학하면 가장 먼저 관심을 갖는 것이 동아리 활동. 그런데 정작 내가 원하는 동아리가 없어 실망하는 경우가 있다. 시대가 변하면 동아리도 변해야 하는 법. 새로운 동아리를 설계해 보는 것은 평소 내가 막연히 상상만 하던 아이디어를 실행해 볼 좋은 기회가 될 수 있다. 현재 동아리연합회에 등록되어 있지 않은 새로운 동아리를 만든다고 가정하고, 그 내용을 기획해 '신설 동아리 운영 계획서'를 작성해 보자. 계획서는 다음 항목을 포함하여야 한다. 동아리 개요, 배경 및 필요성, 활동 내용, 활동 방법, 연간 활동 일정(월별 혹은 분기별), 최종 목표 및 기대 효과 등.

• **문고본 도서 기획안 쓰기**

우리 ○○출판사는 올해 9월 대학생을 타깃으로 한 '○○교양문고'를 신설

하여 1차분으로 100종을 출간하고자 한다. 4차 산업혁명기의 급변하는 환경 속에서 대학생들이 진로를 모색하는 데 방향타가 되어 줄 유용하면서도 선도적인 지식을 제공하기 위해서이다. 이러한 취지에 부합하는 아이템을 2가지 이상 발굴하여 기획안을 작성, 제출하라. 기획안은 아래의 항목을 포함하여야 한다. 도서명(가제), 기획 의도와 배경, 유사 동종 서적 및 시장성 조사, 도서의 차별화 전략, 본문의 구성, 추천 저자(약력 포함), 제작 일정, 기대 효과 등.

• 본교 환경 개선 제안서 쓰기

우리 대학교에서는 개교 80주년을 맞아 대대적인 캠퍼스 개조 사업을 진행하고자 한다. 이는 캠퍼스 내의 공간적, 제도적 문제점을 파악하여 시정함으로써 학생들의 학습 환경 개선과 복리 후생을 증진하기 위한 사업이다. 시급하게 개선해야 할 캠퍼스의 문제점을 한 가지 이상 조사하여 제안서를 작성, 제출하라. 제안서는 아래의 항목을 포함하여야 한다. 제안명(가제), 제안의 의도와 배경, 조사 방법, 조사된 문제점 및 실태, 문제점의 원인 진단, 해결책 제안, 실현 가능성 및 예산 규모, 기대 효과 등.

자기 PR과 자기소개서

자기소개서는 자기 PR(Public Relation)을 목적으로 하는 글이다. 대개 진학이나 구직을 위해 작성되며, 흔히 입사 지원 서류의 일종으로 간주된다. 자기소개서 외에도 대표적인 입사 서류로 이력서가 있다. 이력서는 지원자의 학력, 성적, 경력, 병역, 수상 내역 등의 공식적인 신상 정보가 소상히 기술된 문서이다. 그렇다면 이력서만으로도 신원 증빙이 충분할 듯한데, 굳이 자기소개서가 필요한 이유는 무엇일까?

그 이유는 이력서만으로는 알기 어려운 지원자의 숨은 잠재력을 가늠할 수 있기 때문이다. 이력서의 내용은 겉으로 드러나는 계량화된 정보만을 담고 있기 때문에 그 이면에 가려진 질적이고 내적인 정보를 파악하기 어렵다. 따라서 기업은 지원자의 내적 정보, 즉 성장 과정이나 사고력, 도덕성, 문제 해결 능력 등을 다각적으로 들여다보고 조직에 필요한 인물인지 여부를 검증하기 위해 자기소개서를 요구하는 것이다.

요컨대 자기소개서는 직무 적합성, 즉 지원자가 해당 업무의 적임자인지 아닌지를 판별하기 위한 지극히 실용적 용도를 가진 문서이다. 따라서 자기소개서를 쓸 때는 이러한 용도에 걸맞게 자신의 전문성과 잠재력을 최대한 부각하는 데 초점을 맞추어 독자를 설득해야 한다. 그렇지 않고 소위 '자소설'이라는 별칭처럼, 단순히 개인사를 과대 포장하거나 허구로 꾸며 낸다면 좋은 글이 될 수 없다. 그런 점에서 용도에 맞게 효과적으로 자기 PR을 할 수 있는 요령을 익힐 필요가 있다.

자기소개서를 작성할 때 유념해야 할 점은 다음과 같다.

첫째, 지원 분야와 관련지어 작성해야 한다. 앞서 언급했듯이 자기소개서는 단순히 개인의 역사를 이해하기 위한 글이 아니다. 조직에 필요한 인물인지 아닌지를 판가름하기 위한 실용문이다. 그런 점에서 자기소개서는 1부 1장에서 학습한 자기 성찰적 글과는 차이가 있다. 따라서 성장 과정에서부터 지원 동기 항목에 이르기까지 모든 내용을 업무 특성과 연계하여 작성해야 한다.

둘째, 구체적으로 작성해야 한다. 단순히 리더십이 좋다거나, 전문성을 잘 갖췄다는 식의 일방적인 서술로는 설득력을 얻기 어렵다. 자신이 리더십을 발휘한 실제 경험담을 소개하거나, 지원 분야와 관련한 자격증이나 시험 성적 등 구체적인 데이터를 제시할 수 있어야 한다.

셋째, 스토리텔링 등의 참신한 기법을 활용하는 것이 좋다. 하루에도 수백 수천 통의 서류를 검토해야 하는 심사자의 입장에서 모든 글을 일일이 정독하기는 어렵다. 눈에 띄는 몇몇 서류들만을 집중적으로 보게 마련이다. 따라서 심사자의 주의를 끌려면 자서전, 인터뷰, 레시피 등의 다양한 서식을 접목하여 창의성을 발휘해야 한다(단, 회사 고유의 지정 서식이 주어질 경우, 우선 해당 서식에 맞추어야 한다).

자기소개서에 담아야 할 내용은 회사마다 조금씩 편차를 보인다. 애초부터 고유의 서식을 지정하여 이에 맞춰 작성하도록 주문하기도 하고, 아예 지정 서식 없이 지원자의 재량에 맡기는 경우도 있다. 어떠한 경우이건 자기소개서의 기본 골격은 대동소이하며 대개 성장 배경과 성격, 활동 경력, 지원 동기 등 3~4가지 항목으로 구분하여 기술하도록 되어 있다. 항목별로 작성 요령에 대해 살펴보자.

1) 성장 과정의 특이점 찾기

자기소개서는 으레 성장 환경이나 가족을 소개하는 내용으로부터 시작된다. 그것이 지원자 인생의 뿌리이기 때문이다. 그렇다고 상견례 자리에서와 같이 상투적인 소개로 일관하는 것은 좋지 않다. 지원자의 고유한 가치관이나 품성, 직무 적성이 형성되는 과정을 심사자가 엿볼 수 있도록 서술하는 것이 중요하다. 그러기 위해서는 대대로 내려오는 집안의 독특한 가업이나 가풍, 영향을 받은 인물이나 사건, 난관을 극복한 스토리 등을 부각하여 읽는 이가 몰입할 수 있도록 유도해야 한다. 성격을 소개할 때도 직설적으로 서술하기보다는 주변의 사물에 빗대어 비유적으로 묘사하거나 관련 예화를 동원하는 편이 효과적이다. 그리고 이러한 요소들이 어우러져 어떻게 현재의 내 관심사와 인생의 지향점을 형성하였는지 정리해 주어야 한다.

2) 무용담 극화하기

자기소개서에는 소위 '스펙'이라 불리는 학력이나 경력에 대한 소개가 반드시 담긴다. 이 부분은 지원자의 전문성을 엿볼 수 있는 핵심적인 내용이므로 비중 있게 서술되어야 한다. 학창 시절의 성적이라든가 수상 내역, 자격증 등에 대해 집중적으로 소개하고, 동아리 활동이나 해외연수 경험이 있다면 이러한 부가적 활동에 대해서도 거론하는 것이 좋다. 이때 중요한 점은 이 모든 활동상이 지원 업무와 관련될 수 있도록 서술해야 한다는 것이다. 또한 무미건조하게 나열하기보다는 가급적 무용담(武勇談)과 같이 에피소드 형식으로 소개한다면 설득력이 더욱 커질 수 있다. 가령 단순히 요리 경연 대회에서 수상했다고 쓰기보다는 경연 대회 진행 과정의 숨 막히는 긴장감과 치열한 열기, 실수를 극복하고 마침내 정상의 자리에 오르기까지의 과정을 장면화하여 묘사할 때 읽는 사람의 뇌리에 더욱 강렬한 인상을 남기게 된다.

3) 지원 회사 조사하기

　자기소개서의 마지막은 대개 입사 동기에 대한 언급으로 채워진다. 왜 이 회사에 입사하고자 하며, 향후 어떠한 일을 하고 싶은지 포부를 밝히는 내용이다. 일단 입사 이유를 소개하기 위해서는 그 회사에 대한 정보부터 입수해야 한다. 그래야 해당 회사의 성향에 걸맞은 지원 동기를 구상할 수 있다. 따라서 회사 홈페이지나 홍보 영상, 관련 보도 기사 등을 통해 회사의 설립 배경과 설립자, 연혁, 기업 이념, 추구하는 인재상 등을 조사하고, 이러한 정보를 적시하며 자신의 동기와 포부를 밝히는 것이 좋다. 심사자의 입장에서는 자사에 대한 지원자의 이해도와 관심도를 엿볼 수 있으므로 호의적인 인상을 받게 된다. 또한 포부를 밝힐 때도 막연하게 근면 성실한 자세를 강조하기보다는, 회사의 역점 사업을 거론하며 나만의 계획을 구체적으로 소개하는 편이 훨씬 강한 신뢰감을 얻을 수 있다.

1. 다음 예문은 학생들이 작성한 자기소개서이다. 예문을 읽고 각각의 글에 나타난 형식적인 특징과 그 효과에 대해 토의해 보자.

아낌없이 주는 나무처럼

나무는 아주 오래전부터 다양한 쓰임새로 사용되어 왔습니다. 건축자재로, 도구나 가구의 재료로, 연료로, 가로수로 말입니다. 가장 흔하게 어디에나 있지만 인간에게 다양한 도움을 주는 나무처럼 저도 언제 어디서나 다른 사람들에게 도움을 줄 수 있는 사람으로 살아가려고 노력하고 있습니다.

싹을 틔우다 - 성장 과정 및 성격

나무가 싹을 틔우고 성장하기 위해서 햇빛과 토양, 물 등 다양한 조건이 필요한 것처럼 한 사람이 성장하는 데에는 다양한 조건들이 필요하고 또 영향을 미칩니다. 나무가 비바람을 견뎌내며 자라는 것처럼 저 또한 많은 경험들을 통해 성장했습니다. 나무가 뿌리를 통해 토양에서 영양분과 수분을 흡수하듯 저는 책을 통해서 많은 지식과 경험, 상상력을 흡수할 수 있었습니다. 독서는 저의 인생에서 가장 큰 힘이 되어 준 무기였습니다. 일례로 고1 때 저는 사춘기와 고등학교라는 새로운 환경, 그리고 이로 인해 떨어지는 성적 때문에 방황하고 있었습니다. 그때 제게 답을 찾아 준 것이 파울로 코엘료의 『연금술사』라는 책입니다. 『연금술사』는 제게 '현실에 충실하고 꿈을 위해 노력한다면 이루지 못할 것은 없다'라는 교훈을 깨닫게 해 주었고, 그 영향으로 저는 더 이상 불확실한 미래에 대해 고민하기보다는 당장의 현재를 위해 노력하기 시작했습니다. 일신우일신(日新又日新)이라는 말처럼 오늘의 내가 어제의 나보다 더 발전할 수 있도록 노력하였고, 그 과정에서 저는 꿈과 성적이라는 두 마리 토끼를 잡을 수 있었습니다.

저는 고지식할 정도로 규칙과 법을 지키려고 합니다. 새벽에 차가 지나다니지 않는 도로에서조차도 무단횡단을 하지 않기 위해 멀리 떨어진 횡단보도로 빙 돌아가는 성격입니다. 누군가는 그게 당연한 것 아니냐고 말합니다. 하지만 대다수의 안전사고들은 그런 당연한 것들을 지키지 않아서, 가벼운 마음에 무시하기 때문에 일어납니다. 제 이러한 성격은 남들과의 의사소통에서 장애물로 작용하기도 합니다. 가볍게 넘어갈 수도 있는 상황에서 엄격한 잣대를 적용하곤 하니까 말입니다. 하지만 자그마한 방심과 실수가 큰 문제를 초래할 수도 있는 안전과 환경이라는 분야에서 제 이러한 고지식한 성격은 큰 장점으로 작용할 것이라 생각합니다.

꽃을 피우다 – 특기 및 활동 계획

식물이 꽃을 피우는 것은 열매를 맺기 위한 준비를 위해서입니다. 저도 대학 생활 동안을 제 꿈을 위한 준비기간으로 삼아 제가 배운 것들을 직접 적용해 볼 수 있는 다양한 활동들을 행할 것입니다. 환경정화 및 봉사활동을 통해서 환경오염의 심각성을 체감하고, 좀 더 나은 환경을 위한 마음가짐을 다질 것입니다. 또한 제 능력을 전문화시키고 꿈을 이루는 데 실질적 도움을 줄 수 있는 수질환경기사, 대기환경기사, 산업안전기사의 자격증을 딸 것입니다.

열매를 맺다 – 지원 동기 및 장래 포부

제가 ○○화학에 지원하게 된 이유는, 첫 번째로 제가 가진 능력을 통해서 ○○화학의 공장들을 세계에서 제일 안전하고 깨끗한 일터로 만들기 위해서입니다. ○○화학은 최우선 경영과제들 중 하나로 안전보건환경을 내세울 정도로 안전하고 친환경적인 일터를 만들기 위해 노력하고 있습니다. 저는 '나 스스로가 세계를 선도하는 사람이 되지는 못하여도 세계를 선도하는 사람들을 뒷받침할 수 있는 사람이 되자'라는 개인적인 목표를 갖고 있는데, 이를 이룰 수 있는 곳이 바로 ○○화학이라고 생각합니다. 직원들이 안심하고 일하면서 최고의 기량을 발휘할 수 있도록 뒤에서 최대한 지원하는 역할을 하며 ○○화학이 세계를 선도하는 기업이 될 수 있도록 이바지할 것입니다.

두 번째로 환경오염을 줄이기 위해서 귀사에 지원하게 되었습니다. 세계적으로 미세플라스틱이 심각한 환경오염 이슈로 대두되고 있는 지금, 국내 최고의 석유제품 생산 기업인 ○○화학에서 모범이 되어 환경오염을 줄이기 위한 노력을 한다면 다른 많은 기업들도 그 뒤를 따를 것이라고 생각합니다. '일등○○'라는 비전에 걸맞게 귀사는 환경오염을 줄이기 위한 노력 또한 선도해야 한다고 생각합니다. ○○화학의 안전보건경영의 핵심 과제 중 하나가 '지속적 환경개선'인 만큼, 제가 ○○화학에 입사하게 된다면 환경보호의 주역이 되어 국내, 나아가 세계의 환경을 위해 힘쓸 것입니다.

　나무가 씨앗을 위해 열매를 맺듯, 저도 ○○화학에 들어가 후대를 위한 크고 달콤한 열매를 맺고 싶습니다.

- 학생의 글

내 인생의 레시피

반죽하기

　저희 아버지는 음식에 새로운 시도를 하기를 좋아하는 분입니다. 그런 아버지의 영향으로 어려서부터 저 또한 저만의 방식으로 음식 만드는 일에 흥미를 가졌습니다. 한번은 간장떡볶이를 만들다 집에 설탕이 없어서 남아 있던 김빠진 콜라를 대신 넣었던 적이 있습니다. 물론 떡볶이에 콜라 향이 너무 나는 바람에 기대한 결과물을 만들지는 못했지만, 어쨌든 저는 정해진 레시피대로 음식을 만들기보다는 저만의 느낌대로 음식을 새롭게 탄생시키는 데 재미를 느꼈습니다. 그럴 때마다 저희 부모님은 냉정하고 단호한 감정단이 되어 맛이 없으면 입도 대지 않으시고 맛있으면 칭찬하시며 "이것을 더 넣어 보면 어떨까" 하고 아이디어를 주셨던 것이 기억납니다. 이처럼 무모하지만 새로운 시도를 통해 이전보다 더 맛있는 음식 조합을 만들어 냈을 때의 희열은, 제가 귀사에 지원하게 된 원동력으로 작용했습니다.

간하기

　제 성격은, 꽉 쥐면 쥘수록 단단해져서 잡기 어려워지지만 가만히 놔두면 부드러워서 손가락 사이로 빠져나가는, 전분 반죽과도 같습니다. 어려서부터 저는 외부에서 심리적 압박을 가하거나 강압적 힘으로 저를 휘두르려고 할 때면 반항심에 사로잡혀 청개구리처럼 항상 반대로 행동했었습니다. 그와 달리, 부모님이나 선생님이 저를 자유롭게 풀어 주면 줄수록 더 자발적으로 행동하고 창의적인 아이디어를 내는 학생이 저였습니다. 커 가면서 이러한 저의 성격을 이해하고, 장점은 승화시키고 단점은 다스릴 수 있는 방법을 조금씩 터득해 나갔습니다. 즉 저의 반항심이 단순히 반항으로만 그치지 않고 좋은 방향으로 나아갈 수 있도록 스스로를 북돋우고자 했습니다. 저는 이러한 반항심이 주어진 상황을 더 바르고 효율적인 방식으로 바꾸게 해 줄 것이라고 믿었습니다. 따라서 저는 이해할 수 없는 상황이 저를 압박해 올 때면 무턱대고 거부하는 것이 아니라, 그것을 어떻게 하면 더 좋은 방향으로 해결할 수 있을지 고민하며 대책을 강구했습니다. ○○에 입사하게 된다면, 이러한 저의 성격을 십분 발휘해 오래되고 고지식한 것들을 새롭게 개편하여 효율적인 작업환경을 만들도록 노력하겠습니다. 또한 창의적인 아이디어를 통해 획기적인 제품을 개발함으로써 ○○이 추구하는 전문성과 인성을 두루 갖춘 인재로 성장해 나갈 것입니다.

굽기

저는 음식의 찰떡궁합을 찾아내는 것에 관심이 많습니다. 사람들이 테트리스를 딱 맞췄을 때 희열을 느끼는 것처럼, 저는 다른 사람들이 발견하지 못한 찰떡궁합을 찾아내고 이를 인정받았을 때 큰 기쁨을 느낍니다. 최근 영화 〈극한직업〉을 보았는데, 자기 집안 가업의 비법인 왕갈비 소스를 치킨에 접목해 사람들에게 큰 인기를 끄는 것을 보고 강한 자극을 받았습니다. 이에 우선 저는 대학에서 음식과 관련된 동아리를 만들어 친구들과 함께 찰떡궁합이면서도 처음 보는, 신박한 길거리 음식을 개발할 것입니다. 그다음엔 시음회를 열어 가장 반응이 좋은 품목을 학교 축제나 체육대회 때 동아리 부스에서 팔아 볼 생각입니다. 나아가 그 신박한 길거리 음식이 너무 맛있어서 다른 학교에서도 소문을 듣고 저희 학교로 찾아오도록 하는 것이 저의 목표입니다. 또한 할 수 있다면 학교 주변에 붕어빵 포차를 차려 다양한 붕어빵 디저트를 만들어 볼 계획입니다. 거리의 흔한 포장마차와는 달리 젊은 세대를 겨냥한 색다른 디자인으로 포차를 꾸며서 인근 초중고 학생들을 공략할 것입니다. 이러한 다양한 시도를 통해 내공을 쌓게 되면 저는 제품의 흥망에 대한 감을 기를 수 있을 것입니다. 그 감각은 제가 ○○에 입사했을 때 흥하는 제품을 개발하는 데 큰 도움이 될 것입니다.

판매하기

허니버터칩이나 어니언 치킨은 원래 있던 요리에 소스만 다르게 했을 뿐인데 큰 인기를 끌고 있습니다. 이에 저는 앞으로 요식업의 미래는 소스에 좌우될 것이라고 예상해 봅니다. 또한 요즘 유튜브를 보면 ASMR 콘텐츠가 유행입니다. 즉 먹을 때 소리가 독특한 요리가 인기를 끕니다. 제가 만약 ○○에 입사하게 된다면 연구개발 부문에서 일하며 이러한 유행의 흐름을 예리하게 파악해 현 세대의 취향을 저격할 만한 제품을 만들어 내겠습니다. 더불어 ○○의 제품으로 유행의 흐름을 뒤집어 보는 것도 저의 큰 포부입니다. 저에겐 부모님에 의해서 단련된 맛 감각, 즉 기성세대의 기호를 잘 포착할 수 있는 감각이 있습니다. 고령화가 점점 심해지는 현실에서 기성세대를 사로잡을 수 있는 맛을 안다는 것은 큰 메리트가 아닐 수 없습니다. 따라서 저는 젊은 세대를 위해 개성 있는 제품을 개발하는 것뿐 아니라 부모님 세대를 위한 전통적인 국민 기호식품을 연구하는 데에도 힘쓸 것입니다.

- 학생의 글

2. 각자 관심 있는 직업(혹은 직종) 한 가지를 골라 아래 스왓(SWOT) 분석을 해 보고, 결과를 토대로 자기소개서를 작성해 보자.

희망 직업(종)			
강점(Strength)	약점(Weakness)	기회(Opportunity)	위협(Threat)

4장

관점이 명확한
비평문

　주변인과 우리 사회 현안이나 대중문화 관련 이슈에 대해 이야기를 나눈 경험이 있을 것이다. 시사적인 현안이나 대중문화 관련 논쟁을 일상과 별개의 영역이라고 느낄 수도 있지만, 이 같은 이슈는 우리의 삶과 밀접하게 관련되어 있다. 연일 뉴스에 보도되는 정치적·사회적 논쟁은 집단과 개인의 존재 조건에 결정적인 영향을 미치며, 문화적 트렌드는 미디어를 통해 재생산되면서 언어, 사고 방식뿐만 아니라 산업구조와 연동된다. 개인을 둘러싼 정치적·사회적 역학 관계와 문화 영역에 관심을 가져야 하는 이유도 여기에 있다. 특히 사회와 문화 속에서 문제가 되는 지점을 찾고, 이에 대한 대안을 모색하는 것은 문제점을 추출하고 대안을 제시하는 PBL 수업의 취지와 연결될 수 있다. 이 장에서는 정치, 사회 등 시사적인 문제에 대한 글인 '시사 칼럼'과 대중문화 트렌드 및 특정한 작품에 대한 글인 '문화 칼럼'을 직접 쓰면서 사안에 대한 자신만의 관점을 확보하고 사회 문제에 대한 방향을 모색해 보자.

시의성 있는 시사 칼럼

　사설, 혹은 시론(時論)이라고도 일컫는 시사 칼럼은 정치, 사회 등 제반 영역과 관련해 필자가 명확한 의견을 제시하는 글이다. 여기서 시사(時事)는 일반적으로 '그 당시에 일어난 다양한 일', '특정 시점에서 세상의 정세와 관련된 일'을 지칭한다. 이는 시사가 글 쓰는 이와 읽는 이가 속해 있는 집단의 현재 이슈와 관련되어 있음을 의미한다.

　그렇다면 최근 가장 문제가 되는 사안은 무엇이라고 생각하는가. 종이신문을 정독하거나 온라인 플랫폼을 통해 확대, 재생산되는 뉴스를 꼼꼼하게 검토하지 않더라도, 검색어 순위나 온라인 뉴스의 헤드라인을 점검할 때 언론이 주목하고 대중이 관심을 갖는 사안을 파악할 수 있다. 한 포털사이트는 분야별 인기 검색어와 포털사이트의 댓글을 집단별로 분류하여 제시하는 빅데이터 서비스를 제공하기도 한다.

　『표준국어대사전』에 따르면, 칼럼(Column)이란 '시사, 사회, 풍속 등에 대한 평론'을 가리킨다. 대개 칼럼이라면 신문이나 잡지에 기고하는 전문가의 글을 생각하겠지만, 시사적인 문제나 대중문화에 대한 관점이 뚜렷이 드러나는 글이라면 연령이나 직업과 관계없이 칼럼으로 인정받을 수 있다. 그러므로 관심 있는 현안을 생각해 보고, 이에 대한 입장을 정리한 후 본인의 입장을 설득력 있게 풀어 가는 과정을 통해 한 편의 칼럼을 완성할 수 있다.

1) 시사 칼럼 쓰기

일반적으로 시사 칼럼은 신문, 잡지에 게재되는 사설(社說)이나 개인이 사회에 대한 의견을 피력하는 칼럼으로 구분된다. 사설이 언론사의 입장을 담은 글이라면, 칼럼은 사회에 대한 개인의 시각을 담은 글이다. 사설과 칼럼은 사회의 주요 화두에 대한 주관적인 의견을 드러내는 글이라는 점에서 공통점을 가진다. 또한 시사 칼럼은 특정 사안에 대한 명확한 의견을 주장하는 글과 문제에 대한 해결책을 제안하는 글로 구분된다.

이 중 해결책을 제안하는 방식과 관련해, 2부 1장의 '1. 문제의 발견과 구체화'에서 화제의 발견과 실효성 있는 대안 찾기에 대해 논의했다. 이와 달리 주장을 통해 타인을 설득하려면 시사 칼럼은 글쓴이의 명확한 입장을 담아야 하며, 주장에 대한 구체적인 근거를 제시해야 한다.

시사 칼럼에서 가장 중요한 요소는 '시의성'과 '논리성'이다. 먼저 시의성은 동시대인의 관심사와 맞닿아 있는 상황이나 현상을 말한다. 다양한 소식을 전하는 뉴스는 시의성이 그 가치를 결정하는 대표적인 예다. 해당 시점에서 의미 있는 뉴스가 곧 가치 있는 것으로 평가받는다. 그리하여 동시대인의 관심사에서 멀어진 뉴스는 폐기되기 마련이다. 그러므로 '지금 이곳'의 주요 화두는 무엇인지 늘 염두에 두어야 한다.

다음으로 '논리성'과 관련하여, 시사 칼럼을 쓸 때는 근거를 제시하는 데 주력해야 한다. 결국 좋은 칼럼과 그렇지 않은 칼럼을 결정하는 것은 글쓴이의 주장과 해결책을 독자 입장에서 수긍할 수 있는지에 달려 있다. 주장만 담은 글이라면 선동이 될 수밖에 없다. 시사 칼럼을 쓸 때는 자신이 그렇게 판단하는 이유를 구체적으로 서술하여 독자를 설득해야 한다. 근거를 제시할 때는 공신력 있는 수치나 연구 결과를 예시로 들어야, 그 주장이 더욱 설득력을 지니게 된다.

시사 칼럼을 잘 쓰기 위한 방법은 다음과 같다. 첫째, 다른 사람의 칼럼을 많이 읽어 보면서 주장과 근거를 구분하는 작업이 필요하다. 좋은 칼럼은 적절한 비유와 정확한 근거로 설득력을 더하는 반면, 그렇지 않은 글은 구체적 근거가 없으며 글쓴이의 입장만을 되풀이한다. 따라서 신문을 하나 구독해 거기 수록된 칼럼을 꼼꼼하게 읽거나, 좋아하는 글쓴이의 글을 찾아 해당 글쓴이가 발표한 글이 왜 설득력이 있는지 분석하는 것은 시사 칼럼을 잘 쓰는 지름길이 된다. 둘째, 우리 사회의 주요 이슈에 대해 주변인과 논의하는 시간을 갖는다. 매일 포털 사이트에 접속하면 인기 검색어를 확인할 수 있다. TV 뉴스를 보면 당일의 주요 사안을 정리하여 독자에게 제시한다. 지금 사회의 주요 화두를 알아보는 것을 넘어, 주변인들, 또는 온라인상에서 각자가 이 문제에 대해 어떻게 생각하는지 이야기하는 시간을 가져 보자. 쉽게 합일점을 찾지 못하더라도 서로의 생각과 그렇게 생각하는 이유에 대해 이야기하다 보면, 하나의 사안에 대한 다양한 시각을 확인하고 논리성을 확보해 갈 수 있을 것이다.

이상 시사 칼럼의 요건을 감안해 다른 사람의 시사 칼럼을 읽고, 본인의 시사 칼럼을 써 보자. 시사 칼럼을 쓸 때의 주요 과정을 정리하면 다음과 같다.

(1) 사안과 입장 정하기

시사 칼럼을 쓸 때 가장 먼저 생각할 것은 어떠한 문제를 대상으로 택할 것인지이다. 문제 선정 기준인 흥미성, 시의성, 구체성은 칼럼을 쓸 때도 적용된다. 이와 함께 사안을 정할 때 염두에 둘 것은 반드시 거시적으로 살펴봐야 할 시사적인 문제를 택하지 않아도 괜찮다는 점이다. 우리는 다양한 집단에 속해 있다. 대한민국이라는 집단 안에 속해 있으며, 그중에서도 대학생이며, 한경국립대학교에 재학 중이다. 그렇다면 대한민국 국민 모두가 관심을 가질 법한 문제, 예를 들면 '기후 위기', '출생률 저하', '종전 선언', '세대 갈등' 등을 칼럼 대상으로 택할 수도 있지만, 보다 작은 집단이면서도 우리가 속한 한경국립대학교 안에서 일어나는 문제를 논의 대상으로 정할 수도 있다. 예를 들면 '교내 중앙 동아리 지원 활성화', '도서관 이용 개선 방안', '학생 식당 이용 실태' 등을 대상으로 칼럼을 쓰고, 이를 예상 독자인 한경국립대학교 재학생들이 읽는 교내 신문이나 블로그 등에 게재할 수 있다.

또한 동시대인이 관심을 갖지 않더라도 내 생각에 중요한 문제라면 그 문제에 대한 칼럼을 쓸 수도 있다. 그 문제가 아직 해결되지 않았고, 지금 시점에서 논의돼야 할 긴박한 사안인데도 동시대인들이 주목하지 않는다면, 서론에서 이 문제에 주목해야 하는 이유를 강조한다. 만약 그동안 기존 언론에서 비중 있게 다루지 않았지만 우리 사회가 중요시해야 할 사안을 칼럼의 대상으로 택하고 그 문제에 대한 관심을 촉구한다면, 대상 선정만으로도 그 칼럼은 가치를 갖게 된다.

사안을 정했다면 이제 입장도 정리해야 한다. 칼럼을 쓰기 위해서는 나만의 시각이 필요하다. 학생들이 칼럼을 쓸 때 가장 많이 범하는 실수가 정확한 입장을 드러내기를 주저한다는 점이다. 그래서 일반적인 사실, 객관적인 정보만을 나열하는 경우를 종종 보게 된다. 그러나 그것은 기사이지 칼럼이 아니다. 칼럼을 쓰려면 나만의 입장을 정해야 하며, 나만의 시각을 확보하기 위해서는 사안을 비판적으로 바라보고 옳고 그름을 구분해야 한다. 나아가 비판적 시각을 확보하기 위해서는 보편적인 진리나 고정관념에 대해 의문을 품고 늘 질문을 던지는 자세가 필요하다.

이때 염두에 둘 것은 옳고 그름을 구분하는 기준이 자기 자신이라는 점이다. 학생들이 입장을 드러내기를 주저하는 이유는 본인의 시각이 옳은지에 대해 확신이 없기 때문이다. 그러나 세상에 무조건 옳은 시각이란 존재하지 않는다. 역사적으로 과거에 진리처럼 받아들였던 생각에 문제가 있다는 것이 드러나기도 하고, 대중이 열렬히 지지했지만 실제로는 기만당했다는 것이 나중에 밝혀지기도 한다. 보편적인 진리는 분명히 존재하지만, 가치판단의 문제는 분명 상대적이다. 그러므로 칼럼을 쓸 때는 다양한 각도에서 사안을 조명해 보고, 본인의 입장을 정확히 드러내야 한다. 설득력을 확보하는 것은 본인의 입장이 정해진 뒤에 고민하도록 한다.

(2) 칼럼 구성하기

칼럼이나 보고서 등 많은 글이 3단 구성(서론-본론-결론)을 취한다. 시사 칼럼은 서론에서 해당 사안을 짧게 소개하고, 이 지면에서 이에 대해 논의하는 이유를 설명한다. 본론에서는 문제의 원인을 분석하고 해결책을 제안하거나 사안에 대한 글쓴이의 입장을 제시하고, 그렇게 생각하는 이유를 설명한다. 본론은 글에서 가장 비중이 높으며 논리적으로 전개되어야 할 부분으로, 주장에 대한 근거나 문제에 대한 해결책은 여기서 구체적으로 제시해야 한다. 이어 결론에서는 핵심적인 주장이나 해결책을 요약하여 언급하거나 사안에 대한 전망을 드러낼 수 있다.

칼럼을 구성할 때 자주 범하는 오류는 서론의 분량이 지나치게 길어지면서 본론이 짧아지거나, 정작 하고 싶은 말을 결론에서 비로소 언급하는 것이다. 일반적으로 서론은 전체 분량의 30%를 넘지 않는 것이 좋다. 서론은 사안과 관련한 현 상황을 요약하거나 문제 제기 및 논의의 필요성을 언급하는 데 할애한다. 문제를 제기하면서 글쓴이의 입장을 드러낼 수 있지만, 이를 구체적으로 전개하며 메시지를 드러내는 것은 본론임을 잊지 말자.

본론은 글쓴이의 입장과 이에 대한 근거를 제시하는 부분이다. 일반적으로 시사 칼럼은 본론에서 쟁점의 원인을 분석하고, 사안에 대한 주장과 평가를 드러낸다. 자신만의 구체적인 해결책을 제시할 수 있다면 그 해결책도 본론에 제시한다. 염두에 둘 점은 특정한 대상을 비판하는 글을 쓸 때는 비판을 위한 비판에 그칠 것이 아니라 상황에 대한 자신의 대안이 담겨 있어야 한다는 점이다.

결론을 쓸 때는 본론까지 언급하지 않았던 사안이나 입장이 갑자기 등장하지 않도록 주의해야 한다. 이 경우 오히려 글의 통일성을 저해할 수 있다. 경우에 따라 글을 인상적으로 마무리하고 싶은 마음에 격언이나 고사성어를 가져오는 경우가 있는데, 이때는 반드시 글의 요지와 관련되는 것을 인용한다.

　3단 구성에 입각해 글을 쓸 때 각 단계별로 들어갈 내용을 정리하면 다음과 같다. 이 같은 전개가 절대적인 것은 아니지만, 글을 구성할 때 참고할 만한 자료가 된다. 특히 초보자에게는 퇴고 단계에서 각 단계에 포함되어야 할 내용을 확인하는 데 도움이 될 수 있다.

서론	본론	결론
• 칼럼의 주요 사안 소개 • 사안과 관련한 객관적 정보 전달 • 논의의 필요성 제시 • 문제의식 소개	• 사안에 대한 분석 • 주장과 근거 제시 • 문제의 원인과 해결책 제시 • 예상되는 비판에 대한 반론 제시	• 필자의 주장 및 메시지 요약 • 사안에 대한 전망 또는 의미 부여

〈3단 구성에 입각한 시사 칼럼의 전개〉

(3) 설득력 갖추기

　시사 칼럼을 쓸 때는 글의 설득력을 갖추는 작업이 매우 중요하다. 이는 본론 단계에서 진행하는 작업으로, 시사 칼럼이 독자와의 공감대를 형성하기 위한 필수 절차이기도 하다. 글의 설득력을 갖추기 위해서 염두에 두어야 할 점은 다음과 같다.

　첫째, 자료 검색을 통해 구체적인 근거를 제시해야 한다. 역사적 사실이나 설문 조사 결과, 전문가 인터뷰, 통계 자료 등을 제시하여 독자가 논지에 수긍할 때, 칼럼은 설득력을 갖출 수 있다. 그러므로 자신의 입장을 정리했다면 그 주장을 뒷받침할 만한 다양한 근거를 제시해야 한다.

　둘째, 글의 전개는 비약이 없이 신중해야 하며, 주관적인 본인의 생각을 객관적으로 보일 수 있도록 전개해야 한다. 또 이제까지 논의한 내용과 다른 주장을 하거나 갑자기 다른 문제로 대상을 옮겨 가서 글을 전개하지 않아야 한다. 또한 글쓴이의 입장은 주관적일지라도, 객관적으로 보일 수 있게끔 서술해야 한다. 글쓴이의 감정 상태가 적나라하게 드러나지 않도록 하고, 지나치게 단정적인 어조로 서술하지 않는다. "아무 대안도 없다.", "언행일치가 되지 않는 주장을 하여 시청자를 기만하고 있다."보다는 "정확한 대안을 제시하지 못하고 있다.", "스스로 모순된 주장을 하면서 시청자를 배려하지 않고 있다."라고 서술하는 것이 좋다.

마지막으로, 찬반 입장이 명확하게 갈리는 칼럼을 쓸 경우 상대방의 입장, 곧 예상되는 반론에 대비한다. 사형 제도, 낙태죄, 존엄사 인정 여부 등 각자의 정치적, 사회적, 종교적 신념에 따라 의견이 판이하게 갈리는 사안에 대한 글을 쓸 때는, 다른 입장을 가진 상대방을 완전히 설득하지는 못하더라도 예상되는 반론을 감안하여 그에 대비해 두는 것이 좋다. 경우에 따라 예상되는 반론을 적고 이를 재반박하는 방식으로 서술하는 것도 시사 칼럼이 설득력을 가지는 방법이다.

모든 글에 논증이 중요하겠지만, 시사 칼럼은 특히 본인의 입장에 대한 근거를 명확하게 제시해 독자를 설득하는 데 유의해야 한다. 구체적인 근거 제시, 비약 없는 전개와 객관적인 표현, 예상되는 반론에 대한 대비 등을 통해 녹자를 실득하는 시사 칼럼을 써 보도록 하자.

아래는 'AI 시대의 노동 문제'에 대한 칼럼이다. 이 글의 주장과 근거를 찾고, 글쓴이가 예상되는 반론에 어떻게 대비하고 있는지 파악해 보자.

> 얼마 전 'ChatGPT와 노동'을 주제로 강연을 했다. 현장에는 콜센터 상담사들도 있었다. 그들에게 인공지능(AI)이란 먼 미래가 아니었다. 이미 통신사 콜센터(KT고객센터의 AI챗봇, 보이스봇 등)에서 시작된 AI 도입은 최근 금융업계로도 확산(KB증권 챗봇, 우리카드 AI음성봇 서비스 등)된 상황이다.
>
> 2018년 LG경제연구원의 '인공지능에 의한 일자리 위험 진단' 보고서에 의하면, 한국에서 AI 도입 이후 자동화로 대체될 확률(99%)이 가장 높은 직군은 바로 콜센

터 상담사였다. 보고서는 장기적으로 긍정적 효과를 기대할 수 있겠지만, 단기적으로 광범위한 일자리 변화는 불가피하다고 내다보았다. 그렇다면, 한국은 이 같은 변화를 맞이할 준비가 되어 있는 것일까.

최근의 언론 소식만 본다면, 이런 걱정이 기우인 듯 느껴진다. 소위 "일자리 뺏는 다"라던 AI상담원이 오히려 콜센터 상담사의 퇴직률을 줄였다는 소식이 전해졌다. KT고객센터의 경우 2021년 AI기반 음성 상담을 도입한 이래 퇴직률이 30%(2.6% 에서 1.8%)나 감소했다고 한다. AI서비스로 단순·반복 상담의 짐을 덜게 된 것은 물론, 고객과의 대화를 듣고 필요한 답변을 추천해주는 도우미 역할까지 톡톡히 수행했기 때문으로 분석됐다.

모든 콜센터가 위 사례와 같다면 AI상담원의 출현을 지레 겁먹을 필요는 없을지 모른다. 하지만 현실은 그런 기대와는 사뭇 다르다. 추석이 끝나고 국민은행·하나은행·현대해상 콜센터 노동조합은 사상 첫 공동파업을 앞두고 있다. 이들의 요구사항은 '휴게시간 보장, 임금 정상화, 직접고용 등' 안타깝게도 과거와 크게 달라진게 없다.

그런데 주목할 만한 점은 AI서비스 도입과 관련된 새로운 사실들이 추가됐다는 것이다. 우선, 다른 고객센터에서 도우미 역할을 톡톡히 수행했던 AI챗봇이 현재는 은행 영업점 직원만 사용할 수 있고, 콜센터 상담사는 시범운영 기간 이후 자격이 박탈됐다고 한다.

그런데 더욱 큰 문제는 AI음성서비스 개발을 위해 상담사의 실제 고객 응대 내용을 활용하고 있다는 점이다. 그것은 바로 STT/TA(STT·Speech To Text·음성인식기술/ TA·Text Analysis·텍스트 분석)라는 프로그램을 통해 상담사의 실시간 통화 내용을 기록 및 분석하는 것은 물론, 이를 통해 상담 품질까지 평가하고 있었다. 이것은 자신들의 일자리를 빼앗을지도 모르는 AI의 교육에 상담사 개개인이 수년간 경험을 통해 습득한 기술을 어떤 대가도 없이 빼앗는 것이었다.

나아가 콜센터 업체는 해당 프로그램을 많이 사용할수록 월말 평점에 가산점을 반영하면서 상담사 간 경쟁까지 유도하고 있었다. 이것이 AI 도입 후 가장 먼저 실직될 위험에 처한 한국 상담사의 현실이다.

2017년 1월 독일 정부는 '노동 4.0 백서'를 발표했다. 독일 정부가 백서 제작을 위해 시민들에게 던졌던 질문은 "디지털화되어가는 사회적 변동 속에서 '좋은 노동'이라고 하는 이상은 어떻게 유지·강화될 수 있을 것인가?"였다고 한다. 한국 정부는 AI의 도입이 노동자의 삶에 어떤 영향을 줄 수 있는지 진지하게 물어본 적이 단 한 번이라도 있었던가. 내 기억 속 정부는 '디지털 인재 100만 양성'을 외치고, 과학기술정보통신부는 '전 국민 인공지능 일상화'를 천명했을 뿐이다.

『AI 지도책』의 저자 케이트 크로퍼드는 AI에 대한 이 같은 주된 담론들이 마치 '주술적' 믿음과 같다고 지적한다. 동시에 정부·기관·기업들이 혹시 '전략적 기억 상실증'에 빠진 것은 아닌지 의문까지 제기한다. 크로퍼드는 그동안의 발달과정을 돌이켜 볼 때 AI는 전혀 객관적이지도, 중립적이지도 않은 기술이었으며, 오히려 기존의 불평등과 차별을 악화시킬 것으로 내다보았다. 그렇지만 한국은 상실할 부정적 기억조차 없다는 듯 AI 찬양 일변도의 세상이다.

우리는 AI 시대를 앞두고 무엇을 함께 논의해야 할까. 에든버러 대학 섀넌 발러 철학 교수는 20세기 자동화에 따른 노동자의 '기술적 탈숙련화' 현상과 유사하게 디지털 사회는 '도덕적 탈숙련화(moral deskilling)'가 발생할 수 있음을 경고한다.

AI가 인간을 대체해 주는 사회에서 타인을 배려하는 도덕적 기술이란 정말로 쓸모없는 능력일지도 모른다. 하지만 나만 편하다면, 디지털 플랫폼 너머 누구의 희생이 있든 상관하지 않는 사회가 정녕 우리가 꿈꾸는 미래라 부를 수 있을까.

- 김관욱, 「한국, AI를 맞이할 준비가 되었는가」, 『경향신문』, 2023.09.25.

이 글은 AI가 상용화되며 인간을 대체하는 상황 속에서 독자가 가져야 할 자세에 대해 촉구하고 있다. 글쓴이는 최근 AI가 콜센터 상담을 대체해 가면서 AI의 상용화가 가져올 수 있는 대량 실직에 대해 경고하고, 이 같은 문제점을 직시해야 할 필요성을 설명한다. 특히 콜센터 상담을 AI가 대체하는 구체적인 상황을 예로 들어 개인이 습득한 기술이 정당한 절차 없이 AI에게 이관되는 상황을 지적한다. 또 관련 분야 연구자의 개념을 빌려 이것이 '도덕적 탈숙련화'로 이어질 수 있음을 언급하면서 우리 사회가 AI의 폐해에 대해서는 간과하는 상황을 비판한다. 이처럼 다른 연구자의 개념을 인용하고 구체적인 사례를 제시하는 것은 설득력 있게 글을 전개하는 방법이다.

1. 최근 1주간 신문 및 뉴스 헤드라인을 확인한 뒤 그중 가장 논란이 되는 사안 한두 개를 선택해 보자. 친구와 이 문제에 대해 이야기하고, 각자의 생각을 아래에 정리해 보자.

사안:

나의 생각:

친구의 생각:

2. 다음 칼럼을 읽고, 아래의 질문에 답해 보자.

　1980년대만 해도 한국인의 80% 이상이 자택에서 임종했다. 당시에는 '병을 앓아 집에 누워 있다가 곡기를 끊고 돌아가셨다' 혹은 '잠을 자는 중에 세상을 떠나셨다'라고 임종 과정을 말하는 것이 자연스럽게 받아들여졌다.

　그러나 병원에서 임종을 맞이하는 사람이 대부분인 오늘날, 일단 병원에 입원하면 나이가 아무리 많아도 죽음은 더 이상 당연하지 않다. 스스로 식사를 못 하게 되면 코로 관을 넣거나, 수액 주사로 영양공급을 하고, 24시간 혈압을 점검하여 혈압이 떨어지면 혈압 상승제를 투여한다. 심장이 멎으면 심폐소생술을 하고, 자발적 호흡을 못 하면 인공호흡기를 적용한다.

　현대 의학의 발달로 응급환자를 위한 연명의료장치가 질병과 노화로 인한 자연사를 막는 부작용으로 심화하는 상황에서 존엄사 논의가 시작되었다. 미국의 경우 낸시 크루잔 사건과 테리 시아보 사건을 통해 연명의료 중단을 통한 존엄사 문제가 본격적으로 사회적 이슈로 떠올랐다.

　1983년 25세인 여성 낸시 크루잔은 자동차 사고로 심각한 뇌 손상을 입고 지속적 식물상태가 되었다. 이후, 5년간 영양공급관을 통해 생명을 유지하였으나, 환자가 회복할 희망이 없다고 판단한 부모는 관을 통한 영양공급을 중단해줄 것을 병원에 요청했고 거절당하자 소송을 제기했다. 이 사건은 1989년 미국 사회에서 큰 논쟁을 일으켰고 법정 공방을 거쳐 결국 1990년 영양공급 중단이 허용되었다.

테리 시아보는 27세가 된 1990년, 심장발작으로 인한 뇌 손상으로 혼수상태에 빠진 후 회복이 되지 않았다. 1998년 남편이 테리의 영양공급관을 제거해달라고 소송을 제기했다. 남편은 '아내가 평소 인공장치에 의해 연명하는 것을 원하지 않았다'라는 주장을 내세웠는데, 테리의 친정 부모가 반대하면서 미국의 여론이 남편과 부모 편으로 나뉘었다. 이 사건 역시 우여곡절을 거쳐 2005년이 되어서야 테리의 영양공급관을 제거하는 것으로 마무리되었다.

두 환자의 공통점은 장기간 의식 회복이 없는 식물상태라는 점이었다. 무의식 상태에서도 자발적 호흡과 같은 뇌의 기본 기능만 남아 있는 상태를 식물인간이라고 한다. 드물게 회복되는 사례가 언론에 소개되기도 하는데, 이런 불확실성을 최소화하기 위해 12개월 이상 식물상태로 있는 환자에 대해 '지속적 식물상태'로 정의하고 있다.

이런 사건을 계기로 미국에서는 지속적 식물상태에서도 환자의 본인 의사를 존중하여 연명의료결정이 가능해졌으나, 우리나라는 아직도 식물상태에서는 연명의료결정을 할 수 없도록 규정하고 있다. 2018년부터 시행 중인 연명의료결정법은 말기 환자가 급속도로 증상이 악화하여 사망이 임박한 임종 과정에서만 적용이 가능하다.

회생 가능성이 없는 상태로 요양병원에 입원하고 있는 지속적 식물상태 환자들은 연명의료결정법의 적용을 받지 못한 채 장기간 고통을 받다 사망한다. 이들의 기저질환은 뇌졸중, 중증 치매 등이며 매년 10만여 명의 노인이 이에 해당한다.

우리나라에서 사전연명의료의향서를 작성해둔 국민이 200만 명을 넘었으나, 말기 암 이외의 질환에서는 본인의 뜻이 존중받기 어렵다. 이런 현실에 대해 환자뿐만 아니라 그 가족들도 큰 불만을 품고 있는데, 이런 답답함이 한국 국민 80%가 안락사를 찬성한다는 여론조사에 반영된 것이 아닌가 추정된다.

지금 우리에게 필요한 것은 지속적 식물상태 환자도 원하지 않는 연명의료를 받지 않을 수 있게 연명의료결정법을 보완하는 것이지, 어려움에 처한 환자가 스스로 삶을 중단하는 선택을 하도록 유도하는 안락사법 제정이 아니다.

– 허대석, 「안락사법 논의의 위험성」, 『한국일보』, 2023.10.24.

1) 글쓴이의 입장을 정리해 보자.

2) '연명의료결정법'과 '존엄사(안락사)법'에 대해 검색하고, 이 글에 대한 자신의 생각을 이야기해 보자.

통찰력 있는 문화 칼럼

대중문화에서 텍스트는 문화적 형식을 의미한다. 이는 소설이나 영화처럼 완성된 형태로 고정되어 있을 수도 있으며, 패션이나 유행어처럼 일상생활에 존재하는 실천적 형식일 수도 있다. 이 같은 정의를 참고하면, 문화를 규정할 때 여가 활동과 관련한 다양한 행위와 일상적 행동 및 대중이 향유하는 작품(책, 영화, 웹 콘텐츠 등) 등을 포함할 수 있다.

문화 텍스트에 대한 리뷰가 비단 지면에 한정된 것은 아니다. 최근 들어 유튜브 등을 통해 특정 영화나 드라마, 게임 등에 대한 리뷰를 영상과 함께 게재하는 경우를 종종 볼 수 있다. 이처럼 영상과 함께 텍스트에 대한 생각을 전달하면 독자에게 보다 명확하게 의도가 전달될 수 있지만, 저작권자의 승인 없이 동영상을 사용하면 법률적 분쟁의 소지가 있다. 우리가 쓸 문화 칼럼은 글로 작품 속 주요 장면이나 문화 현상을 설명해야 하기 때문에, 대상을 잘 알지 못하는 독자도 글쓴이의 분석을 이해할 수 있도록 잘 설명하는 작업이 필요하다.

시사 칼럼과 마찬가지로 문화 칼럼도 본인이 정한 텍스트(작품, 유행, 생활 패턴 등)에 대한 관점이 분명히 드러나야 한다. 문화 칼럼은 감상문과 다르다. 감상문이 해당 텍스트에 대한 주관적인 인상을 서술한 글이라면, 문화 칼럼은 그것이 지닌 의미를 객관적인 시각에서 분석하고 설득력 있게 논평하는 글이다. 또 글쓴이의 관점에 대한 구체적인 근거를 제시하는 분석적인 글이라는 점에서, 주관적 감상을 주로 드러내는 단순한 감상문과는 구분된다. 문화 칼럼에서는 그 텍스트가 어떤 점에서 논의할 가치가 있는지, 사회적·역사적으로 의미가 있는지, 어떠한 면에서 흥행에 성공했거나 실패했는지, 왜 최근의 대중이 열광했는지 등을 분석적으로 논의해야 한다. 특정한 작품에 대해 찬사나 비판으로 일관하는 경우도 간혹 있지만, 그렇게 생각하는 근거를 분명하게 밝혀야 한다. 시사 칼럼처럼 통계 자료나 설문조사 결과를 근거로 들지는 않더라도, 텍스트에 대해 호평한다면 그 이유를, 비판한다면 비판하는 이유를 작품 내외적 측면을 두루 고려하여 설명해야 한다.

문화 칼럼은 해당 텍스트에 대해 흥미를 유발하는 기사인 프리뷰(Preview), 특정한 텍스트에 대한 분석과 평가를 담은 심층적 리뷰(Review), 다양한 근거 자료를 제시하고 연구방법론을 설정하여 의미를 고찰하는 학술적 비평으로 구분된다. 이 중 여러분이 쓸 문화 칼럼은 심층적인 리뷰에 가깝다. 프리뷰의 경우 텍스트의 특성을 요약한 홍보 기사와 유사하며, 학술적인 비평은 해당 분야의 전문 연구자가 쓰는 논문과 흡사하다. 어떻든 리뷰를 쓸 때도 본인의 시각을 분명히 제시하고, 자신만의 기준에 입각해 텍스트를 평가해야 한다는 것을 잊지 말자.

문화 칼럼은 대개 동시대의 대중이 목도하는 문화적 현상을 대상으로 삼게 된다. 특정한 시대의 현상을 학술적으로 비평하는 글도 있지만 이때는 학술적 비평에 가까우며, 칼럼은 동시대의 작품, 유행, 생활 패턴을 주로 논의한다. 여기서 특정한 작품의 줄거리나 유행에 대해 설명하는 것은 칼럼으로서 가치가 없다는 것을 명심하자. 중요한 것은 대중문화와 관련한 글쓴이 자신만의 관점이다. 흥행에 실패했거나 비평가에게 외면받은 작품이라도, 또는 일시적으로 끝나 버린 유행일지라도 그 안에서 충분히 논의 거리를 발견할 수 있다. 따라서 비평적으로나 흥행에서 성공한 작품, 동시대에 큰 이슈가 된 대상만 논의할 필요는 없다.

좋은 문화 칼럼을 쓰려면 대중문화에 관심을 가지고 텍스트를 생산자(작가, 배우, 제작사 등), 수용자(독자, 시청자, 네티즌 등), 생산 및 수용 배경(시대적, 사회적, 정치적, 문화적 상황) 등 세 가지 층위와 관련지어 분석하는 작업이 필요하다. 대중문화에 관심을 가지고 향유해 온 수용자라면 좋은 평론가가 될 수 있다. 평론을 게재하는 출판물은 감소하고 있지만 요즘에는 SNS나 유튜브 등을 통해 원하는 방식으로 타인에게 자신의 리뷰를 소개할 수 있으며, 이를 계기로 평론가로 거듭나기도 한다.

이 같은 점을 감안하여 다른 사람의 문화 칼럼을 읽고, 본인만의 문화 칼럼을 써 보자. 문화 칼럼을 쓸 때의 주요 과정을 정리하면 다음과 같다.

1) 대상 텍스트 정하기

우선 본인이 관심 있는 분야와 특정한 텍스트를 선정하는 것으로 출발한다. 문화 텍스트의 범위는 매우 넓으며 영화, 텔레비전, 라디오, 스포츠, 만화, 웹툰, 대중가요, 아이돌, 게임, 패션, 유행어, 음반, 광고 등을 비롯해 여가 생활, 놀이 문화, 생활 방식 등 다양한 대상을 포괄한다. 따라서 본인이 가장 익숙한 분야에 대한 칼럼을 쓰는 것이 좋은 선택이다.

중요한 것은 어떤 분야인가에 따라 관심을 두어야 하는 지점이 다르다는 점이다. 예를 들어 영화에 대한 칼럼을 쓰기로 결정했다면, 영화의 내러티브(이야기) 못지않게 제작 규모, 감독의 연출 방식, 화면의 이미지, 시나리오 등도 복합적으로 고려해야 한다. TV 드라마에 대한 칼럼을 쓰기로 했다면 제작 배경, 작가의 대본 집필 방식, 시청률, 매체의 특성 등도 감안하여 글을 쓰는 것이 좋다. 연극이나 뮤지컬을 비롯한 공연에 대한 칼럼을 쓴다면 배우(연주자)의 컨디션, 관객 반응, 현장 분위기 등에 대해 서술할 수 있다. 웹툰에 대해서는 댓글 및 시시각각 바뀌는 네티

즌의 분위기까지도 중요하게 참고할 수 있으며, 스포츠 경기나 축제에 대한 칼럼을 집필한다면 공연과 마찬가지로 현장 분위기를 중요하게 감안해야 한다. 즉 어떠한 분야를 택하느냐에 따라서 칼럼을 작성할 때 고려해야 할 요소도 달라지기 마련이다.

드라마에 대한 칼럼을 써도 지상파에서 방영하는 작품인지, 아니면 넷플릭스와 같은 OTT(Over The Top) 서비스에서 제작하여 방영하는 작품인지에 따라 주안점을 둘 요소가 달라진다. 전자라면 극의 진행 방식 및 시청률을 중요하게 봐야 하겠지만, 후자라면 완결을 맺는 방식 및 해외 선호도 등도 함께 고려할 수 있을 것이다. 그러므로 본인이 가장 잘 알고 익숙한 분야를 택하여 쓰는 것을 권한다.

분야를 정했다면 이제 구체적인 텍스트를 정한다. 문화 칼럼을 쓸 때는 너무 추상적이거나 범위가 큰 대상을 정하지 않는 것이 좋다. 수록 매체에 따라 차이가 있지만, 문학평론의 경우 일반적으로 신춘문예를 기준으로 본다면 200자 원고지 60매 안팎으로 분량을 제한한다. 전문적인 문예지에 게재되는 칼럼이 아니라면 이보다 더 짧은 분량을 요구한다. 전문 비평 잡지에서도 200자 원고지 20~30매로 분량을 제한하는 경우를 쉽게 볼 수 있다. 그렇다면 짧은 분량에 본인의 관점을 충분히 풀어 갈 수 있는 구체적인 텍스트를 지정해야 한다. 예를 들어 '한국 학원 드라마의 현재와 방향성'이라면 너무 많은 텍스트를 거론해야 하므로 문화 칼럼에서 다루기에는 범위가 너무 크다. '봉준호 영화의 변천사와 세계관', '한국 학원 웹툰의 현주소' 역시 긴 분량의 논문이나 단행본에서 다루어야 할 만한 사안이다. 게다가 학생들의 보고서가 그렇듯이, 모든 원고에는 마감일이 정해져 있다. 그렇다면 처음부터 욕심을 부리는 대신, 가급적 하나의 작품이나 현상을 정해 심층적으로 논의하거나, 직접적으로 관련이 있는 한두 개의 텍스트를 비교하며 논평하는 것이 바람직하다.

그러므로 문화 칼럼을 쓸 때는 먼저 본인에게 가장 익숙한 분야가 무엇인지 생각하고, 최근 이슈가 되거나 그 시점에서 논의할 만한 가치가 있는 작품이나 현상 한두 개를 정하여 구체적으로 논의한다. 다루는 대상이 넓을수록 글은 핵심을 비껴가고, 현상이나 작품 소개로 일관될 수 있다는 것도 염두에 두자.

2) 제목과 소제목 정하기

비단 문화 칼럼에 제한된 사안은 아니지만, 제목은 글의 첫인상이자 독자 입장에서 그 글을 읽을지 읽지 않을지의 여부를 결정하는 기준이 된다. 여러분이 서점에 갔을 때 어떠한 책을 집어 드는지 생각해 보자. 물론 눈에 띄는 위치에 배치된 서적에 먼저 시선이 가겠지만, 그에 못지않게 중요한 것이 책의 제목과 그 책의 차례일 것이다. 베스트셀러의 제목(『도둑맞은 집중력』, 『죽고 싶지만 떡볶이는 먹고 싶어』, 『시대예보: 핵개인의 시대』, 『생각이 너무 많은 어른들을 위한 심리학』 등)을 떠올려 보자. 왜 이 책들은 베스트셀러가 됐을까. 작금의 사회 분위기, 대중의 관심사와 맞물려 이 책의 제목은 어떠한 느낌을 주는가.

대중문화 안에서 인상적인 제목을 떠올려 보자. 웹 소설 〈재혼황후〉와 〈재벌집 막내아들〉, 드라마 〈이상한 변호사 우영우〉, 〈오징어 게임〉, 영화 〈기생충〉과 〈콘크리트 유토피아〉 등 최근 인기를 끈 웹툰이나 성공한 영화, 히트한 상품의 제목들이 떠오를 것이다. 위의 제목들은 해당 작품의 특징과 메시지를 집약적으로 제시하며 대중에게 호기심을 불러일으킨다. 물론 작품이 성공하는 데 제목이 절대적인 요소는 아니겠지만, 우선 제목을 통해 대중의 시선을 끄는 것도 매우 중요하다.

일반적으로 문화 칼럼의 제목은 글의 내용을 압축해서 제시하거나, 저자의 메시지를 함축적으로 보여 주는 방향으로 짓는다. 좋은 제목은 글에 대한 핵심적 정보 및 글의 메시지를 압축적으로 보여 주는 제목이다. 그러므로 글쓴이의 시각이나 글의 방향을 알 수 없는 제목은 나쁜 제목이다. 학생들이 종종 제목으로 제출하는 '넷플릭스 시리즈 〈더 글로리〉를 보고 나서', '탕후루의 유행에 대하여' 등은 글의 방향 및 글쓴이의 시각을 확인할 수 없다는 점에서 좋지 않은 제목이다. 이 같은 제목을 '테러의 시대로 소환된 모호한 비극—연극 〈엘렉트라〉', '한국 장르 소설의 마스터 플롯 연구─모험 서사의 변이로 본 '차원 이동'의 문제'와 같이 글의 방향을 드러낸 제목과 비교해 보면, 좋은 제목의 요건이 무엇인지 어렵지 않게 이해할 수 있을 것이다.

전체 글의 제목이 '주제목'이라면, 이것만으로 부족할 때 주제목의 의미를 설명하는 '부제목'을 배치한다. 즉 부제목은 주제목을 부연 설명하는 제목이다. 마지막으로 소제목은 각 장, 절 등에 붙이는 제목이다. A4 한 장 분량의 짧은 칼럼이라면 소제목이 필요하지 않지만, 분량이 길어지고 내용을 구분해야 할 때는 소제목을 배치한다. 다음은 주제목, 부제목, 소제목을 모두 넣은 논문의 예시다.

무대 위 '아트앤테크'의 현재와 미래 ← 주제목
: SF연극이 기술을 구현하는 방식 ← 부제목

1. 한국 SF연극의 현재　　　　　← 소제목

본고는 최근 공연계의 화두 중 하나인 '융합'이라는 키워드와 관련하여, 공공기관 및 지자체의 융합 지원책과 기술을 전면에 내세운 연극의 현재를 성찰하는 것을 목적으로 한다. 주지하다시피 대중문화계 전반에서 SF 장르가 인기를 끄는 것과 관련해, 연극계에서도 'SF' 혹은 '과학'을 전면에 내세운 작품들이 늘어나고 있다. 4차 산업혁명과 인공지능이 미래 산업의 주요 화두로 간주되는 상황에서, 연극과 기술의 융합을 강조하거나 근미래 인류의 삶을 상상한 공연들이 수적으로 확대되고 있는 것이다. 이 같은 점을 감안해, 본고는 현재 상연되는 SF연극의 현황을 검토하고 2010년대 후반부터 진행된 공공기관·지자체의 융합 공연 지원책이 어떤 방식으로 확대되고 있는지를 확인한다. 이어 정부 및 재단 지원을 받은 연극을 검토하며 예술과 기술의 융합을 강조한 텍스트 및 기관의 융합 지원책이 어떠한 방식으로 나아갈 수 있는지를 논의하고자 한다.

분량이 짧은 글이라면 상관없지만, 분량이 긴 칼럼이나 보고서에는 장을 구분하는 소제목을 사용한다. 본론이 길어진다면 본론 안에 두 개 이상의 소제목을 넣기도 한다. 리뷰 형식의 글에 반드시 소제목을 넣을 필요는 없지만, 문화 칼럼을 쓸 때 글쓴이가 말하려는 바를 압축하는 제목을 넣는 연습도 해 보자. 제목만으로 설명이 부족하다면 부제목을 넣어 칼럼의 의도와 다루고자 하는 대상을 명확하게 전달하자.

다음은 문화 칼럼의 전개를 3단계로 요약한 표이다. 문화 칼럼도 다른 글과 마찬가지로 논리적으로, 단계적으로 구성되어야 한다. 각 단계에 해당 내용이 모두 들어갈 필요는 없으며, 글쓴이의 판단에 따라 적절하게 조절할 수 있지만, 시사 칼럼과 마찬가지로 문화 칼럼의 구성도 이와 같은 흐름을 따르게 된다.

학생들이 가장 많이 범하는 실수는 본론에서 줄거리를 다시 상세히 요약하는 것이다. 영화에 대한 기본 정보(감독 소개, 제작 규모, 흥행 성적)는 가급적 서론에서 요약하여 제시하는 것이 좋고, 전반적인 줄거리도 본론에서 상세히 반복할 필요가 없다. 또 줄거리를 요약할 때는 포털사이트의 정보를 그대로 삽입할 것이 아니라 글쓴이의 문장으로 바꿔서 집약적으로 서술해야 한다. 영화의 줄거리는 검색으로도 충분히 찾을 수 있다. 본론에서는 글쓴이의 분석, 평가와 근거를 제시한다.

서론	본론	결론
• 텍스트 선정 동기 • 텍스트 소개 • 문제 제기(필자의 관점 제시)	• 텍스트 분석 방법론 • 텍스트의 특징 • 텍스트에 대한 평가와 평가 근거	• 필자의 분석 요약 • 텍스트의 종합적인 의의와 한계 • 제작자, 수용자 등에게 바라는 점

〈3단 구성에 입각한 문화 칼럼의 전개〉

3) 작품 분석과 공감의 토대 만들기

　문화 칼럼은 시사 칼럼만큼 논증이 중요하지는 않다. 그렇지만 칼럼을 읽은 독자가 글쓴이의 분석에 공감한다고 느낄 토대는 마련해야 한다. 설득력 있는 분석을 하려면 다음과 같은 사항을 염두에 둘 필요가 있다.

　본격적으로 글을 쓰기 전에 최소한 특정한 작품이나 현상에 대해 한 번 이상 검토하고, 다양한 각도에서 텍스트를 고찰하자. 물론 여러분이 좋아하는 아이돌이나 특정 집단이 향유하는 팬 문화에 대한 문화 칼럼을 써도 무방하다. 다만 그 아이돌에 대한 예찬만을 늘어놓거나 일부만 즐기는 팬 문화에 대해 객관화가 되지 않으면, 그 칼럼은 특정한 집단의 독자만 공감할 수 있는 감상에 그치게 된다.

　글쓴이와 독자의 공통분모를 찾아 공감대를 형성해 나갈 때 유의할 점은 다음과 같다. 우선 어떠한 독자가 본인의 글을 읽을지, 독자층을 생각해야 한다. 영화나 게임 전문지에 게재하는 글이라면 그 분야에 관심을 가진 독자들이 칼럼을 읽겠지만, 일간신문에 실리는 글이라면 그보다 보편적인 독자를 상정해야 한다. 그리고 자신의 글을 읽을 독자와 어떻게 대화할 것인지, 어떤 예를 들어 독자와 공감의 토대를 마련할 수 있을지 생각해 보자.

　둘째, 문화 칼럼을 쓸 때 역시 일정한 사전 조사가 필요하다. 경우에 따라서는 해당 텍스트를 분석한 다른 글을 읽지 않는 것이 도움이 될 수도 있지만, 작품 창작자의 경향이나 창작 당시의 사회 문화적 배경, 전달 매체의 특성, 수용자 반응 등을 복합적으로 살펴보고 칼럼을 쓴다면 인식의 폭이 넓어질 수 있다. 다만 리뷰를 확장해 학술적인 비평문을 쓴다면 타인이 발표한 칼럼이나 논문도 반드시 검토해야 한다. 이후 타인의 글과 자기 글의 차별점을 찾도록 한다.

　셋째, 시사 칼럼과 마찬가지로 작품 혹은 현상에 대해 평가한다면 그렇게 생각하는 근거를 명확히 밝혀야 한다. 흥행에 성공했지만 어떤 특정 영화를 비판하고 싶다면 영화의 메시지, 작가의 시나리오, 배우들의 연기, 촬영 기술, 감독의 연출 태도 등을 복합적으로 고려할 수 있다. 10대들이 쓰는 유행어에 대한 의견을 제시하고 싶다면, 이 같은 어휘가 유행어가 된 사회적 배경, 그 유행어를 사용하는 10대의 심리, 관련된 다른 유행어 등을 다각적으로 파악하여 최종적인 평가를 내려야 더 설득력이 있다.

다음은 고등학교 내 생존을 위한 서바이벌 게임을 소재로 한 웹툰에 대한 비평의 일부다. 글쓴이가 자신의 분석에 설득력을 더하기 위해 어떤 근거를 제시하는지 살펴보자.

> 웹툰 〈피라미드 게임〉과 〈도플갱어의 게임〉은 모두 부모와 교사가 개입하지 못하는/않는 상황에서 소녀들이 진행하는 서바이벌 게임을 다루고 있다. 전자의 경우 클라이맥스 이후에 이르면 기간제 교사, 장학사 등 기존에 등장했던 어른들과는 다른 인물군이 등장해 게임을 종료하려는 소녀들에게 도움을 주려 하지만, 이 같은 움직임은 작중 현실 속에서 큰 파장을 일으키지 못하고 모든 상황은 소녀들의 계략과 돌발 행동으로 진행된다. 〈도플갱어의 게임〉의 경우 학교 안에 있는 교사의 다수가 도플갱어에 의해 껍데기가 된 것으로 설정함으로써, 학교에 남은 소녀들은 자신들만의 생존게임을 벌이게 된다. 두 작품이 다루는 학교는 부패의 온상으로 설정되며, 학교라는 체제에 대한 비판은 궁극적으로 경쟁을 가속화하는 사회 시스템에 대한 비판으로 나아간다. 두 작품이 형상화하는 게임은 소녀들이 속한 체제의 실상을 보여 주는 장치가 된다.
>
> 〈피라미드의 게임〉은 군인인 어머니를 따라 계속 전학을 다니면서 남들보다 빠른 눈치와 판단력을 갖게 된 성수지가 명문고인 사랑고에 전학을 오면서 시작된다. 성수지의 집에는 작품 속에서 설명되지 않는 어떤 이유로 인해 아버지가 부재하고, 늘 바쁜 어머니는 딸의 학교생활에 개입할 의지와 여력이 없기에 딸에게 문제는 스스로 해결해야 한다고 이야기한다. 성수지는 타고난 적응력으로 학교에서 살아남겠다고 자신하지만, 재계 서열 1위의 손녀부터 모든 '금수저'와 특기자들이 즐비한 행복반의 이상한 게임을 목도한 후 처음으로 전학을 고민하게 된다. 부모의 부재라

는 측면과 관련해, 〈도플갱어의 게임〉에서 송수지의 어머니의 경우 딸이 어릴 때 교통사고로 사망한 것으로 처리되면서 초반부터 극에 개입할 수 없다. 곧 주인공 소녀들의 부모는 여러 가지 이유로 학내 갈등에 개입하는 것이 불가능한 상황이며, 부모가 초반부터 배제된 상황에서 소녀들은 반강제적으로 게임에 휘말리게 된다.

그렇다면 학교 안의 어른으로서 모범을 보여야 할 교사들의 경우는 어떠한가. 〈피라미드 게임〉의 대다수 교사들이 부패한 척결 대상이라면, 〈도플갱어의 게임〉의 교사들은 부패한 동시에 무능하다. 전자의 경우 재계 서열 1위 기업의 손녀인 백하린이 과거 자신의 이복언니였던 명자은을 징벌하기 위해서 구축한 행복반의 기이한 탄생 배경에는 백하린과 성적 조작도 서슴지 않는 부패한 교장과의 거래가 있었다. 백하린은 학교에 건물을 지어주고 기부금을 내는 방식으로 목적을 달성한다. 이에 따라 행복반은 다른 학급과는 분리되어 별도의 건물에 배치되었고, 부정한 교원들의 묵인하에 백하린은 동조자들과 함께 피라미드 게임을 진행해 매달 '왕따'를 선정해 소녀들이 계급에 따른 차별을 당연시하도록 만들었다. 이 과정에서 소녀들의 이기심과 폭력성이 증폭되고, 임예림을 비롯해 게임을 중단하려는 일부 구성원의 시도는 백하린의 계략, 곧 학교 내 계급 구도를 좌우하는 외부의 권력관계에 의해 중단된다.

이에 더해서 〈피라미드 게임〉의 담임교사는 공정한 교사의 얼굴을 하고 있지만 학생들을 대상으로 성폭력을 일삼았던 인물임이 드러난다. 부정한 교장의 친인척인 담임교사는 작품 초반 명자은을 대신해 학교 폭력의 피해자가 된 성수지에게 도움의 손길을 내밀지만, 곧 그가 특별한 아이들이 있는 행복반에서 폭력의 '적당한' 대상을 물색하고 있었음이 드러난다. 이후 담임교사가 성수지를 추행하려고 할 때 명자은이 그에게 뜨거운 물을 부어 버리게 되고, 이를 통해 소녀들 간의 공고한 연대가 형성된다. 전학까지 결심했던 성수지는 일련의 과정을 겪으며 게임을 종료시키기로 결심하고, 교장과 결탁한 담임교사가 명자은을 징계하려 할 때 반장 서도아로부터 얻은 자료를 활용해 그 음모를 무산시킨다.

이처럼 작품 전반에는 믿을 수 없는 어른들에 대한 불신이 전반적으로 깔려 있다. 부정한 교사들 외에 백하린의 양부모는 그녀를 아끼는 회장이 사망하면 백하린을 내치려 계획하고 있고, 또 다른 학교 폭력의 가해자인 김다연의 부모는 폭력으로 딸을 키워 그녀를 괴물로 만들었다. 이외에도 소위 '금수저'로 일컬어지는 아이들의 부모는 딸에게 비즈니스 차원에서 학교생활을 할 것을 권고하고, 이후 행복반에서 진행된 학교 폭력이 대중에게 공개되어 돌이킬 수 없을 지경에 이르렀을 때는 문제를 덮기에 급급하다. 흥미로운 점은 부모들의 비윤리성은 비단 계급의 문제가 아닌 것으로 그려진다는 점이다. 명자은과 성수지를 키웠던 부모 역시 무력하거나 도덕성이 결여되어 있는 인물로 형상화되면서 소녀들의 홀로서기를 부채질한다.

살펴본 것처럼 〈피라미드 게임〉은 학교 외부에서 부모들이 구축한 계급구도가 다시 학교 안으로 전이되면서 탄생한 서바이벌 게임을 다룬다. 표면적으로 게임의 주요 설계자는 명자은에 대한 앙금을 가진 백하린과 소시오패스 고은별로 설정되어 있지만, 게임의 생성 배경에는 자본 만능주의적 사회와 어른들의 부패 그리고 탐욕이 깔려 있다. 작가는 이 같은 문제를 초래한 기성세대에 대한 불신을 표하고, 학교 외부 질서가 그대로 투영되어 주조된 학급 안의 게임이 다시 학교 밖으로 노출되면서 우리 사회의 문제를 가시화하는 과정을 다루고 있다. 이 같은 결말은 어른들의 직접적인 도움 없이 성수지와 명자은을 비롯한 소녀들의 힘으로 이뤄진 것이라는 점에서 의미가 있는데, 작가는 기성세대를 배제한 소녀들의 연대로부터 변화의 가능성을 찾고 있다.

— 전지니, 「소녀들의 서바이벌 게임과 학원물 웹툰의 진화」, 『국제어문』 96, 국제어문학회, 2023, 539~542쪽.

글쓴이는 웹툰 〈피라미드 게임〉과 〈도플갱어의 게임〉을 대상으로 최근 소녀들의 서바이벌 게임을 다룬 웹툰에서 기성세대가 어떻게 묘사되고 있는지, 그리고 기성세대의 과오를 넘어설 수 있는 대안으로 무엇이 등장하는지 논의한다. 해당 웹툰은 서바이벌 게임의 장소가 된 교실의 문제를 기성세대의 도덕적 부패에서 찾고 있다. 이 글의 경우 주로 캐릭터 및 서사 분석에 초점을 맞추고 있으며, 작품이 던지는 의미, 곧 소녀들의 연대 가능성을 작품 속 구체적인 설정을 예로 들어 설명한다. 이처럼 문화 칼럼이 설득력을 갖기 위해서는 글쓴이의 입장에 대한 근거가 필요하다. 이를 염두에 두고 독자와 공감대를 확보할 수 있는 문화 칼럼을 써 보자.

1. 평소 관심을 갖고 있던 대중문화 장르, 관심 있는 작품(인물, 사안), 그 작품(인물, 사안)에 대한 기존의 평가, 자신의 평가를 정리해 보자.

대중문화 장르	관심 있는 작품 (인물, 사안)	기존의 평가	나의 평가

2. 다음 칼럼을 읽고, 아래의 질문에 답해 보자.

소설 원작의 연극 〈유원〉은 포스터가 소설의 표지와 동일한 것처럼 내용도 원작을 충실하게 따라간다. 그러나 이 작품에서 서사만큼 중요한 것은, 담배꽁초 때문에 불이 나자 자신을 이불에 감싸 11층에서 던진 언니 덕분에, 그리고 떨어진 자신을 받아 내느라 한쪽 다리가 부서진 아저씨 덕분에 생존하게 된 유원의 감정이다. 감정에 따라 붉은색과 푸른색 등으로 다채롭게 물드는 조명처럼, 죄책감을 기본으로 하지만 하나의 감정으로 환원되지 않는 재난 생존자의 복합적인 감정이 드러나는 것이다. 재난의 사건은 이후의 삶에서도 어두운 감정들을 말끔하게 제거하지 못하게 한다는 점에서 청소년의 성장이라는 편한 단어로 이 작품을 단언하기는 어려울 듯하다. 대신 〈유원〉에서는 자신의 상황을 어떻게 겪어 낼지 그 방식을 고민하는 모습을 보여 준다. 내밀한 마음들을 드러내면서 수많은 갈등 속에서도 그 상황을 돌파하고자 하는 과정은 재난 생존자에게 연민을 지니게 하거나, 재난 생존자가 위기를 극복하는 식의 단순한 구조를 탈피한다는 점에서, 당사자가 아닌 이들이 재난을 겪은 이들을 얼마나 안일하게 대하는지 생각해 보게 한다.

고독을 여는 열쇠
극이 시작하면 어두운 음악 속에서 케이크를 들고 홀로 서 있는 유원이 등장한다. "작위적이고 더럽게 나쁜 일"과도 같은 그날을, 자신을 위해 희생한 언니의 생일과 기일을 기리는 케이크이다. 사정을 아는 주변 사람들은 유원을 다정하게 대하지만 그것이 오히려 스스로의 상황을 의식하게 해 유원은 더욱 적극적으로 혼자 있는 편을 택한다. 화장품점이나 문구점에서 혼자 쇼핑을 하고, 친한 친구도 만들지 않는다. 언니를 추모하기 위해 언니의 친구 신아와 목사님, 아저씨가 방문하지만, 그들뿐만 아니라 부모까지도 유원의 고독을 해소해 주지 못한다. 언니의 그림자 안에서 살아왔기에 자신을 원해서 이름을 원이라고 지었던 언니의 바람대로 언니가 원했던 존재로서만 나타나는 것이다.

유원의 고독을 연 사람은 혼자만의 아지트라고 생각했던 학교 옥상에서 우연히 만난 수현이다. 모든 문을 열 수 있는 마스터키를 지닌 수현은 유원의 고독도 거리낌 없이 연다. 아저씨를 증오하고, 언니를 싫어하는 등 남들에게 보이지 말아야 할 감정을 숨기느라 곪아 가는 유원과 달리 수현은 자신의 생각을 거침없이 밝히면서 유원에게 다가간다. 자신의 문제가 곧 사회적인 문제가 되었던 유원과 달리 1인 시위를 하거나 유기견을 돕는 등, 자신의 문제뿐만 아니라 사회적인 문제에도 관심을 두는 수현은 유원에게 낯선 존재이지만 그만큼 끌리는 대상이기도 하다. 수현이 아저씨의 딸이었다는 것을 알고 배신감을 느끼기도 하지만, 집에 처음으로 초대한 친구였을 정도로 유원은 마음을 열면서 타인을 받아들이는 법을 배우게 된다. 어른들 사이에서 어른스러운 척 있었지만 겉돌고 있던 것에서 벗어나 당황하고, 화를 내고, 기뻐하고, 슬퍼하는 등 감정들을 자연스럽게 드러내는 것이다.

재난 계산법

유원을 어른스럽게 만들었던 재난은 두 번째 삶을 선사한 계기로서 닻이자 덫이다. 그 뒤의 삶은 재난을 기준으로 계산되는 것으로서 재난의 사칙 연산과도 같은 삶이었기 때문이다. 먼저 재난의 곱셈은 유원이 언니의 몫까지 두 배로 행복해져야 한다는 것이다. 언니의 목숨을 아까워하고 크게 될 사람, 그렇게 갈 사람이 아니라고 할 때 대신 살아남은 존재로 치부된 유원은 언니의 몫까지 행복해져야 할 의무를 지니게 된다. 덧셈은 아저씨가 '해로운 사람'이라는 것을 알면서도 은혜를 입었기에 내치지 못하고 유원의 가족이 꾸며 낸 행복을 덧붙이는 모습에서 나타난다. "웃음 없는 웃음소리"로 화목한 분위기를 가장하고, 돈을 빌려 달라는 부탁을 단호하게 거절하지 못하는 것이다. 사고 당시에 사례금과 모금액으로 보상을 했지만 부채감은 계속 남아 수현이 유원의 '목숨값이 비싸다'라고 했던 것처럼 부자연스러운 관계가 십 년 넘게 이어진다. 그다음으로 뺄셈은 아이러니하게도, 두 배로 행복해져야 하지만 재난을 겪었기에 행복한 감정을 과하게 드러내는 것은 소거해야 한다는 것이다. 유원은 웅크린 자세를, 불안해하거나 우울해하는 표정을, 자신 없어 하는 목소리를 드러낸다. 이는 동작이 크고 표정과 목소리에서 활기가 넘치는 수현과 대조된다. 그러나 수현도 진지한 태도를 보여 주는 순간이 있는데, 나눗셈으로서 '감정의 할당량'을 이야기하는 부분에서다. 모든 감정을 한 명의 개인이 짊어질 필요는 없다는 것이다. 수현은 아버지 때문에 겪어야 했던 부끄러움과 증오, 미안함 등을 이야기하지만 자신과 동생 정현, 어머니가 그 부분을 담당했기에 유원은 거기에서 제하려고 한다. 대신 유원의 존재가 아버지에 대한 증오의 할당량을 줄여 주었다고 말하면서 부채감을 덜어 주는 나눗셈을 보여 준다.

자유롭게 추락하도록

〈유원〉은 재난의 무게로 추락했을 때, 상승을 추구하는 것이 아니라 더 자유롭게 추락하는 것으로 나아간다는 점에서 각별하다. 이는 저절로 이루어진 것이 아니라 "높은 곳에 서려면 용기가 필요했다"라고 했던 것처럼 용기를 추가했기에 가능하다. 유원의 삶이 다른 사람의 삶과, 생각과, 마음과 겹쳐지면서 위축되고 경계하던 몸짓과 표정 대신 바깥으로 열리는 동작과 생동감 있는 표정이 나타난다. 사업을 위해 방송 출연을 강요했던 아저씨에게는 당당해지고 편해지고 싶다고 말하며, 친언니처럼 챙겨 주었던 신아에게도 자신에게서 언니를 찾았던 부담감을 토로하며 자신감을 찾을 때까지 만남을 보류하자고 이야기한다. 그들이 유원의 존재 자체가 아니라 유원으로 인해 얻을 이득이나 유원의 언니를 원했다는 것을 전달한 것이다. 이와 같은 솔직함을 직면했을 때 아저씨 역시 유원이 무겁지 않았다고, 인간이 원래 약하다고

하면서 유원의 가족에게 괴로움을 주는 일을 그만둔다. 유원의 엄마도 비로소 자신의 감정을 드러내면서 아저씨에 대한 불만을 털어놓게 된다.

또한 11층을 "절망적인 높이"라고 하면서 3층에 살았다면 언니도 죽지 않았을 거라는 괴로운 가정을 하던 유원은 패러글라이딩을 하면서 자신에게 날개가 돋았음을 느낀다. '감히 행복할 수 없었던' 부자유를 떨치고 추락에 날개를 단 것이다. 그리고 언니에게 고맙다는 말을 할 수 있게 된다. 이는 "원래 계속 자는 애"라고 했던 동급생을 외면하지 않고 수현처럼 깨워 주는 것으로 이어진다. 소설에서도, 연극에서도 두 장면에서만 등장하는 이 인물은 중요해 보인다. 첫 등장에서 그를 깨웠던 수현과 달리 유원은 '원래'라는 부사를 덧붙이며 자신이 행동하지 않는 이유를 내세우고 거리를 둔다. 그러나 '원래' 거리가 있는 것 같았던 수현이 자신에게 다가오면서 거리를 좁혔던 것에서 영향을 받아 유원도 변화하게 된다. 이는 대화가 부재했던 사이에서 '원래부터' 친했던 것처럼 일상적인 대화가 오가게 한다. 날개를 달고 추락했을 때 유원 역시 비로소 자신을, 자신의 삶을 원할 수 있게 되었다. 자던 아이가 웅크려 있다가 기지개를 켜고 고개를 드는 것처럼, 유원도 자신의 삶에서 기지개를 켜고 고개를 드는 순간 깨달았다. 그 장면을 연극을 보는 내내 원했다는 것을 말이다.

― 권혜린, 「추락에 날개를: 앤드씨어터 〈유원〉」, 『연극in』 제237호,
https://www.sfac.or.kr/theater/WZ020400/webzine_view.do?wtIdx=13146,
게시일: 2023.07.13., 검색일: 2023.10.09.

1) 글쓴이가 택한 장르(연극)의 특징이 칼럼 속에서 어떻게 드러나는지 생각해 보고, 소설과 연극의 특성을 비교해 보자.

2) 위 칼럼에서 작품의 제목과 소제목이 갖는 의미 및 효과에 대해 생각해 보자.

학구열을 드러내는 보고서

5장

PBL 활동의 결과물은 흔히 프레젠테이션의 형태를 취한다. 동료 학우들을 청중으로 삼아 팀별로 탐구의 내용을 발표하며 공적인 말하기 능력을 키우고 숙달할 수 있다. 다만 균형 있는 소통 능력을 기르기 위해서는 한 걸음 나아가, 팀별 학습 내용을 개인의 차원에서 다시 소화하여 보고서 형식의 글로 정리해 보는 것이 좋다. 이를 통해 대학생에게 필요한 학술적 글쓰기 능력을 연마하고, PBL 수업의 최종 목표-고등교육 이수를 위한 어문 능력 확보-를 온전히 달성할 수 있을 것이다. 이 단원에서는 보고서의 성격과 작성 요령을 살펴보고, PBL 활동을 활용해 직접 보고서를 작성해 보기로 한다.

보고서의 체재

학습 목표
- 학술적 글쓰기의 필요성과 원리를 이해해 보자.
- 보고서의 체재와 구체적 작성법을 익혀 보자.

　전공을 불문하고 대학생들이 재학 중에 가장 빈번하게 쓰는 글은 무엇일까? 아마도 보고서일 것이다. 보고서란 어떠한 분야에 대한 연구 결과를 보고하는 형식의 글이다. 대학에서는 대개 수업 시간에 과제로 부여되는 글, 한마디로 '과제 글'을 총칭하는 개념으로 통용되며, 흔히 '리포트'로도 불린다. 그런데 가장 자주 쓰는 글인데도, 학생들이 이 보고서의 개념이나 성격을 제대로 이해하지 못해 실수를 범하는 경우가 잦다. 참고 자료의 내용을 그대로 베끼거나, 인용이나 주석이 없는 사적인 감상문을 보고서라는 이름으로 제출하곤 한다. 보고서 작성법은 고등교육기관으로서 대학이 요구하는 학술적 글쓰기의 바탕이 된다는 점에서 중요하며, 따라서 모든 대학생은 반드시 이를 숙지해야 한다.

　그렇다면 대학에서 보고서 형식의 글쓰기가 왜 필요한가. 이 물음에 답하려면 우선 '진리의 개방성'부터 이해해야 한다. 보고서를 포함한 대학의 논문은 일정한 학술적 지식을 담는데, 이러한 지식들이 모이고 걸러져 한 분야의 진리 체계를 이룬다. 그런데 이때의 진리 체계는 근본적으로 열려 있다. 열려 있다는 말은 그 어떤 진리도 100% 확실하게 참이라고 결정 난 것이 아니어서 언제든 수정되거나 교체될 수 있다는 뜻이다.

가령 '커피의 효능'이라는 주제를 놓고도 어제는 그 항암 작용을 밝힌 연구 결과가 전해졌는데, 오늘은 발암 위험을 다룬 상반된 연구 결과가 보도되는 경우를 종종 접한다. 당혹스러울 수밖에 없는 이러한 혼란상이 빚어지는 것은 물론 아직 연구 데이터가 충분히 축적되지 못한 까닭도 있겠지만, 더 근원적으로는 애초부터 인간에게는 어떤 연구 결과의 타당성을 완벽하게 검증할 수 있는 신적인 능력이 부재하기 때문이다. 그런 점에서 우리가 지금껏 철석같이 믿어 온 대부분의 진리는 엄밀히 말해 순전히 과학적 증명의 결과라기보다 사회적 합의의 산물(학문 공동체 내부의 구성원들에 의한)에 더 가깝다.

그런데 학문의 진보가 가능한 것은 바로 이러한 진리의 불완전성 때문이다. 어떤 진리도 고정불변의 결정적인 것이 아니라 잠정적이고 임시적인 가설에 불과하므로, 더 나은 가설로 끊임없이 수정되고 대체되며 업그레이드될 수 있는 것이다. 생각해 보라. 애초부터 진리를 확정적인 것으로 여겼다면 우리는 아직도 중세 천동설의 그늘에서 벗어나지 못하고 있을 것이다. 대학 교육은 인류가 축적해 온 빛나는 지식 체계의 이면에 감추어진 이러한 불완전성, 개방성의 역설을 이해하는 것에서부터 시작되어야 한다.

암기식 입시 교육의 부작용 탓이겠지만, 신입생 중 일부는 교과서에 실린 내용을 아무 의심 없이 기정사실로 쉽게 믿는 경향이 있다. 하지만 교과서에 담긴 내용조차 공인(公認)된 가설일 뿐 반드시 정답은 아니라는 것, 또 세상에는 답이 정해져 있지 않거나 답이 하나가 아니라 여러 가지인 문제가 훨씬 많다는 사실을 깨달아야 한다. 그럴 때 남다른 관점에서 문제를 바라보고 새로운 지식을 창출하려는 학문적 도전 정신이 생겨날 수 있고, 이러한 태도가 전제되어야만 비로소 보고서다운 보고서를 쓸 수 있다.

진리의 개방성이 전제될 때, 대학에서 보고서 쓰기가 왜 필요한지는 자명해진다. 그것은 한마디로 '학문적 자생력의 배양'에 있다. 즉 학생들이 강의 내용과 관련한 특정 현안에 대해 스스로 탐구하고 그 내용을 학술적으로 정리하는 능력을 기르도록 할 목적으로, 보고서 과제를 부여하는 것이다.

　대학 교육은 기본적으로 지식의 소비보다 지식의 생산과 유통에 방점을 둔다. 교수들은 전공 분야의 연구 활동을 통해 지속적으로 새로운 지식을 생산하고 이를 강의와 연동함으로써 학생들에게 전달한다. 학생들은 강의를 통해 교수로부터 새로운 지식을 접하고, 이를 다시 자기만의 방식으로 소화하고 응용할 수 있는 독립적 연구 능력을 연마하게 된다. 그런 점에서 대학 교육은 기존에 생산된 지식을 수동적으로 전수받는 중등교육과 구별된다. 하지만 중등교육 과정을 갓 마친 대학 신입생은 자기 주도적 학습으로 새로운 지식을 생산해 본 경험이 없기 때문에, 일정한 훈련이 필요하다. 이러한 독립적 연구 능력을 배양하는 데 효과적인 수단이 되는 것이 바로 보고서 쓰기이다. 보고서는 논문의 일종이므로, 보고서 쓰기를 통해 학생들은 학문 공동체 내에서 통용되는 연구 활동의 기본적 절차와 방법, 학술적 글쓰기의 체재와 규약 등을 익힐 수 있다. 그리고 궁극적으로는 스스로 문제를 해결하는 과정에서 유익한 지식을 생성하고 전달하는 노하우를 체득하게 된다.

　대학에서 통용되는 보고서는 전공별로 그 체재가 달라 한 가지로 일반화하기 어렵다. 보고서의 대표적인 유형을 수준별, 전공별로 분류하자면 다음과 같다.

- **요약(논평) 보고서**: 가장 초보적인 형태의 보고서이다. 수업 내용과 관련하여 꼭 읽어야 할 참고문헌들이 있을 때 그중 몇 권을 교수자가 지정하여 학생들에게 읽도록 하고, 내용을 요약하거나 논평을 덧붙이도록 하는 형태이다.

- **연구 보고서**: 특정 주제에 대한 학생의 독자적 해석과 논의를 담는 에세이형 보고서로, '소논문'이라고도 불린다. 주제 선정에서부터 자료 검토와 해석에 이

르기까지 온전히 학생 본인의 관점과 견해를 중심으로 기술된다. '사실의 전달' 보다 '사실에 대한 해석'을 중시하는 글이다.

- **조사 보고서**: 어떠한 문제에 대한 여론이나 현장의 실태를 조사하고 그 결과를 기술하는 형식의 보고서이다. 주로 사회과학과 자연과학 분야의 수업에서 자주 작성되며, 전공에 따라 다양한 하위 종류가 있다.

- **실험(실습) 보고서**: 어떠한 대상에 대해 일정 기간에 걸쳐 실험이나 실습을 수행한 다음 그 결과를 기술하는 보고서이다. 주로 자연과학 분야에서 자주 접하게 되는 유형으로, 실험 결과의 정확성을 확보하는 것이 관건이다.

보고서는 공적인 글이다. 연구 활동의 결과를 체계적으로 담기 위한 글이므로 정해진 체재와 규약에 맞춰 기술해야 한다. 보고서의 기본적 체재는 다음과 같다.

표지 부분에는 보고서의 제목, 과목명, 담당 교수, 제출일, 작성자 정보 등을 기입한다. 목차 부분에는 본문의 소제목을 정리하여 나열하고, 면수를 적는다. 대개 서론, 본론, 결론으로 삼등분하고 다시 이를 세분화하여 하위 장, 절을 설정하는 식으로 목차를 구성한다. 서론에서는 대개 연구 목적, 연구의 배경, 연구 방법 등을 하위 항목으로 설정하며, 본론은 연구 결과, 결과 분석 등으로 세분화한다. 결론의 경우 연구의 성과, 향후 전망 등으로 구분한다.

<table>
<tr><td>

학생회비 집행 실태 및 문제점

- 과목명: □□□

- 교수명: □□□

- 제출일: □□□

- 제출자: □□□

- 소 속: □□□

- 학 번: □□□

</td><td>

- 목차 -

1. 서론
   1) 연구의 목적
   2) 연구의 필요성
   3) 연구 방법

2. 본교 학생회비 운영 현황
   1) 수납 및 집행 절차
   2) 2018 회계연도 수납 현황
   3) 2018 회계연도 집행 현황

3. 학생회비 운영의 문제점
   1) 회비 수납의 강제성
   2) 회계 처리의 부실
   3) 회비 전용 의혹

4. 학생회비 운영의 바람직한 방향

5. 결론

■ 참고문헌

</td></tr>
</table>

본문을 작성할 때는 목차에 입각해 서론에서부터 결론에 이르기까지 단위별 소제목을 붙인 뒤 구체적인 논의를 담는다. 서론을 작성할 때는 우선 연구의 주제에 대해 소개해야 한다. 다루고자 하는 주된 대상이나 문제는 무엇인지, 그 주제가 왜 중요하며 관련 연구 동향은 어떠한지, 주제에 접근하는 연구 방법은 문헌 해석으로 할지 아니면 조사나 실험의 방식을 취할지 등을 정하여 소개한다.

본론에서는 주제와 관련한 연구 결과를 정리하여 서술한다. 일정한 기준을 잡아 소주제를 설정한 다음 소주제별로 논의를 전개해 나간다. 문헌 연구 방법의 경우에는 시대, 지역, 분야, 경향 등을 기준으로 본론을 다채롭게 구성할 수 있지만, 조사나 실험의 방법을 취할 경우에는 대개 정해진 규약을 따른다. 조사나 실험의 결과 값을 먼저 데이터화하여 제시하고, 그러한 데이터가 시사하는 의미가 무엇인지를 항목별로 풀이하는 방식으로 기술한다.

결론에서는 본론의 핵심 논의 내용을 총정리하여 요약하고 주제와 관련한 앞으로의 전망이나 남은 과제 등을 거론한다.

본문을 마무리하면, 끝으로 참고문헌을 제시한다. 1부 3장 '2. 인용과 주석'에서 배운 내용을 참고하여, 보고서 작성을 위해 참조하거나 인용한 모든 자료의 서지 사항을 목록으로 만들어 결론 이후 글의 말미에 덧붙인다.

1. 다음은 요약(논평) 보고서에 해당하는 글이다. 예문을 읽고 텍스트 요약 부분과 논평 부분을 찾아 정리해 보자.

맥루언의 미디어론 읽기

『미디어의 이해』는 미국의 사회학자 마셜 맥루언이 1964년에 펴낸 저서이다. 현대 미디어 연구 분야의 주춧돌을 놓은 획기적인 저술로, 오늘날의 인터넷과 같은 전자미디어가 도래할 것임을 이미 50여 년 전에 예언한 내용이 담겨 있다. 상당히 난해하기로 유명한 이 저서는 전체 3부로 구성되어 있다. 각 부별로 저자의 핵심적 주장과 논리를 요약하고 마지막으로 이 저서에 대한 글쓴이의 개인적인 견해를 덧붙이기로 한다.

1장의 요지는 '미디어는 인체의 확장이다'로 요약된다. 저자에 따르면, 인류가 개발한 모든 기술들은 힘과 속도를 높이기 위해 우리의 신체와 신경조직을 확장한 것이다. 동물들은 환경에 대한 적응력을 높이기 위해 스스로의 신체를 확장한다. 예컨대 코끼리의 코나 기린의 목은 높은 가지의 열매를 따 먹기 위해 신체 기관이 확장된 것이다. 반면 인간은 스스로의 신체를 직접 확장하지 않고 기술적 도구를 이용해 이를 대신한다. 이러한 관점에서 보면 의복은 피부의 확장이고, 안경과 망원경은 눈의 확장이며, 자동차는 발의 확장이다.

2장의 요지는 '미디어는 메시지다'로 요약된다. 저자에 따르면, 우리는 메시지의 내용에도 영향을 받지만, 미디어 자체로부터 받는 영향이 더 크다. 예컨대 같은 메시지라도 신문을 통해 전달할 때와 TV를 통해 전달할 때가 다른 것이다. 신문의 경우 활자 중심의 매체이므로 논리적인 연속성이 강조되는 반면, TV의 경우 시각적 이미지가 압도적이므로 논리성보다는 감각적인 자극성이 중요할 수밖에 없다. 따라서 우리는 각각의 미디어의 속성과 전략을 이해하여 그에 맞는 수용 태도를 가질 필요가 있다.

3장의 요지는 '전자 미디어는 사회를 부족화한다'는 것이다. 기존의 서적, 신문 등의 인쇄미디어는 그 수용 단위가 개인이다. 독서를 하거나 신문을 읽기 위해서는 혼자만의 조용한 공간과 사색적 분위기가 필요하다. 따라서 인쇄매체는 사회 구성원들을 개인화, 파편화시키는 경향이 강하다. 반면 라디오나 TV, 인터넷과 같은 전자 미디어는 가족 단위, 공동체 단위의 소통을 조장한다. 혼자서 사색하며 전자매체를 감상하는 경우는 없다. 상호소통이 전제되다 보니 집단적, 공동체적 연대감이 강화되어 그간 파편화되었던 개인들이 다시 원시시대의 '부족'들처럼 모이기 시작한다는 것이다.

이상 맥루언의 주장을 종합해 보면, 미디어란 인간의 감각기관을 확장한 것으로, 미디어의 형태와 속성이 그 안에 담긴 메시지의 성격을 좌우하며, 특히 20세기 이후 등장한 전자미디어는 기존 인쇄매체 시대에 상실된 공동체적 유대감을 회복시키는 순기능을 한다는 점에서 그 미래가 기대된다는 것이다. 이러한 주장을 뒷받침하기 위해 저자는 신문과 서적, TV와 영화 등의 다양한 사례를 들어 미디어의 속성을 집중 분석하고 있다. 맥루언의 저서는 미디어의 근본적 속성과 변천 과정을 매우 심도 있게 고찰한 역작으로, 글쓴이가 기존에 막연하게만 알고 있던 미디어의 개념을 명확히 알게 했다는 점에서 공부에 많은 도움이 되었다.

그러나 맥루언의 일부 주장에는 동의하기 어려운 점도 있다. 먼저, 그는 미디어의 범위를 지나치게 광범위하게 규정했다. 그의 논리대로 한다면, 세상의 도구 중에 미디어 아닌 것이 없게 된다. 미디어와 미디어 아닌 것의 구별이 모호해지는 문제가 생기는 것이다. 또한 전자미디어가 사회 구성원들을 집단화시킨다는 주장도 지나친 비약으로 보인다. 인터넷 같은 전자미디어가 소통을 활발하게 하는 일면도 있지만, 한편으로는 이러한 소통이 사이버라는 가상공간에서만 일어날 뿐 현실에서는 아니다. 오히려 인간관계의 단절과 무관심을 더욱 가속화시키는 역작용도 있다.

이러한 점을 고려해 보면, 맥루언은 전자매체 시대의 미래를 지나치게 낙관적인 장밋빛 환상으로 바라본 것이 아닌가 생각된다. 미디어의 범주와 속성에 대한 보다 정밀한 규정과 아울러 전자매체의 순기능과 역기능에 대한 비판적 재검토가 이루어질 때, 비로소 미디어에 대한 올바른 이해가 가능하리라 본다.

— 학생의 글

2. 위 예문이 요약(논평) 보고서의 체재를 적절히 갖추었는지, 아쉬운 점이 있다면 무엇인지 토의해 보자.

목적에 맞는 보고서

학습 목표

- 자신이 쓰고자 하는 보고서의 목적을 생각해 보자.
- 해석과 논증이 분명히 드러나는 보고서를 작성해 보자.

앞서 보고서의 형태로 요약(논평) 보고서, 연구 보고서, 조사 보고서, 실험(실습) 보고서 등 네 가지 유형에 대해 배웠다. 이 절에서는 이 중 대학생이 가장 흔히 접하는 유형인 요약(논평) 보고서와 조사 보고서 작성 방법을 살펴보기로 한다. 요약(논평) 보고서의 경우 1부 3장 '말과 글의 윤리'에서 배운 것처럼, 참고문헌을 꼼꼼하게 읽으면 신입생이라도 충분히 쓸 수 있고, 조사 보고서는 팀 프로젝트를 진행했다면 이를 체재에 맞춰 재정리하는 방식으로 수월하게 작성할 수 있다.

1) 요약(논평) 보고서 쓰기

요약(논평) 보고서는 지정된 텍스트의 내용을 어떻게 이해했고 어떠한 생각을 했는지를 밝힌 글로, 대학 저학년 대상의 수업에서 자주 접하게 되는 형태이다. 이러한 유형의 보고서를 써야 할 때는 교수자의 의도를 파악하는 것이 중요하다. 대개 교수자가 요약 보고서를 과제로 부여하는 이유는, 수강에 필요한 배경지식을 학생 스스로 습득하게 하고, 참고문헌의 요지를 파악하는 능력과 비판적 소화 능력을 배양하도록 하기 위해서이다. 따라서 텍스트의 내용 일부를 단순 발췌하여 옮겨 놓는 식으로 작성하면 곤란하다. 텍스트의 핵심 논지를 짚어 낸 뒤, 그에 대한 학생 개인의 생각을 위주로 작성해야 한다. 전공을 막론하고 모든 연구 활동은 '비판적 자료 검토'에서 출발한다는 점에서, 요약(논평) 보고서 쓰기는 학술적 기본기를 다지기 위한 효과적인 훈련법이 될 수 있다.

(1) 텍스트 버텨 읽기

요약(논평) 보고서 쓰기는 독서로부터 시작된다. 다만 독서를 통해 보고서의 글감을 얻으려면 좀 특별한 태도가 필요하다. 바로 '버텨 읽기'의 태도이다. 버텨 읽기란 저자의 권위에 맞서서 비판적 거리를 두고 텍스트를 읽는 태도를 가리킨다. 다시 말해 타인의 글을 읽을 때는 그 요지를 정확히 파악한 뒤 일정한 심리적 거리를 두고 논지의 타당성을 하나하나 따져 가며 읽어야지, 저자의 입장에 동화된 상태에서 무비판적으로 흡수하려 해서는 곤란하다.

모든 글은 어떠한 문제에 대한 저자의 견해(가설)를 합리화한 것일 뿐, 절대적인 진리의 담지체일 수 없다. 따라서 저명한 학자의 논문이거나 인기 있는 베스트셀러라고 해서 덮어 놓고 맹종해서는 안 된다. 그래서는 비판적 성찰이 불가능하고, 비판적 사유가 없으면 논평도 이루어질 수 없다. 저자의 권위에 블라인드를 치고 한발 비켜선 입장에서 과연 글의 내용이 타당한지 아닌지 검증하면서 읽어야 하며, 저자와 다른 나만의 의견이 있다면 글의 여백에 기록해 두는 것이 좋다.

(2) 텍스트 요약하기

텍스트의 내용을 요약할 때는 대상 글로부터 문제, 견해, 근거의 세 가지 요소를 찾아내어 집중적으로 간추리는 것이 중요하다. 문학작품을 제외한 모든 글은 기본적으로 논증의 체계를 갖추고 있다. 다루고자 하는 문제(이슈, 안건)와 그러한 문제에 대한 저자의 중심적 견해, 견해를 정당화하기 위해 동원된 다양한 근거들로 구성된다. 따라서 요약이란 마치 숨은그림찾기처럼, 텍스트 속에 매설된 이들 세 가지 요소를 발굴하여 명료하게 드러내는 작업이 된다. 이렇게 글의 전체적인 논리체계를 먼저 정리하고, 여력이 있다면 단락별 요지까지도 간추릴 수 있을 것이다. 글의 요지를 추릴 때는 '발췌'보다는 '해체 재구성'의 방법이 효과적이다. 텍스트에 나타난 저자의 논지는 그 자체로 명약관화하지 않으며, 그것을 이해하려면 어떠한 식으로든 독자의 해석적 개입이 필요하다. 따라서 요약을 잘하려면 저자의 핵심 논지를 간파하되 이를 독자의 입장에서 재해석하여 풀어서 설명해야 한다.

(3) 텍스트 논평하기

독창적인 보고서가 되려면 단순 요약에 그쳐서는 곤란하고 적절한 논평이 이루어져야 한다. 즉 텍스트의 핵심 논지에 대한 개인의 비판적 판단과 평가가 뒤따라야 한다. 논평을 할 때는 먼저 저자의 논지에 대해 수긍할 수 있는지 개인의 입장을 정하고, 왜 그렇게 생각하는지 그 이유에 대해 설명해야 한다. 저자의 견해에 동조하는 입장이라면 예상되는 반론을 소개하고 그것에 대해 반박하여 저자의 논지를 강화할 수도 있고, 반대하는 입장이라면 대안은 무엇인지 해결책을 거론하는 것으로 생산적인 논의를 보탤 수 있다. 나아가 문제가 되는 사안을 텍스트 너머로 확장하여 동시대 사회 현상과 결부하여 집중적으로 논의하는 것도 좋은 논평 방법이다. 텍스트상의 논지가 적실한지 아닌지는 실제 사회 현실에 대입해 보았을 때 더욱 적나라하게 판가름 날 수 있기 때문이다. 이처럼 텍스트의 내용을 무조건 수용하기보다는 비판적으로 여과시켜 받아들이고, 제기된 문제에 대한 해답을 나만의 관점에서 스스로 찾아보려는 사고의 훈련이 필요하다.

2) 조사 보고서 쓰기

조사 보고서는 어떠한 문제에 대한 실태를 객관적으로 조사하여 그 결과를 기술한 글로, 사회과학 및 자연과학 연구의 기초를 이루는 보고서 유형이다. 전공에 따라 시장조사 보고서, 설문 조사 보고서, 생태조사 보고서 등의 다양한 하위 종류가 있다. 주로 인간의 집단행동 혹은 생물의 군집행동에 대한 연구에서 대상의 속성을 과학적으로 측량하는 방법을 학생 스스로 익히도록 할 목적으로 활용된다. 조사 보고서를 작성하기 위해서는 표본 집단을 선정하고 설문지나 일지를 마련하는 등 사전 준비를 해야 하며, 조사 결과를 계량화하여 수치로 정리할 수 있는 통계학적 지식과 데이터의 함의와 시사점을 추론해 낼 수 있는 해석 능력도 필요하다.

(1) 문제 설정 및 조사 준비

우선 어떤 문제에 대해 조사할지 정해야 한다. 연구 주제와 관련한 핵심적인 조사 목표를 몇 가지 문제로 정리해 설정한다. 가령 '학생 식당 이용 실태'가 주제라면, '연구 문제 1. 학생 식당 이용의 인원수 및 빈도는 어떠한가. 연구 문제 2. 이용자의 만족도는 어떠한가. 연구 문제 3. 만족도에 영향을 미치는 요인은 무엇인가'와 같은 식으로 설정할 수 있다. 조사 결과를 통해 이러한 문제에 대한 해답을 도출하는 과정이 곧 조사 보고서 쓰기의 핵심이다.

다음으로 조사 방식과 도구를 결정해야 한다. 조사 방법으로는 설문 조사, 심층면담 조사, 답사 취재 조사, 문헌 조사 등이 있으며, 이 중에서 가장 많이 활용되는 방법은 설문 조사이다. 설문 조사는 주로 광범위한 집단 구성원들의 여론을 집약하여 통계화하기 위해 시행된다. 설문 조사를 위해서는 우선 모집단으로부터 표본 집단을 추출하여 조사 대상으로 선정해야 하는데, 이때 결과의 신빙성을 확보하기 위해서는 나이, 성별, 학력, 직업 등의 선정 기준에 유의해야 한다. 아울러 설문 조사의 도구로 설문지를 준비해야 한다. 앞서 설정한 연구 문제들을 보다 구체화하고 세분화하여 문항을 구성하면 된다. 답안의 경우 오지선다, 삼지선다, OX, 서술형 등의 다양한 형태를 활용할 수 있다.

(2) 조사 결과 정리하기

사전 계획에 따라 조사 활동을 진행했다면 다음으로 그 결과를 체계적으로 정리해야 한다. 이때는 조사 일정 → 문항별 통계 → 지수 설명의 순서를 따르는 것이 좋다. 우선 조사가 시행된 기간과 장소, 매체, 도구, 조사 대상이 된 집단에 대해 정리하여 기록해 둔다. 이때 증빙을 위해서 조사 과정을 촬영한 영상이나 설문지 샘플 등이 근거 자료로 필요할 수 있다. 다음으로는 조사지(설문지)를 항목(문항)별로 구분하여 각각 결과(답안)의 통계 값을 구해야 한다. 경우에 따라서는 항목별 결과 값을 대상 집단의 성격(나이, 성별 등)에 따라 다시 세분하여 정리할 수도 있다. 통계 값은 만점 대비 점수의 형태나 퍼센티지 등의 형태로 지수(指數)화하여 표시하며, 도표나 그래프 등의 형태로 시각화하여 제시하는 경우가 일반적이다. 항목별 지수를 정리할 때는 수치와 아울러 그러한 수치가 말해 주는 바가 무엇인지 간단한 설명을 덧붙인다. 가령 만족도 지수가 5로 나타났다면 이것이 만족도가 높음을 의미하는지, 낮음을 뜻하는지 조사자의 판단이 수반되어야 한다. 또한 설문 조사에서 서술형 문항의 답안을 정리할 때는 유사한 내용의 사례들을 통폐합하여 그 빈도수를 적시하며, 빈도수가 높은 답안부터 순차적으로 나열한다.

(3) 조사 결과 고찰하기

조사 결과를 계량화된 형태로 정리했다면, 다음에는 이를 보다 심층적으로 고찰해야 한다. 통계 수치로 정리된 조사의 결과 값은 그 자체로는 데이터 뭉치에 불과할 뿐, 아무것도 말해 주지 않는다. 조사자가 일정한 관점에 따라 통계 수치를 종합적으로 분석하여 연구 주제와 관련한 시사점을 밝혀내야만 비로소 생명을 얻는다.

데이터를 고찰할 때는 '연구 문제별 논의 → 제언'의 순서로 진행하는 것이 효과적이다. 조사 활동의 궁극적 목적은 설정된 연구 문제에 대한 해답을 얻는 것이다. 따라서 애초에 설정한 연구 문제별로 조사 결과를 취합하여 논의를 펼치고 최종 답안을 도출하는 것이 중요하다. 이를테면 "연구 문제 2. 학생 식당 이용자의 만족도의 경우, 설문 조사의 3, 4, 5번 문항의 결과 값을 종합해 볼 때 성별이나 연령이나 학번에 관계없이 이용자들의 만족도가 낮은 것으로 드러났다……"와 같은 식이다.

조사 결과를 논할 때는 드러난 현상의 의미와 함께 그러한 현상을 유발한 요인이 무엇인지, 요인 분석까지 덧붙이는 것이 좋다. 마지막으로 연구의 미진한 점이나 남은 과제가 있다면 무엇인지, 주제와 관련하여 조언하거나 제안할 점이 있다면 어떤 것인지, 연구의 바람직한 발전 방향에 대해 덧붙이면서 논의를 마무리한다.

1. 다음 예문을 읽고 연구 목적, 연구 문제, 연구 방법을 찾아 정리해 보자.

대학생의 성역할 정체감, 대인관계문제 및 대인관계만족의 관계

서론

초기 성인기인 대학생 시기는 인간관계가 가장 활발한 때로 관계 종류가 다양해지고 관계의 폭이 확대되는 때이다(Erikson, 2014). 이 시기에는 부모님과의 관계에서는 의존 상태에서 벗어나서 성인으로 독립해 나가며, 낭만적 관계가 활발해지고, 친구 관계도 학과, 동아리, 동호회 등으로 다양해진다. 이와 같은 다양한 대인관계는 한편으로는 자신의 정체성을 형성하고 행복감을 느끼는 원천이 되며(정소현·양난미, 2018), 다른 한편으로 다양한 대인관계로 인해 갈등과 어려움을 경험하기도 한다. 부모님으로부터의 독립하는 과정에서 부모님의 간섭과 통제, 부모님과의 갈등과 대립을 겪을 수 있고, 낭만적 관계에서는 남자친구/여자친구와의 갈등이나 실연 등을 경험하기도 하며, 친구 관계에서는 관계를 형성하거나 유지하는 데 어려움을 겪기도 한다(권석만, 1997). 특히 우리나라 대학생은 학업과 입시 준비로 인하여 다양한 대인관계를 경험할 기회를 갖지 못하고 대인관계 갈등에 대처하는 기술을 충분히 습득하지 못해서 대학생이 된 이후에 대인관계의 어려움을 더 크게 느끼는 경향이 있다. (…) 많은 대학학생상담센터에서는 대학생의 대인관계를 증진시키기 위한 개인 상담, 집단 상담, 특강 등을 제공하고 있고, 대학생의 대인관계에 대한 연구는 보다 효과적인 상담 개입을 제공하기 위한 근거를 제공할 수 있을 것으로 기대한다.

대학생의 대인관계에 관한 경험적 연구는 상당히 이루어졌는데, 본 연구에서는 선행연구에서 한 걸음 더 나아가 대인관계문제와 대인관계만족을 구분하여 살펴보고자 한다. 대인관계문제와 대인관계만족이 더러 혼용되어 사용되기도 하지만, 이 두 가지는 다른 개념으로 대인관계문제가 높다고 해서 대인관계만족이 반드시 낮은 것은 아니다. (…) 성역할 정체감과 대인관계만족에 관한 최근 우리나라 연구는 결혼 만족에 관한 연구로 제한적이며, 성역할 정체감과 일반적인 대인관계만족 간의 관계를 명료화하기 위한 연구가 요구된다. 본 연구에서는 이들 관계를 보다 명료화하기 위해서 남성성과 여성성이 멀어짐, 맞섬 및 향함을 포함하는 대인관계문제를 매개로 대인관계만족에 미치는 영향을 알아보고자 한다.

연구 문제

본 연구에서는 핵가족화와 남녀 지위의 변화 등 사회문화적 변화가 성역할 정체감에 미치는 영향을 고려하여, 연구 문제를 설정하여 성역할 정체감, 대인관계문제 및 대인관계만족 간에 관련성을 탐색하고자 한다.

연구 문제 1. 성별에 따라 성역할 정체감, 대인관계문제 및 대인관계만족에 차이가 있는가?

연구 문제 2. 대인관계문제는 대인관계만족과 관련이 있는가? 이러한 관계에는 성차가 있는가?

연구 문제 3. 성역할 정체감은 대인관계만족과 관련이 있는가? 이러한 관계에는 성차가 있는가?

연구 문제 4. 성역할 정체감은 대인관계문제를 매개로 대인관계만족에 영향을 미치는가? 매개효과에 성차가 있는가?

방법

연구 대상

경기도에 소재한 4년제 H대학교에 재학 중인 학생 350명으로부터 자료를 수집하였다. 불성실하게 응답한 자료를 제외한 320명의 자료가 본 연구에 사용되었다. 320명의 인구학적 특성은 다음과 같다. 성별에 따라 남학생이 194명(60.6%)이었고, 여학생이 126명(39.4%)이었다. 학년에 따라서는 1학년이

110명(34.4%), 2학년이 101명(31.6%), 3학년이 63명(19.7%), 4학년이 45명(14.1%), 5학년 이상이 1명(0.3%)이었다.

측정 도구

– 성역할 정체감

성역할 정체감을 측정하기 위하여 정진경(1990)이 개발한 한국 성역할 검사를 사용하였다. 이 척도는 남성성, 여성성, 긍정성을 측정하는데, 본 연구에서는 남성성을 측정하는 20개 문항과 여성성을 측정하는 20개 문항을 사용하였다. 남성성은 남성에게 더 바람직한 것으로 여겨지는 긍정 문항으로 구성되어 있으며, 여성성은 여성에게 더 바람직한 것으로 여겨지는 긍정 문항으로 구성되어 있다. 응답자들은 각 문항에 0점(전혀 그렇지 않다)부터 4점(매우 그렇다)까지의 5점 Likert 척도를 사용하여 자신에게 가장 적절하다고 생각되는 정도에 평정하도록 하였다.

– 대인관계문제

Horowitz 등(1988)은 대인관계문제검사(Inventory of Interpersonal Problems)를 개발하였는데, 이 척도를 Alden 등(1990)이 대인관계문제 원형척도로 재구성하였다. 이를 홍상황 등(2002)이 한국형 대인관계문제 검사 원형척도 단축형으로 타당화한 것을, 다시 조영주와 윤정설(2019)이 요인분석과 Horney(2006)의 이론을 활용하여 재구조화한 대인관계문제 척도를 사용하였다. 대인관계문제 척도는 멀어짐 문제, 맞섬 문제 및 향함 문제의 세 가지 요인으로 구성되어 있는데, (…) 멀어짐 문제, 맞섬 문제 및 향함 문제는 각각 18개 문항, 9개 문항, 7개 문항으로 측정되며, 각 문항은 1점(전혀 그렇지 않다)에서 5점(매우 그렇다)까지의 5점 Likert 척도를 사용하여 평정하도록 하였다.

논의

(…)

연구 문제 2는 대인관계문제와 대인관계만족 간의 관련성과 이들 관계에서 성차에 관한 것이다. 본 연구 결과 남녀 모두 멀어짐은 큰 크기로 대인관계만족을 부적으로 설명하였고, 맞섬은 대인관계만족을 부적으로 설명하였으나 그 크기는 작았고, 향함은 대인관계만족을 유의하게 설명하지 못했다. 이러한 결과는 대인관계문제와 대인관계만족이 대체로 부적 관련이 있다고 보고한 선행연구(김영미, 2006; 이원경, 2011) 결과를 부분적으로 지지한다. 또한, 대인관계문제를 지배, 친밀, 복종 및 적대 문제로 구분하여 대인관계만족과의 관계를 살펴본 심은정 등(2019)의 연구를 지지하는 결과이다. 본 연구 결과는 자기 자신의 세계에 몰입하고 타인에게 거리를 두는 멀어짐 문제가 높을 때, 일시적으로 관계 갈등을 줄일 수는 있지만 관계성이나 관계를 통한 유능감의 욕구를 만족시킬 수 없기 때문에 관계만족이 낮아지는 것으로 이해할 수 있다(심은정 외, 2019; 조영주·윤정설, 2019).

(…)

연구 문제 3은 성역할 정체감과 대인관계만족 간의 관계 및 이들 관계에서 성차를 살펴보고자 하였다. 남학생과 여학생 모두 남성성과 여성성이 둘 다 높을수록 관계만족이 높았고, 남녀 모두 남성성이 여성성에 비해서 관계만족과의 관련성이 더 큰 것으로 나타났다. 이러한 결과는 여성성이 남성성에 비해서 대인관계에 더 중요한 역할을 한다고 보고한 선행연구(김지현 외, 2005; Baucom, & Aiken, 1984; Baucom, & Banker-Brown, 1983; Langis et al., 1994; Peterson et al., 1989)와 차이를 보이며 남녀 모두의 여성성이 관계만족과 관련이 없다고 보고한 이경성(2004)의 연구 결과와도 차이를 보인다. 본 연구 결과는 남성성과 여성성이 모두 높은 양성성이 보다 효율적으로 상황에 대처하며 적응력이 높다는 Bem(1974)의 양성성 모형이 대인관계만족에서도 적용됨을 의미하며, 관계적 자기가 도구성과 표현성을 둘 다 포함한다는 김지경과 김명소(2003)의 주장을 지지한다. 즉, 남성성은 일과 관련된 영역에서 여성성은 관계 영역에서 구분되어 활용된다기보다는 관계영역에서는 적어도 남성성과 여성성이 둘 다 유의하게 영향을 미친다는 것이다. 대인관계만족에 대한 남성성과 여성성의 고유효과를 성별에 따라 구체적으로 살펴보면, 우선 남녀 모두 남성성의 고유효과가 여성성의 고유효과에 비해서 다소 큰 것으로 나타났다. 즉, 남녀 모두 양육적이고 표현적인 특성이 높을 때 관계만족이 높기는 하지만, 주도적이고 자기주장적인 특성이 높을수록 관계만족이 더 높다는 것이다.

— 조영주, 「대학생의 성역할 정체감, 대인관계문제 및 대인관계만족의 관계」,
『상담학연구』 Vol.21 No.4, 한국상담학회, 2020.08.

답:

_____

_____

_____

_____

_____

_____

2. 다음 주제 중 하나를 선택하여 조사 보고서를 작성해 보자.

- 본교 재학생들의 공강 시간 활용 실태
- 통학 버스 이용 만족도
- 학교 인근 맛집 현황 및 가성비
- 본교 문화 체육 시설 현황 및 문제점

보고서 작성 시 유의사항

첫째, 핵심 용어에 대해 정의할 것

주제와 관련해 중요한 의미를 갖는 용어를 사용할 때는, 반드시 처음 등장하는 부분에서 그 개념을 밝혀 주어야 한다. 어떠한 취지와 의미로 이러한 용어를 쓰는 것인지 해명한 후 논의를 시작해야 독자의 이해를 돕고 혼란을 방지할 수 있다. 가령 「현대소설에 나타난 패러디 연구」라는 제하의 보고서라면, 패러디라는 용어에 대한 개념 규정이 먼저 이루어진 후 본격적인 논의가 이어져야 한다. 물론 그렇다고 보고서에 언급되는 모든 용어에 대해 일일이 설명할 필요는 없다. 그렇게 되면 오히려 독자의 독서를 방해하는 역효과를 낼 것이다. 글의 주제와 직결된 핵심 용어나 혼동의 위험이 있는 개념에 대해서만 제한적으로 설명하면 된다.

둘째, 논증의 엄밀성을 확보할 것

보고서 쓰기의 과정은 한마디로 '가설(글쓴이의 중심 주장)을 수립하고 근거를 통해 가설의 타당성을 검증하는 것'으로 요약된다. 그런 점에서 보고서 쓰기의 요체는 '논증'에 있다. 다시 말해 어떠한 문제에 대한 글쓴이의 주장을 서술하되, 적절한 근거를 들어 자신의 주장이 옳다는 것을 논리적으로 증명할 수 있을 때 성공적인 보고서라고 평가할 수 있다. 따라서 보고서에는 '문제', '주장', '근거'의 세 가지 요소가 반드시 포함되어야 하며, 주장(결론)의 타당성을 뒷받침하는 근거를 풍부하고 적실하고 정합성 있게 제시할수록 신빙성이 높아진다. 이때 근거는 다시 '논리적 근거(이유)'와 '실증적 근거'로 나뉠 수 있다. 논리적 근거란 글쓴이가 왜 그러한 주장을 하는지 하는 당위적 이유를 뜻하며, 실증적 근거란 실제 사례, 통계 수치, 실험 결과 등과 같은 경험적 자료를 가리킨다.

셋째, 과장하거나 왜곡하지 말 것

보고서를 쓸 때는 자신의 주장을 정당화하기 위해 고의로 사실을 부풀리거나 왜곡하거나 조작해서는 안 된다. 보고서도 일종의 논문으로, 논문의 생명은 객관성에 있다. 따라서 논의 과정에서 글쓴이는 주관적 이념이나 선입견을 배제하고 제3자의 입장을 취해야 한다. 논의에 글쓴이의 편향성이 개입되면 결과가 왜곡될 위험이 있고, 이는 곧 글의 신빙성을 떨어뜨린다. 물론 앞서 우리는 진리의 불완전성을 살펴보면서 인간이 근본적으로 완벽한 객관성에 도달하는 것은 지난(至難)한 일임을 확인했다. 하지만 인간의 태생적 한계로 인해 불가피하게 해석의 오류가 생기는 것과, 고의로 데이터를 조작하는 것은 전혀 다른 문제다. 독자들을 설득하기 위해서는 편협한 주관성의 감옥에서 벗어나 최대한 제3자적 입장에서 문제의 본질에 접근하려는 의식적인 태도를 가져야 한다.

넷째, 인용 및 출처 표시를 철저히 할 것

보고서를 쓸 때 타인의 말이나 글을 인용하는 경우가 많다. 권위 있는 학자의 연구 성과는 그 자체로 나의 논지를 뒷받침해 주는 중요한 근거로 작용하기 때문이다. 다만 이 경우 인용과 관련한 연구윤리를 철저히 지켜야 한다. 즉 참고자료로부터 타인의 말이나 글을 자신의 글 속에 끌어다 쓸 때는 반드시 인용 표시를 하고 출처를 밝혀야 한다. 남의 자료를 가져오고도 아무런 표시를 하지 않는다면, 이는 저작권법에 위배되는 심각한 표절 행위일 뿐더러 결과적으로 자기 보고서의 신뢰성을 심각하게 훼손하는 자해 행위가 된다. 소속 전공 교수님들이 쓴 논문을 한번 살펴보라. 인용문과 각주로 빼곡할 것이다. 보고서를 잘 쓰려면 인용 표시와 각주 처리를 생활화해야 한다.

다섯째, 과도한 수사나 모호한 표현을 자제할 것

보고서를 쓸 때는 간명하면서도 논리적으로 문장을 서술하는 편이 좋다. 보고서는 문학작품이 아니므로 지나치게 꾸밈이 많은 문장, 난해한 비유나 사적인 감상이 섞인 문장은 적절하지 않다. 이러한 문장은 도리어 글의 논점을 흐리게 해 독서를 산만하게 만든다. 언어 표현의 심미성보다는 내용 전달의 명료성에 초점을 맞춰 작성해야 한다. 또한 "~일 수도 있지 않을까 싶다.", "~인지 아닌지는 좀 더 두고 볼 일이다." 등의 모호한 표현도 삼가야한다. 자신감이 부족한 문장은 독자에게 신뢰감을 주지 못한다. 글쓴이부터 자기주장에 대한 확신이 없는데 어떻게 독자가 그에 동조할 수 있겠는가. "~인 것으로 확인되었다.", "~으로 밝혀졌다."와 같이 건조하면서도 단호한 어조로 기술해야 한다.

참고문헌

교육부 공고 제2018-95호, 『연구윤리 확보를 위한 지침 개정(안)』, 교육부, 2018.04.10.

권영민, 『우리문장강의』, 신구문화사, 2003.

김창남, 『대중문화의 이해』(전면2개정판 13쇄), 한울, 2016.

김현정·설혜경·안상원·음영철·하영우, 『대학 글쓰기 개념부터 시작하자!』, 태학사, 2017.

마사 누스바움, 『인간성 수업』, 정영목 옮김, 문학동네, 2018.

마이클 맥도웰, 『프로젝트 수업 제대로 하기』, 장밝은 옮김, 지식프레임, 2019.

박선옥, 「문제중심학습(PBL)을 활용한 대학 글쓰기 수업 설계 연구」, 『어문론집』 65집, 중앙어문학회, 2016.

박창원·김성원·정연경, 『논문작성법』, 이화여자대학교출판부, 2012.

신영미·이은선·손자영, 『외국인 유학생을 위한 대학 글쓰기: 문화로 소통하기』, 에세이퍼블리싱, 2020.

이수열, 『이수열 선생님의 우리말 바로 쓰기』, 현암사, 2014.

이승준·전지니·송미경·문선영·홍기정·최영희, 『교양글쓰기』, 역락, 2017.

이화여자대학교 교양국어 편찬위원회, 『우리말과 글쓰기-과학과 상상력』, 이화여자대학교출판문화원, 2016.

이화여자대학교 교양국어 편찬위원회, 『우리말과 글쓰기-인간과 통찰력』, 이화여자대학교출판문화원, 2016.

이화여자대학교 교양국어 편찬위원회, 『통합적 사고와 글쓰기』, 이화여자대학교출판문화원, 2020.

이화여자대학교 THE BEST 교육 통합지원 서비스, 「학습자를 위한 AI 활용 윤리 지침-이화인의 올바른 AI 활용을 위한 체크리스트」, https://thebest.ewha.ac.kr/thebest/bestai/ethicsguide.do#tabtwo, 접속일 2023.11.24.

장용철, 『PBL 기반 창의설계 입문』(2쇄), 동화기술, 2013.

전지니·강수진·김형중·마상룡·박종우·엄태경·이은선·임준서, 『대학생을 위한 말하기와 글쓰기 전략』, 태학사, 2021.

정윤경, 「챗(Chat) GPT의 이용과 저작권 쟁점 고찰」, 『과학기술과 법』 제14권 제1호, 충북대학교 법학연구소, 2023.

존 라머·존 머겐달러·수지 보스, 『프로젝트 수업 어떻게 할 것인가?』, 최선경·장밝은·김병식 옮김, 지식프레임, 2017.

천유철·양정화·이은선·유설희·김태웅, 『글쓰기 교육과 실제』, 북샘, 2019.

한국연구재단, 『연구윤리 확보를 위한 지침해설서』, 한국연구재단, 2015.

한경국립대학교 교양교육지원센터, 「BRIGHT 교양교과목인증제 가이드라인」, 2023.02.